Née le 22 octobre 1919 à Kermanshah en Perse, Doris Lessing n'a que six ans quand sa famille s'installe en Rhodésie du Sud, l'actuel Zimbabwe, alors colonie britannique. Pensionnaire d'un institut catholique tenu par des religieuses qu'elle supporte mal, elle quitte définitivement l'école à quinze ans, travaille en tant que jeune fille au pair puis, à dix-huit ans, comme standardiste. En 1938, elle commence à écrire des romans tout en exerçant plusieurs emplois pour gagner sa vie. À dix-neuf ans, elle se marie avec Frank Wisdom, avec qui elle aura deux enfants, mais elle le quitte en 1943 pour Gottfried Lessing, dont elle aura un fils. En 1950, elle publie *Vaincue par la brousse* (*The Grass is singing*), puis cinq ouvrages d'inspiration autobiographique publiés entre 1952 et 1969, regroupés sous le titre *Les enfants de la violence*. *Le carnet d'or* (*The Golden Notebook*), publié en 1962, est aujourd'hui reconnu comme son plus grand chef-d'œuvre, faisant d'elle une icône féministe comparable à Simone de Beauvoir. Prolixe et éclectique, elle apparaît comme le témoin privilégié de son temps et comme une véritable instance morale. En 2007, elle se voit attribuer, à quatre-vingt-huit ans, le prix Nobel de littérature. Doris Lessing s'est éteinte le 17 novembre 2013. Elle laisse derrière elle une œuvre engagée, dénonçant les conflits et les injustices ethniques et sociales.

L'histoire du Général Dann

Du même auteur
aux Éditions J'ai Lu

MARA ET DANN
N° 6695

LES GRAND-MÈRES
N° 8515

LE RÊVE LE PLUS DOUX
N° 8607

UN ENFANT DE L'AMOUR
N° 8721

LE MONDE DE BEN
N° 8899

ALFRED ET EMILY
N° 9030

VICTORIA ET LES STAVENEY
N° 9519

VAINCUE PAR LA BROUSSE
N° 10455

Doris

LESSING

L'histoire du Général Dann

ROMAN

Traduit de l'anglais (Grande-Bretagne)
par Philippe Giraudon

Titre original :
THE STORY OF GENERAL DANN AND MARA'S DAUGHTER,
GRIOT AND THE SNOW DOG
Éditeur original :
Fourth Estate, an imprint of Harper*Collins*Publishers

Il suffirait à Dann de bouger à peine la main, d'un côté ou de l'autre, et ce serait la chute.

Il s'était allongé, comme un plongeur, et se cramponnait à l'extrémité d'une fragile saillie de roche noire, dont la partie inférieure avait été usée par l'eau et par le vent. De loin, on aurait dit un doigt obscur pointé vers la cataracte se déversant sur une paroi de rocs sombres, où elle se volatilisait instantanément en une brume tourbillonnante. Cette vision mouvante fascinait Dann, comme s'il contemplait une falaise rugissante, d'un blanc éclatant. Le bruit l'assourdissait. Il avait l'impression d'entendre des voix l'appeler du fond d'un orage, bien qu'il sût que ce n'étaient que les cris des oiseaux de mer. Ainsi penché, il ne voyait qu'une immense cascade d'eau limpide. S'il levait la tête au-dessus de son bras et regardait devant lui, il apercevait au loin, au-delà de l'abîme au bord duquel il gisait, des nuées basses qui étaient de la neige et de la glace.

Tout était blanc sur blanc, et il respirait l'air frais de la mer, qui nettoyait ses poumons de l'odeur fade et humide du Centre. Ce n'était qu'en quittant le Centre et ses abords marécageux qu'il se rendait compte combien il détestait l'odeur de cet endroit, et aussi l'aspect des marais où tout n'était que grisaille, étendues verdâtres, eau plate et luisante. Il venait ici autant pour la fraîcheur tonique des senteurs marines que pour ce mouvement tourbillonnant qui l'emplissait d'énergie. Blancheur liquide, noir des rocs et au-dessus de lui l'azur d'un ciel glacé. Mais s'il s'avançait tout au bout de la saillie, en laissant ses bras pendiller dans le vide des deux côtés, il voyait luire, très loin en dessous, la surface mobile d'une eau que le ciel bleuissait.

Le promontoire effrité risquait à tout moment de s'effondrer en l'entraînant dans l'abîme – cette pensée l'exaltait.

Il connaissait ces ondes se déversant sur les rocs. La veille encore, il avait nagé dans la mer. Son eau était froide et salée. Celle de l'étendue liquide occupant le fond du gouffre était froide mais pas aussi salée, du fait de l'eau qui jaillissait partout de la neige et de la glace et diluait celle de la cataracte marine en se mêlant à elle. Toutefois il voyait les oiseaux s'élancer des vagues vers la barrière rocheuse puis se laisser flotter jusqu'aux eaux recouvrant le gouffre, qu'ils semblaient donc considérer également comme une mer. Il s'était demandé comment des poissons pouvaient descendre des hauteurs périlleuses de l'océan salé jusqu'à cette mer en contrebas. Si jamais les vagues les amenaient au bord de la falaise et les projetaient dans les cascades écumeuses, comment survivraient-ils à une chute aussi longue et éprouvante dans les tourbillons ? Cependant ils disposaient d'un autre moyen pour rejoindre la mer au fond de l'abîme. La chute de l'énorme masse d'eau provoquait des amas d'écume aussi gros que Dann. C'était dans ces amas que les poissons voyageaient.

À présent, un craquement gigantesque s'ajoutait au vacarme de l'eau. Il savait de quoi il s'agissait : un rocher s'était détaché de l'arête rocheuse et roulait vers l'abîme avec fracas. La brume blanchâtre empêchait Dann de le voir rebondir sur la paroi au milieu d'éclats de roche. Il allait atterrir, invisible, dans l'eau de cette extrémité de la Moyenne-Mer. Dann savait que ce gouffre, cette fissure si énorme qu'elle lui paraissait presque sans fin, avait été jadis une mer. Il l'avait appris grâce aux cartes et aux planisphères antiques conservés à Chélops. À la Ferme, il avait même tenté de reconstituer de mémoire un planisphère où figurait la Moyenne-Mer, avec l'Ifrik sous elle et au-dessus les étendues glacées de l'Eurrop, dont la masse immaculée était bordée de bleu. Il avait tendu une peau de chèvre blanche sur un cadre de brindilles. L'ensemble était primitif, mais Mara et lui avaient pu ainsi recréer cet ancien planisphère mahondi. La région des glaces se trouvait maintenant devant lui, il le savait et regardait fixement dans sa direction, en l'imaginant plus qu'en la voyant. Elle était en train de fondre. La glace fondue s'écoulait dans l'océan et tombait en cascade sur les parois au pied desquelles s'étendait autrefois la Moyenne-Mer. Tout au long de cette falaise trop immense pour qu'il en appréhende les dimensions, l'eau des glaciers se déversait au fond de l'ancienne mer. Combien de temps mettrait-elle à remplir le gouffre ? Dann savait que la surface de la Moyenne-Mer, dans le passé, ne se trouvait guère plus bas que l'endroit où il était perché. Il essaya d'imaginer l'énorme cavité remplie d'eau et arrivant presque au niveau de la mer Occidentale. Il n'y parvint pas, tant le spectacle qu'il avait sous les yeux s'imposait à lui – les pentes sombres et escarpées du gouffre descendant jusqu'à l'actuelle Moyenne-Mer, parsemées d'herbe et de diverses plantes.

Pendant des semaines, il était venu s'allonger ici pour observer ce panorama fascinant. Il écoutait l'eau tomber avec un bruit de tonnerre, remplissait ses poumons de l'air pur et salé. Scrutant l'horizon dans toutes les directions, il se demandait à quoi ressemblait la mer au fond du gouffre. Mais, maintenant, il était fixé : il était lui-même descendu jusqu'à elle.

Si quelqu'un avait regardé ce jeune homme, cet adolescent plutôt, si mince et si léger qu'on aurait pu le confondre de loin avec un oiseau, au cours de ces semaines, il se serait sans doute étonné de le voir si insouciant en ces parages dangereux. Des rafales d'un vent violent s'ajoutaient au brouillard, aux embruns, aux amas d'écume, mais Dann ne s'en inquiétait pas. Il lui arrivait de s'asseoir, les jambes ballant dans le vide, les bras tendus en avant. Souhaitait-il la bienvenue à la bourrasque qui allait peut-être l'emporter ? Un jour, il fut bel et bien soulevé et précipité vers le bas, jusqu'à une longue pente de roche visqueuse sur laquelle il glissa avant d'échouer dans une crevasse couverte d'herbe. Ces roches lisses comme du verre étaient l'œuvre de l'eau. Elle les avait façonnées en les usant au long d'un espace de temps qu'il était incapable même d'imaginer. Il avait glissé de nouveau. Ses vêtements épais protégeaient son corps anguleux, sa peau fine. Tout en glissant, voire en roulant, il chercha des yeux un chemin ou du moins un moyen plus facile de descendre, et il lui sembla bel et bien apercevoir une sorte de sentier. Il savait – il avait entendu dire – que des gens entreprenaient cette descente aussi longue que périlleuse, attirés par les poissons savoureux peuplant les eaux pures de la mer au fond du gouffre. Alors qu'il s'agrippait à un buisson, un amas d'écume de bonne taille fut retenu par les feuilles juste à côté de lui. Il vit dans l'écume de petits poissons se démener. S'ils n'atteignaient pas l'eau, ils ne s'agiteraient pas longtemps. Dann allongea le bras dans l'amas écumeux, qui se colla contre lui, et reprit sa chute vertigineuse, aidé par les roches glissantes. Il finit par arriver à la surface de cette mer nouvelle, fille de la mer Occidentale – et aussi des falaises de glace. Elle était sillonnée de petites vagues, mais rien de comparable aux énormes rouleaux de la mer Occidentale.

Il jeta au loin la masse écumeuse, qui flotta un instant sur les vagues avant que de petits poissons colorés s'en échappassent. Il les regarda s'éloigner dans les flots. Vue d'en bas, l'énorme cascade d'eau blanche sur sa gauche remplissait la moitié de l'horizon. Il trouva un rocher accueillant et s'y accroupit, en scrutant les eaux de cette Moyenne-Mer qui avait rempli jadis tout cet immense espace. Il savait qu'il n'avait sous les yeux qu'une part infime de son extrémité occidentale. Il était donc accroupi sur ce qui avait été presque le fond de cette mer – et le redeviendrait un jour. Quand ? Malgré tout ce déferlement d'eau salée et de glace fondue, les falaises abruptes se dressaient derrière lui à une hauteur vertigineuse.

Dann se déshabilla puis se glissa dans l'eau, même s'il n'avait que ses dix doigts pour pêcher. Il y avait quantité de poissons de toutes tailles. Il nagea parmi eux, et ils se pressèrent autour de lui en l'effleurant et en le bousculant sans aucune peur. Il attrapa un gros poisson rouge vif, enfonça les doigts dans ses ouïes et le ramena non sans peine hors de l'eau, sur un rocher plat où l'animal agonisa en tressautant. Dann avait un couteau à sa ceinture. Il découpa le poisson en lanières, qu'il mit à sécher au soleil sur un buisson. Il n'avait ni sac ni sacoche, et c'était un gros poisson. Il s'attarda jusqu'au moment où le soleil se coucha derrière l'énorme falaise ruisselante d'eau, de sorte qu'il risquait de devoir faire l'ascension périlleuse de la paroi rocheuse dans l'obscurité. Il remonta en passant par les crevasses entre les rochers. Cela dura si longtemps qu'il faisait nuit quand il atteignit le sommet. Arrivé au Centre, il regagna sa chambre en évitant la vieille femme et les serviteurs. Ses poumons peinaient à s'emplir de l'air lourd et humide.

Le lendemain matin, il redescendit vers la Moyenne-Mer en emportant cette fois un sac pour y ranger les tranches de poisson séché. Mais le poisson avait disparu. Quelque chose ou quelqu'un l'avait emporté. Dann regarda à la ronde avec inquiétude, en tâchant de se faire tout petit et invisible. Tapi derrière un rocher, il attendit. Il ne vit rien. Au-dessus de sa tête, le soleil était brûlant. Il se risqua à nager un peu près du rivage et aperçut alors une touffe de poils blancs et rêches sur un buisson. Les poils étaient en hauteur, ce qui faisait penser à un animal de grande taille. Dann escalada de nouveau la paroi du gouffre. Juché sur la saillie rocheuse qu'il affectionnait, il songea qu'il existait une grande différence entre se croire seul et savoir qu'on ne l'était pas, qu'on était même peut-être épié.

En arrivant au Centre, après avoir quitté la Ferme voilà bien longtemps, lui semblait-il – au moins la moitié d'un cycle solaire –, il avait découvert que l'homme se nommant lui-même le prince Félix était mort et que la vieille Félissa était assez folle pour croire qu'il revenait en conquérant, décidé à lui offrir un trône. Elle possédait une sorte de vieux bouclier en métal, remontant à un passé inimaginable, où était gravée une femme trônant sur un siège élevé au milieu de silhouettes agenouillées. Il aurait voulu qu'elle lui dise quel était ce métal, de quelle époque il provenait, dans quelle salle des musées elle l'avait pris, mais elle s'était contentée de gémir que Dann était de sang royal et devait prendre sa place légitime – à son côté. Il n'avait pas insisté.

Puis un jeune homme était venu de la Ferme. Il était parti à la recherche de Dann afin que celui-ci lui donne du travail. Il s'appelait Griot et Dann se souvenait de ces yeux presque verts ne le quittant pas un instant, au temps lointain où il séjournait chez les Agres. Griot était un soldat sous les ordres de celui qui était alors le général Dann. En fait, il avait suivi Dann du territoire agre jusqu'à la Ferme, et de là au Centre. Il avait déclaré à Dann : « Comme vous ne reveniez pas à la Ferme, j'ai pensé que vous auriez peut-être quelque chose pour moi ici. » Par *ici*, il entendait le Centre, mais sa façon d'employer ce mot suggérait des objectifs plus ambitieux. Les deux jeunes hommes s'étaient observés un moment, l'un avec espoir, l'autre avec une grande envie de s'échapper. Non que Dann trouvât Griot antipathique. En fait, il ne lui avait jamais prêté beaucoup d'attention. C'était un jeune homme robuste, au visage énergique et aux yeux que la rareté de leur couleur verdâtre rendait remarquables.

Dann lui répondit que le Centre était très vaste et abritait déjà toutes sortes de gens. Il était beaucoup plus grand que Mara et lui ne l'avaient imaginé lors de leur séjour. On voyait certes au premier regard qu'il s'agissait d'un ensemble imposant, mais il fallait le connaître un peu pour se rendre compte de son immensité et de sa complexité. Les pièces se succédaient, de petits escaliers sinueux menaient à des étages. Certaines parties à moitié effondrées avaient été abandonnées, mais elles étaient maintenant occupées par des habitants désireux de passer inaperçus et de fuir les regards. Au-delà de la vaste enceinte de pierre, du côté de la Moyenne-Mer, s'élevaient des édifices bâtis bien après le Centre proprement dit, mais ils s'enfonçaient dans les marais. C'est pour cette raison qu'il était aisé de sous-estimer les dimensions du Centre. Il était édifié sur le site le plus élevé de la région. Cependant, à mesure que la toundra fondait, les marais gagnaient du terrain, et l'eau montait insidieusement. À certains endroits, les abords du Centre étaient presque submergés. Depuis combien de temps ? Il était vain de poser la question aux gens du cru. D'une ville dont on voyait les toits briller sous l'eau en passant en bateau, ils disaient par exemple : « Mon grand-père prétendait que son grand-père se rappelait avoir vu les toits de cette ville dépasser de la surface. »

Alors qu'il n'avait quitté ces lieux avec Mara que depuis peu de temps, il aurait pu jurer avoir vu à l'air libre des endroits maintenant immergés.

Peut-être le processus s'accélérait-il ? Plusieurs générations se succédaient autrefois avant qu'une ville disparaisse dans la boue. Se pouvait-il que tout allât désormais beaucoup plus vite ?

Dann avait déclaré à Griot qu'il n'avait pas besoin de compagnie. Un aveu difficile à faire, devant ce visage brillant d'espoir. Griot avait répliqué qu'il avait de nombreux talents, connaissait plus d'un métier, et qu'il ne serait certes pas un poids mort. Dann lui demanda comment il avait acquis toutes ces connaissances, et il entendit une histoire qui ressemblait à la sienne. Griot avait passé sa vie à fuir, que ce fût les guerres, les invasions ou la sécheresse. Dann déclara alors qu'il pourrait se montrer utile. Chaque jour, de nouveaux réfugiés arrivaient au Centre, fuyant les guerres se déroulant en Orient, dans des pays dont Dann ne savait presque rien. Il avait découvert que le monde ne se réduisait pas à l'Ifrik. Sur la peau de chèvre où il avait dessiné sa carte du monde, elle occupait le centre. Au-dessus d'elle se trouvaient la Moyenne-Mer, puis l'Eurrop et ses étendues glacées. À l'ouest, la mer Occidentale. Et c'était tout. À présent, il se représentait vaguement des extensions orientales de l'Ifrik, en proie elles aussi à la guerre. Griot pourrait enseigner ses connaissances à ces gens, les maintenir sur le droit chemin et les empêcher de piller les musées. Cette idée plut à Griot. Pour la première fois, Dann vit sourire ce jeune homme si sérieux.

Plus tard, il observa Griot installé à un endroit relativement plat et sec avec une centaine de réfugiés. Tous n'étaient pas jeunes, et des femmes se mêlaient aux hommes. Il leur apprenait à manœuvrer, à marcher au pas, à courir. Ils avaient des armes – prises dans les musées ?

Dann dit à Griot :

— Si tu leur apprends le métier de soldat, ils vont vouloir se battre. Y as-tu songé ?

Il lut sur le visage obstiné du jeune homme qu'il en avait dit plus qu'il ne pensait. Griot hocha la tête et le regarda droit dans les yeux. Quel regard, si rempli d'exigence !

— Vous étiez général, chez les Agres, répliqua doucement Griot.

— C'est vrai, et je me souviens de toi, mais je n'ai pas envie d'autres combats.

Ces yeux déconcertants l'examinèrent alors avec une attention brûlante. Griot n'eut même pas besoin de dire : « Je ne vous crois pas. »

— C'est la vérité, Griot.

Il était vraiment étrange de voir tant de gens attendre de lui qu'il prenne place dans leur imagination et s'intègre à leurs rêves.

— Griot, quand Mara et moi sommes arrivés ici, nous avons trouvé deux vieux fous qui voulaient que nous fondions une nouvelle dynastie de Mahondis. Ils nous appelaient prince et princesse. Ils voyaient en nous les géniteurs de futurs souverains. À leurs yeux, j'allais créer une armée.

Griot ne le quittait pas des yeux. Il cherchait à lire sur son visage ce que Dann ne disait pas.

— Je ne plaisante pas, insista Dann. J'étais effectivement général, et je crois que j'accomplissais bien ma tâche. Mais j'ai vu trop de gens se faire tuer ou emmener en captivité.

— Pourquoi ces vieillards voulaient-ils que vous ayez une armée ? Dans quel but ?

— Oh, ils étaient en plein délire. J'étais censé conquérir le monde, soumettre l'ensemble de Toundra ou je ne sais quoi.

— Les gens continuent de se faire tuer, observa Griot. Et de fuir. Il y a sans cesse de nouvelles guerres.

Dann resta silencieux et Griot lui posa alors une question qui était manifestement cruciale pour lui :

— Qu'avez-vous donc l'intention de faire… mon général ?

— Je n'en sais rien, répondit Dann. Je n'en sais vraiment rien.

Griot ne répliqua pas. Il avait bien entendu, mais les conclusions qu'il tirait de ces paroles n'auraient pas été du goût de Dann. Il finit par lancer :

— Très bien. Je ferai ce que je pourrai avec les réfugiés. Certains sont assez doués et m'apprendront peut-être une chose ou deux. Je m'occuperai également du ravitaillement. Il y a beaucoup de bons poissons dans la mer du Gouffre, rien à voir avec les saletés qu'on pêche dans les marais. Je vais aussi me procurer des semences d'une céréale que j'ai vue pousser dans l'eau. Et nous pourrions faire l'élevage d'une race de cochon des marais.

Dann comprit que Griot allait se charger des tâches qu'il s'était attendu à le voir lui-même accomplir.

— Merci, Griot, dit-il.

Griot lui fit un salut militaire puis s'en alla.

Ce salut ne pouvait que déplaire à Dann. Il établissait une sorte de contrat entre eux, dont Griot avait besoin.

L'entretien des deux jeunes hommes remontait à quelques semaines.

Dann s'efforçait de ne pas rencontrer Griot et même de ne pas prêter attention à ce qu'il faisait.

Le lendemain du jour où il avait aperçu des poils d'un animal accrochés à un buisson, il s'allongea sur la saillie rocheuse où il venait souvent. Il songea à la Ferme et à Kira, qui attendait un enfant dont il était le père. La naissance était imminente. Et l'enfant de Mara allait naître, lui aussi. Il était remarquable que Griot ait pensé que Dann ne reviendrait pas à la Ferme. Cependant le jeune homme était resté là-bas assez longtemps pour savoir ce qui s'y passait et qui allait avec qui. Quelle plaisanterie ! Mara allait avec Shabis. Et c'était pourquoi Dann ne reviendrait pas. La pensée de Kira lui était douloureuse. Il l'aimait tellement – autant qu'il la détestait. Mais que voulait dire « aimer » ? Il aimait Mara, et ne devrait donc pas employer le même mot pour ses sentiments envers Kira. Il était fasciné par Kira. Sa voix, sa façon de bouger, cette démarche lente, indolente, séduisante... Avec elle, toutefois, il était sans cesse humilié. Il songea à la nuit avant son départ. Elle avait tendu son pied nu – elle était à peu près nue – et lui avait dit de sa voix chantante, délicieuse : « Viens ici, Dann. » Ils venaient de se disputer. Ils se disputaient constamment. Il était debout, à quelques pas d'elle. Il la regarda, tenté de faire ce qu'elle voulait, à savoir se mettre à genoux et ramper vers elle. À moitié couchée, elle lui présentait son pied nu. Bien qu'elle fût enceinte, il était trop tôt pour que cela se vît. Elle désirait qu'il lui léchât le pied. Et lui aussi en avait envie, horriblement envie. Il aspirait à lui céder, à cesser toute résistance. Mais il n'y arrivait pas. Elle lui avait adressé un de ses sourires méchants, qui lui donnait toujours l'impression qu'elle l'avait cinglé d'un coup de fouet. En remuant ses orteils, elle susurra : « Viens, Dann. » C'est alors qu'il se détourna et sortit en courant. Il prit quelques vêtements et objets de première nécessité, puis il quitta la Ferme. Il ne fit pas ses adieux à Mara, car il n'en avait pas la force.

Allongé sur ce rocher instable, Dann sentait qu'il était temps qu'il s'en aille. Il ne tenait pas en place. N'avait-il pas passé presque toute sa vie sur ses pieds, à marcher, à marcher sans relâche ? Il fallait qu'il se remette en route. Mais en s'en allant d'ici, en quittant le Centre, il s'éloignerait encore davantage de Mara. Elle n'était qu'à quelques jours de marche, sur les rives de cette mer Occidentale qu'il observait chaque jour pendant des heures du haut de son perchoir, les yeux fixés sur ses flots s'écrasant contre les rocs dans des nuages d'écume jusqu'à la mer nouvelle au fond du gouffre. Les vagues qu'il voyait se briser en mille gouttelettes étaient les mêmes qui déferlaient sur le rivage en contrebas de la Ferme. Mais il devait s'en aller. Il se dit que c'était à cause de Griot, de son espionnage continuel. Et voilà que même en ces lieux, un animal l'épiait. Il se pencha au bord de l'abîme pour tenter d'apercevoir cette créature, qui espérait peut-être une nouvelle ration de poisson. L'espace d'un instant, il crut apercevoir une silhouette blanche et imposante, mais c'était trop loin. Si jamais elle guettait Dann, elle devait se cacher. Cette pensée le rendait nerveux, il se sentait pris au piège. Oui, il fallait absolument qu'il s'en aille. Qu'il quitte Mara.

« Oh, Mara », chuchota-t-il. Puis il cria son nom dans le fracas des eaux. Il avait l'impression que les remous dessinaient son visage. Un arc-en-ciel enjambait la Barrière Rocheuse. D'autres prismes scintillaient par intermittence sur les amas d'écume. L'atmosphère semblait pleine de lumière, de mouvement, de bruit – pleine de la présence de Mara.

Le chagrin l'accablait au point qu'il aurait volontiers basculé par-dessus la saillie rocheuse pour se laisser rouler dans l'abîme.

Et il allait également quitter Kira… Mais elle, il n'y pensait presque jamais. Pas plus qu'à l'enfant qu'elle portait – l'enfant de Dann. Elle n'avait même pas pris la peine de lui annoncer qu'elle était enceinte. « Je ne crois pas que j'aurais beaucoup d'opportunités avec cet enfant, même si j'étais un bon père attendant avec impatience la naissance. C'est pour bientôt, maintenant. » Telles étaient les excuses qu'il s'inventait. « Du reste, je sais que Mara veillera à ce qu'on s'occupe de mon enfant. Et il y a Shabis, Léta, Donna, et sans doute encore d'autres nouveaux arrivants. » Dire *mon enfant* le mettait mal à l'aise, même si c'était un fait indéniable. La pensée de Kira était comme une barrière entre lui et cette créature encore à naître.

Il se leva à l'extrémité de la saillie rocheuse, comme pour mettre le vent au défi de l'emporter. Sa tunique se remplit d'air, son pantalon battit contre ses jambes. Ses vêtements semblaient le presser de tomber, de s'envoler, il sentait le vent tirer sur son corps, tenter de le soulever. Mais il ne bougeait pas, ne tombait pas, de sorte qu'il finit par quitter la saillie et retourner au Centre. Il alla voir la vieille femme, qui l'accueillit par des cris stridents. La servante se joignit à elle. Dans cette chambre à l'odeur fétide, il se fit invectiver par les deux folles séniles.

Après avoir fourré quelques affaires dans son vieux sac, il alla trouver Griot pour lui dire qu'il serait absent un moment.

Avec quelle intensité ces yeux verts vigilants scrutaient son visage – ses pensées.

Et combien Dann comptait sur Griot, ce qui lui donnait encore davantage la sensation de suffoquer dans un cachot étroit.

— Penses-tu retourner à la Ferme, Griot ?

— Non.

Dann attendit.

— À cause de Kira. Elle voulait que je sois son serviteur.

— Je vois, dit Dann.

— J'ai déjà suffisamment servi.

— Je comprends, dit Dann qui avait lui-même été un esclave et pire encore.

— C'est une femme cruelle, ajouta Griot en baissant la voix comme s'il craignait qu'elle puisse l'entendre.

— Oui.

— Et donc, vous allez partir ?

Dann s'était déjà éloigné de quelques pas, mais il ne put s'empêcher de se retourner. Il vit à son visage que Griot se sentait trahi. Mais avait-il fait la moindre promesse au jeune homme ? Jamais.

— Je reviendrai, Griot.

— Quand ?

— Je ne sais pas.

Dann entreprit de longer la Moyenne-Mer, en direction de l'est. Il avait pensé d'abord suivre le rivage de la mer du Gouffre, avant de constater qu'il était escarpé et souvent obstrué par des chutes de rochers. Au sommet de la falaise, en revanche, une route – qui n'était guère qu'un sentier – sinuait entre l'abîme béant et les marais. Dann ne sentait plus l'odeur de moisi du Centre, mais celle des marais ne valait pas mieux. Les relents de plantes à moitié pourries se mêlaient à ceux de l'eau stagnante. En marchant, il pensait à Mara et au passé. Elle le hantait, le remplissait de chagrin. Pourtant il avait manqué la nouvelle de sa mort. Mara n'avait pas survécu à l'accouchement. Un messager de la Ferme s'était rendu au Centre en courant, mais Dann était déjà parti. Griot avait songé à dire au messager de rejoindre le voyageur, puis il avait déclaré que Dann était absent. Il était heureux de ne pas avoir à le mettre au courant. Durant son séjour à la Ferme, il avait observé et compris tout ce qui se passait. Il savait combien Mara et Dann étaient proches – il suffisait de les voir pour s'en rendre compte. Il savait qu'ils avaient cheminé ensemble à travers l'Ifrik au milieu d'innombrables dangers. Sa propre expérience lui avait appris la force du lien tissé par un danger partagé. Il avait vu la souffrance de Dann à l'idée que Mara appartenait non pas à lui mais à Shabis, son époux. Vraiment, Griot n'était pas pressé de lui annoncer que sa sœur était morte.

Dann avait voulu quitter le Centre, s'éloigner du passé, à cause d'un chagrin accablant qu'il croyait comprendre. Sa détresse était normale, mais il la surmonterait. Il n'avait aucune intention de se morfondre dans le malheur. Dès qu'il serait en route et bougerait vraiment, il se sentirait mieux. Toutefois il n'avait pas encore retrouvé son allure, sa cadence. C'était pourtant ce qu'il lui fallait, cet élan sans effort des jambes et du corps tout entier au rythme de l'instant, ce temps différent de celui qui s'écoulait quand il s'asseyait, se couchait, se déplaçait dans l'ordinaire de la vie. Un temps ignorant la fatigue. Marcher ainsi était comme une drogue, lui semblait-il. Cette marche sans pareille, il l'avait connue parfois avec Mara, tandis qu'ils avançaient du même pas rapide.

Mais Mara n'était pas là.

Il continuait de penser à Mara. Quand n'y pensait-il pas, du reste ? Elle était toujours avec lui, elle hantait son esprit, aussi obsédante qu'un cœur battant : Je suis avec toi, avec toi, avec toi... Mais elle n'était pas avec lui. Il s'approcha en trébuchant tout au bord du versant menant à la mer du Gouffre. Il imagina que Mara lui demandait : *Dann, Dann, qu'as-tu vu ?* Comme dans leur ancien jeu d'enfant, qui leur avait été si utile. Que voyait-il ? Il contemplait des nuages flottants. Et de l'eau, encore et encore de l'eau. Ses premières années n'avaient été que poussière et sécheresse, à présent l'eau prenait le relais. La pente abrupte sous ses yeux se terminait dans l'eau, l'éclat azuré de vagues lointaines. Et derrière lui, les marais envahis de roseaux et hantés de cris d'oiseaux se prolongeaient à l'infini... Mais non, c'était une illusion. Ils avaient un terme. Et de l'autre côté des brumes du nord, il savait qu'il y avait une côte recouverte par les glaces.

Mais voir n'était pas l'essentiel. *Dann, Dann, que sais-tu ?* Il savait que l'immense abîme se déployant sous ses yeux avait été occupé jadis par une mer, qui arrivait presque jusqu'à l'endroit où il se tenait maintenant, et des bateaux la sillonnaient et des villes se dressaient sur son rivage. Il savait que lorsqu'elle s'était asséchée, d'autres villes avaient été bâties sur le fond, puis avaient été peu à peu submergées. Certaines se trouvaient sur des îles encore habitées, mais beaucoup de ces îles avaient été abandonnées ou étaient en passe de l'être, car tout le monde savait que les eaux montaient rapidement et risquaient de les submerger. Tout le monde ? Non, il avait rencontré au Centre des gens n'ayant aucune idée de ces événements. Lui savait, cependant. Il savait grâce aux connaissances des Mahondis, fragments d'un savoir rescapé d'époques lointaines. « C'est un fait connu... », commençaient-ils en transmettant une information à quelqu'un qui l'ignorait car il venait d'une autre région de l'Ifrik. « On sait que... »

On savait que dans un passé reculé, quand la glace avait commencé inexorablement à envahir puis à recouvrir toute l'Eurrop, cette banquise avait littéralement poussé dans la mer les merveilleuses cités qui se succédaient sur la côte lui faisant face à présent, quoiqu'il ne pût la voir. Elles étaient tombées dans l'abîme, qui était déjà à moitié rempli de roches et de débris. Les gens de cette époque – qui donc étaient-ils ? – s'étaient servis des pierres et des blocs de ciment des antiques cités pour en construire de nouvelles dans la région s'étendant maintenant derrière lui. Puis tout changea de nouveau, la glace commença à fondre et les villes s'enfoncèrent tandis que la toundra retournait à l'état liquide. Le froid – un froid terrible – avait détruit l'Eurrop. Mais comment cette mer, la Moyenne-Mer, avait-elle pu s'assécher ? « C'était un fait connu » qu'à un certain moment une sécheresse aussi terrifiante que l'invasion fatale de la glace avait vidé de son eau toute la Moyenne-Mer, dont la surface asséchée se couvrit de villes.

Mais tous ces faits fragmentaires ne s'emboîtaient pas. L'esprit de Dann était rempli de connaissances éparses, qui ne formaient pas une unité. C'était tout ce qu'il savait, cependant, tandis qu'il observait la course des nuages sombres et écoutait les cris des oiseaux de mer descendant en flèche vers la mer qui s'étendait au fond de l'abîme. Dans son dos, il y avait les marais, qui n'étaient pas sans fin mais cédaient la place aux broussailles, au sable et à la poussière de l'Ifrik en proie à la sécheresse. Avec Mara, il avait traversé tous ces paysages, en passant des déserts aux marécages, qui les uns comme les autres étaient en train de se transformer en leur contraire, sous l'effet de changements si lents que pour les appréhender il fallait non pas *voir*, mais *savoir*.

Que sais-tu, Dann ? — Je sais que ce que je vois n'est pas tout ce qu'on peut savoir. N'était-ce pas plus utile que la question naïve de leur enfance : *Que vois-tu ?*

Il retourna sur le sentier et vit un homme presque mort d'épuisement se diriger vers lui en titubant. Ses yeux étaient hagards, ses lèvres crevassées, son souffle haletant. Bien qu'il fût à bout de force, il porta la main au manche d'un poignard glissé dans sa ceinture, afin que Dann sache qu'il était armé. Dann avait eu le même réflexe, mais il laissa retomber sa main avant de toucher son couteau. Pourquoi attaquer cet homme, qui n'avait rien de ce dont il avait besoin ? Toutefois il risquait lui-même d'être attaqué, car il était bien nourri.

— À manger ? marmotta l'étranger. À manger ?

Il parlait en langue toundra.

— Continuez dans cette direction, répondit Dann. Vous trouverez un endroit où vous pourrez manger.

L'homme se remit en route, d'un pas qui n'avait rien de l'aisance recherchée par Dann mais qui devait tout à la force de sa volonté. S'il ne se noyait pas dans le marais, il arriverait au Centre, et Griot le nourrirait.

Avec quoi ? C'était le problème de Griot.

Dann se remit en marche d'un pas lent. Il songea qu'il était plus facile de marcher vite sur la poussière et le sable que sur cette boue visqueuse, déjà foulée et malaxée par des milliers de pieds. Une multitude de gens avaient emprunté ce chemin, et il en venait encore plus. Dann s'arrêta au bord du sentier pour les observer. Ils avaient parcouru des distances immenses. Des hommes, quelques femmes, et même un enfant aux yeux ternes, au souffle court. Cet enfant allait mourir avant d'arriver au Centre. Dann avait dans son sac des vivres qui auraient pu le sauver, mais il resta immobile à contempler la scène. Comment pourrait-il jamais retrouver son allure, marcher à son rythme merveilleux, avec ces réfugiés dont le flot s'écoulait devant lui, sans fin...

Il n'avait guère fait de chemin, ce jour-là, mais il était déjà fatigué. Le soleil se couchait derrière lui, à l'ouest. Où Dann allait-il dormir ? Il n'apercevait aucun endroit à sec, tout n'était que boue et humidité. Se penchant sur l'abîme, il regarda s'il n'y aurait pas un rocher propice où s'allonger, mais tous étaient si inclinés qu'il roulerait vers le bas. Après tout, pourquoi pas ? Peu lui importait de basculer dans le vide. Il continua de marcher en regardant les rochers glissants et escarpés, que l'eau avait usés pendant des milliers d'années – mais il renonça à y penser, car cela mettait son esprit au supplice. Il aperçut enfin un arbre poussant de travers, un peu en contrebas. Il se laissa glisser vers lui sur les rocs et atterrit à califourchon sur le tronc. C'était un vieil arbre, et il n'était pas le premier à avoir poussé à cet endroit. On voyait alentour des vestiges d'arbres encore plus anciens. Dann sortit un morceau de pain de son sac, qu'il accrocha à une branche basse, puis il s'allongea. L'obscurité régnait déjà. On commençait à entendre les bruits de la nuit, la rumeur d'oiseaux et d'autres animaux qu'il ne connaissait pas. Au-dessus de sa tête, la lune brillait car les nuages s'étaient dissipés. Il la contempla en songeant que sa clarté avait souvent constitué une menace pour Mara et lui, alors qu'ils s'efforçaient de ne pas attirer l'attention... Mais il n'avait pas besoin de se cacher, maintenant. Il s'endormit. Il fut réveillé par un gros animal à l'épaisse fourrure blanche, se dressant sur ses pattes de derrière pour tenter d'attraper son sac rempli de vivres. Dann s'assit, trouva une pierre et la jeta sur l'intrus, qu'il atteignit au flanc. L'animal poussa un grognement et s'enfuit en glissant et en dérapant sur les éboulis avant de disparaître parmi les rochers.

C'était le milieu de la nuit et l'air était glacé. Mais le pire était l'humidité, cette éternelle humidité. Dann s'emmitoufla dans ses vêtements. Il se dit que s'il plaçait le sac des vivres sous son dos, l'animal l'attaquerait peut-être pour s'en emparer. Il laissa donc le sac sur la branche et passa le reste de la nuit entre la veille et le sommeil, à attendre le retour de l'animal. Cependant il ne se passa rien. Le soleil se leva à l'orient, là où la côte de la Moyenne-Mer prenait fin – il le *savait* – pour laisser place à des pays et des peuples inconnus. Pour la première fois, un doute le saisit. Voilà longtemps qu'il avait projeté de marcher jusqu'au bout de cette mer et ensuite... Mais de quelle distance s'agissait-il ? Il n'en avait aucune idée. Son savoir n'allait pas jusque-là. Il mangea un peu de pain, but à un ruisseau échappé des marais et remonta jusqu'au sentier. Il se sentait engourdi. Il fallait qu'il retrouve son rythme, afin de pouvoir marcher tout le jour et, si nécessaire, toute la nuit.

Sur sa droite, les marais formaient plusieurs mares entre lesquelles on pouvait se tenir au sec et regarder, au fond de l'eau, les toits de villes englouties. Et quels toits – quelles villes ! Il se rappela le batelier qui les avait menés dans le Nord, Mara et lui. L'homme avait déclaré qu'il n'aimait pas voir des édifices tellement plus beaux que tout ce qu'on était capable de construire à présent. Cette vision le déprimait, avait-il dit. Oui, songea Dann, c'était exactement ça : déprimant. Peut-être était-ce le vrai motif du chagrin qui l'accablait. Il avait honte de sentir sans cesse autour de lui un passé dont les prodiges d'intelligence et de richesse dépassaient de loin ce qu'offrait son époque. On se heurtait à tout instant à cette réalité – *il y a longtemps... très, très longtemps... c'étaient alors... ils étaient alors...* Des gens, des villes et surtout des connaissances désormais disparues.

Que savait-il, en fait ? Là-bas, les montagnes de glace de l'Eurrop étaient en train de fondre et leur eau se déversait dans la Moyenne-Mer, le long de ces côtes qu'il ne pouvait pas voir. Les marais gelés avaient paru jadis assez solides pour y bâtir des villes censées durer à jamais, mais elles étaient maintenant submergées. Et vers le sud, au-delà des marais, l'Ifrik et ses fleuves étaient réduits en poussière par la sécheresse. Pourquoi ? Il ne le savait pas. Il ne savait rien.

Les pensées de Dann étaient aussi hésitantes et épuisées que son pas, si lourd était le fardeau de son ignorance – et de sa honte. Jadis, *il y a longtemps*, les gens savaient, ils savaient tout, mais maintenant...

Il vit s'avancer vers lui un homme exténué, comme tous ceux qu'il croisait. Il l'appela en toundra mais vit à son visage qu'il ne comprenait pas. Il essaya le mahondi, l'agre, puis la demi-douzaine de langues qu'il connaissait assez pour demander : « D'où venez-vous ? » L'homme s'arrêta enfin. Ils étaient seuls sur le sentier. Dann sortit un morceau de pain et regarda manger l'homme affamé. Puis il demanda :

— D'où venez-vous ?

Dann entendit des syllabes qui lui étaient familières.

— Est-ce loin ?

— Ça fait quarante jours que je marche.

— Votre pays est-il proche de l'extrémité de la Moyenne-Mer ?

L'homme le regarda d'un air interdit.

— Voici la Moyenne-Mer, expliqua Dann. Nous sommes sur son rivage.

— Je n'en sais absolument rien.

— Comment appelez-vous donc ceci ? demanda Dann en désignant l'immense gouffre à côté d'eux.

— Nous l'appelons la Séparation.
— Et que sépare-t-elle ?
— Les pays de la glace et ceux qui sont secs.
— Votre pays est sec ?
— Rien à voir avec celui-ci, répliqua l'homme en regardant avec répulsion l'étendue terne des marais.
— À quelle distance se trouve l'extrémité de la Séparation ?
— L'extrémité ?
— Elle doit bien se terminer quelque part.

L'homme haussa les épaules. Il était impatient de repartir. Son regard effleura le sac de Dann, lequel en sortit encore un morceau de pain qu'il lui donna. L'homme cacha le pain dans ses vêtements.

— Dans mon enfance, on m'a raconté que mon grand-père était parti voir quels pays s'étendaient au-delà du nôtre et qu'il n'en avait trouvé aucun. Il avait marché pendant des jours et des jours.

Sur ces mots, l'homme s'éloigna en direction du Centre.

Dann resta immobile, désemparé, en se maudissant pour sa sottise arrogante. Il avait fait comme s'il allait de soi qu'il pourrait atteindre en marchant le bout de ce rivage. Pourquoi pas ? N'avait-il pas traversé ainsi l'Ifrik entière ? Mais cela lui avait pris tant de temps… Et entre lui et le bout de ce rivage, il y avait des guerres. Tous ces gens marchant ou courant, parfois blessés, avec des bras bandés ou des plaies au sang séché, c'étaient des fugitifs. Avait-il vraiment envie de se retrouver dans un pays en guerre ? D'affronter des combats ?

Mais que faire, alors ? Dann se remit en route. Il marchait lentement, sans parvenir à trouver son rythme, car il devait sans cesse s'arrêter du fait des groupes de réfugiés s'avançant vers lui. Cela dura toute la journée, et le soir fut semblable à celui de la veille – l'humidité partout, les marais couverts de roseaux. Cette fois, cependant, une brume pâle flottait au-dessus de l'eau et rendait l'odeur encore plus intenable. La nuit tombait. Dann regarda vers l'est dans l'obscurité grandissante et songea qu'il ne verrait jamais le bout de cette côte. Qu'avait-il imaginé ? Que faisait-il ici ?

S'accroupissant au bord de la route, il dessina avec la pointe de son couteau sur une parcelle de boue durcie d'abord un cercle, puis un ovale, puis une sorte de cercle allongé – la Moyenne-Mer. La moindre flaque, le moindre étang ou lac avaient un rivage faisant le tour de l'eau. Pourquoi avait-il voulu marcher jusqu'à l'endroit où la côte de la Moyenne-Mer s'incurvait pour continuer en sens contraire ? Parce qu'il brûlait d'envie de voir par lui-même les falaises de glace de l'Eurrop. Tel était son but, et il existait peut-être un moyen plus simple pour y parvenir que de marcher pendant encore une bonne partie de sa vie en se dirigeant droit vers des guerres et des combats.

Comme la nuit précédente, il se laissa glisser sur la pente et atterrit sur une plate-forme herbeuse parsemée d'arbustes inclinés tous dans la même direction, à cause du vent soufflant de la muraille de glace. Il plaça son sac sous sa tête, et son couteau sur sa poitrine, au cas où. La lune apparaissant par intermittence lui fit plaisir, car elle l'aidait à monter la garde.

Il se réveilla dans les ténèbres. Une masse blanche indistincte était tout près de lui. La lune apparut, lui permettant de voir qu'il s'agissait d'un gros animal couché, les yeux ouverts. L'animal le regarda paisiblement. Dann recula sa main serrée sur le manche du couteau. Ce n'était pas un ennemi. Une odeur de fourrure humide flottait dans l'air. La lune se cachait, se montrait de nouveau. Quel était cet animal ? Dann n'en avait jamais vu de pareil. Il était impossible de dire à quoi ressemblait son corps, sous cette énorme fourrure, mais le visage était sympathique, avec ses yeux écartés et les touffes de poils blancs qui l'entouraient. Manifestement, cet animal était fait pour le froid. Il serait malheureux sur le sable du désert ou dans n'importe quel endroit accablé de soleil. D'où venait-il ? Que fabriquait-il, couché ainsi près de Dann ? Que signifiait ce comportement ? Le visage de Dann était humide. Il n'y avait pas de brume, cette nuit-là. Il pleurait. Lui qui ne pleurait jamais, voilà qu'il versait des larmes sur sa solitude, sa terrible solitude dont il prenait conscience à cause de cette présence complice, amicale. Dann s'endormit, mais il se réveillait de temps en temps, comme pour savourer la douceur de ce sommeil partagé en toute confiance. Il se réveilla à l'aube et l'animal était toujours là, la tête posée sur ses grosses pattes hirsutes. Il regardait Dann avec des yeux aussi verts que ceux de Griot. Ce n'était pas un animal sauvage, il était habitué aux humains. Et il n'avait pas faim, comme en témoignait son indifférence aux provisions de Dann.

Avec lenteur, Dann tendit la main vers les pattes sur lesquelles reposait la tête de l'animal. Celui-ci ferma les yeux à deux reprises d'un air approbateur. Dann pleurait comme un enfant. « Ça ne fait rien, pensa-t-il, personne ne peut me voir. » Ils restèrent couchés tandis que la lumière se faisait plus intense, puis l'animal recula ses oreilles pointues et écouta. Des voix s'élevaient en haut, sur la route. Aussitôt, l'animal se leva, descendit doucement sur les éboulis jusqu'à un maigre arbuste tremblant dans le vent. Il se cacha derrière.

Dann regarda s'éloigner cette silhouette – la silhouette de son ami. Puis il bondit sur ses pieds pour affronter ces gens, faire face à ce qui l'attendait, même s'il ne savait pas vraiment ce que c'était.

Dressant sa tête juste au-dessus de la paroi rocheuse, il regarda passer un groupe de fuyards titubants, trop harassés pour lever les yeux et le voir. Il attendit. Personne d'autre ne semblait venir. De retour sur le sentier, il constata que le sol s'asséchait à mesure qu'il approchait d'une colline basse couronnée d'arbres. Il fallait qu'il remplisse sa gourde, si les marais touchaient à leur fin. Il quitta le sentier pour s'engager sur un passage à peu près sec entre des mares. Il s'arrêta, laissa le soleil réchauffer son visage. Tandis qu'il reposait si proche de l'animal mystérieux, il avait rêvé. Un rêve merveilleux – Mara. Oui, il avait rêvé d'elle, tant la proximité amicale de cet animal était douce. Que c'était donc étrange, la visite d'une telle créature dans la nuit.

Dann observa une mare limpide où flottaient quelques algues. Il distinguait trois masses de... De quoi ? D'une substance blanchâtre, juste sous la surface. Deux masses imposantes, et une plus petite... Des bulles s'échappaient de cette dernière, un museau se pointait vers le haut... C'étaient des animaux pareils à son compagnon nocturne. Ils s'étaient noyés – mais non, ces bulles étaient un signe de vie. La plus petite des trois créatures vivait encore. Dann s'agenouilla tout au bord de la mare, au risque de s'enfoncer dans le sol boueux. Il tira sur l'animal, l'approcha de ses pieds et le souleva avec tant de force qu'il faillit tomber lui-même. Saisissant la masse détrempée par les pattes de derrière, il vit de l'eau ruisseler du museau pointu. En fait, l'eau coulait de partout. L'animal devait assurément être mort ? Il ne donnait aucun signe de vie, ne se débattait pas, ne bougeait pas. Et l'eau continuait de couler de sa gueule, entre ses petites dents blanches toutes neuves. Sous l'amas de fourrure trempée, les yeux étaient mi-clos. Cet animal était tout jeune, sans doute le petit des deux masses blanches si proches. Peut-être les parents étaient-ils encore vivants, eux aussi ? Mais Dann avait littéralement les mains trop pleines, avec le petit rescapé. Lequel éternua soudain – un éternuement haletant et crachotant. Dann passa son bras autour de son fardeau humide et le tint la tête en bas, afin de faire sortir l'eau. L'air était si froid – un froid accablant, mortel –, et l'animal était un poids glacé.

Dann ne sentait pas le froid, tant il y était habitué, mais il savait que son protégé mourrait s'il ne parvenait pas à le réchauffer. Il le coucha sur quelques touffes d'herbe entre les mares. Sortant de son sac le paquet de vêtements qu'il emportait toujours, il s'en servit pour essuyer la fourrure trempée, aux poils emmêlés. Puis il emmaillota l'animal dans des couches de tissu. Il lui aurait fallu des couvertures épaisses, pourvoyeuses de chaleur, et il n'avait rien. Le petit noyé n'aurait-il pas dû frissonner ? Il ne semblait pas respirer. Dann ouvrit sa veste doublée de coton, qui était assez chaude pour lui, et la referma sur l'animal en la boutonnant.

L'animal avait la tête sur son épaule, les pattes atteignaient presque ses genoux. Sous ce poids humide et froid, Dann se prit à trembler. Que faire ? Cette créature était toute jeune, elle avait besoin de lait. Dann se leva en serrant contre lui son fardeau pour l'empêcher de glisser. Il regarda les deux silhouettes indistinctes qui resteraient immergées dans cette eau glacée pendant des jours avant de se décomposer. À moins qu'elles ne soient mangées avant ?

Les oiseaux du marais s'en chargeraient-ils ? Une foule de petits animaux peuplaient ces étendues détrempées. Dann ne pouvait s'en inquiéter. Il lui aurait été sans doute impossible de sauver ces créatures imposantes, même si elles avaient gardé une étincelle de vie. Il n'était même pas sûr de pouvoir secourir leur petit. Craignant à tout instant de perdre l'équilibre à cause de son fardeau, il s'avança avec précaution au milieu des touffes d'herbe jusqu'au sentier. Ne serait-il pas préférable de retourner au Centre ? Mais il lui faudrait au moins deux jours pour y parvenir, même en marchant d'un bon pas. Et en courant ? Il ne pouvait pas courir, avec un tel poids à porter. Devant lui, le sentier longeait en sinuant le rebord de la falaise... Mais plus loin, il s'élevait. Et là où il y avait des arbres, il y avait certainement des gens !

Malgré son fardeau, Dann essaya de courir, mais il dut s'arrêter en chancelant. Soudain, il sentit contre sa poitrine des battements de cœur, faibles mais réguliers. Et le petit animal commença à sucer son épaule. Il voulait vivre, et Dann n'avait rien, absolument rien à lui donner. Dann se remit à pleurer. Qu'est-ce qui lui prenait ? Lui qui ne pleurait jamais... Ce n'était qu'un animal en proie à la malchance, et il avait assisté à tant de morts en gardant les yeux secs. Mais cette petite créature avide de vivre et livrée à une telle impuissance, c'était plus qu'il n'en pouvait supporter. Malgré les crampes aux jambes que lui donnait son fardeau, il recommença à courir en trébuchant. Un chemin montait au milieu de bosquets sombres et, comme il l'avait pensé, *des gens*... L'animal cessa de sucer et gémit. Dann monta le chemin en courant, c'était une question de vie ou de mort, et quand il vit une maison – une cabane, plutôt, aux murs et au toit de roseaux –, il se cramponna à l'animal pour atténuer les secousses qu'il lui donnait maintenant en bondissant en avant.

Sur le seuil de la cabane, une femme brandissait un couteau. « Non, non ! cria Dann. Aidez-nous, nous avons besoin d'aide ! » Il parlait en mahondi, mais à quoi bon dire quelque chose ? Elle ne bougea pas tandis que Dann approchait, en haletant et en pleurant, ouvrait sa veste et lui montrait son fardeau trempé. Elle s'écarta, posa le couteau sur une corniche du mur intérieur puis prit l'animal des bras de Dann. Il était si lourd qu'elle tituba en l'amenant à une sorte de lit ou de divan couvert de couvertures et de peaux de bêtes. Avec une adresse qui frappa Dann, elle ôta les étoffes trempées et les laissa tomber sur le sol de terre avant d'envelopper l'animal dans des couvertures sèches.

Dann l'observa. Elle semblait aussi affolée que lui, consciente que le petit animal était aux portes de la mort. Il jeta un regard à la ronde. La pièce était assez primitive, mais son œil expérimenté vit qu'elle contenait tout ce qu'il fallait – une cruche d'eau, du pain, une grosse bougie, une table et une chaise en roseau.

Elle s'adressa à lui en thore :

— Restez avec lui. Je vais chercher du lait.

C'était une Thore, une femme petite, râblée et robuste, avec des cheveux noirs et rêches.

— D'accord, répondit-il dans la même langue.

Elle sortit, sans s'étonner apparemment qu'il connût sa langue. Dann écouta le cœur de l'animal. Il battait faiblement, comme s'il répétait : « Je veux vivre, je veux vivre... » Le petit être n'était plus aussi glacé.

La femme revint avec une tasse de lait et une cuiller.

— Redressez sa tête, dit-elle.

Dann s'exécuta. Elle versa quelques gouttes dans la gueule de l'animal, entre les petites dents acérées, et attendit. Il n'avala pas. Elle versa encore un peu de lait. Il manqua s'étouffer mais se mit à sucer désespérément avec ses lèvres mouillées, maculées de boue. Ils restèrent tous deux assis près de ce petit être entre la vie et la mort. Pendant un long moment, ils firent couler du lait dans sa gueule, en espérant que cela suffirait à le ramener à la vie. N'allait-il pas être secoué de frissons ? Elle retira la couverture, désormais trempée, et la remplaça par une autre. L'animal toussait, éternuait.

Comme Dann un peu plus tôt, elle le souleva par les pattes de derrière, encore emmaillotées, et le tint ainsi pour voir si de l'eau n'allait pas couler. Un mélange d'eau et de lait s'échappa de lui. « Il doit être plein d'eau », chuchota-t-elle. Ils parlaient à voix basse, bien qu'ils fussent seuls et qu'il n'y eût aucune autre cabane dans les environs.

Ils croyaient tous deux que l'animal allait mourir, tant il était inerte et glacé malgré la couverture. Ils avaient chacun conscience que l'autre perdait espoir, mais ils s'obstinaient. Et, tout en se démenant, ils pleuraient.

— Avez-vous perdu un enfant ? demanda-t-il.

— Oui, oui, c'est vrai. J'ai perdu mon enfant, il est mort de la fièvre des marais.

Il comprit qu'elle était sortie de la pièce pour extraire du lait de ses seins afin de nourrir l'animal. Il se demanda pourquoi elle ne l'allaitait pas, à présent, mais il vit les dents acérées et se rappela combien il avait eu mal quand l'animal avait sucé son épaule.

Leur intimité était telle, désormais, qu'il posa la main sur sa poitrine robuste, remplie de lait. Il songea que Mara devait avoir maintenant une poitrine semblable, si elle avait accouché. C'était difficile à imaginer.

Ils continuèrent ainsi toute la journée. Le soir tomba. Depuis des heures, ils n'avaient pensé qu'à l'animal et à son combat pour survivre, cependant ils avaient réussi à échanger quelques informations.

La femme s'appelait Kass. Elle avait un mari, qui était parti chercher du travail dans les villes de Toundra. Il était citoyen toundra, mais il avait été mêlé à une bagarre au couteau et devait éviter la police. Ils vivaient au jour le jour, en se nourrissant de poissons du marais et parfois des céréales et des légumes de quelque marchand itinérant. L'histoire de Kass sembla terriblement familière à Dann. Elle avait servi comme soldat dans l'armée thore et avait déserté, exactement comme Mara et lui, quand l'Armée Agre du Sud avait envahi Shari. Le chaos était tel qu'elle espérait en être quitte, mais à présent l'armée henne manquait de recrues et était à la recherche de déserteurs.

— Cette guerre, dit-elle. Quelle horreur !

— Je sais, répliqua Dann. J'étais là-bas.

— Vous ne pouvez imaginer comme c'était affreux, vraiment affreux.

— Je l'imagine très bien. J'y étais…

Il lui raconta sa propre histoire, mais en omettant certains détails. Il n'allait pas lui dire qu'il avait été le général Dann, Tisitch Dann, de l'Armée Agre, celui qui avait envahi Shari et devant qui Kass avait fui.

— C'était abominable. Ma mère a été tuée, ainsi que mes frères. Et tout ça pour rien !

— Oui, je sais.

— Et, maintenant, les recruteurs hennes sont partout et enrôlent tous ceux qu'ils peuvent convaincre de retourner avec eux. Et ils cherchent les gens comme moi. Mais les marais sont une protection. Tout le monde a peur des marais.

Pendant tout le temps où ils parlaient ainsi, l'animal respirait en haletant, sans ouvrir les yeux.

L'ombre envahit la cabane. Kass alluma la grosse bougie posée par terre. Une lumière tremblante éclaira le plafond et les murs de roseau. Le froid humide des marais s'insinua dans la pièce. Elle ferma la porte et la verrouilla.

— Il arrive que quelques-uns de ces malheureux qui fuient les guerres tentent de s'introduire ici, mais je suis de taille à me défendre.

Dann la croyait sans peine. Elle était forte et musclée, et elle avait été soldat.

Elle alluma un petit feu de bois. Ce feu était tout sauf généreux, et Dann se dit que cette petite colline boisée était sans doute la seule source de combustible à des lieues à la ronde. Elle lui servit une soupe de poissons des marais. L'animal était immobile, ses flancs se soulevaient convulsivement.

Soudain, il se mit à gémir. Il geignait et gémissait en cherchant du museau les tétines absentes de sa mère noyée dans les marais.

— Il veut sa mère, dit Kass.

Elle le souleva et le berça dans ses bras, bien qu'il fût beaucoup trop gros pour être son bébé. Dann l'observa en se demandant pourquoi lui-même ne pouvait s'empêcher de pleurer. De fait, Kass lui tendit un chiffon pour s'essuyer les yeux et demanda :

— Et vous, qui avez-vous perdu ?

— Ma sœur, répondit-il, j'ai perdu ma sœur.

Mais il ne dit pas qu'elle était perdue pour lui parce qu'elle s'était mariée. Il savait qu'il aurait eu l'air infantile.

Il termina sa soupe et suggéra :

— Peut-être aimerait-il manger de la soupe ?

— Je lui en donnerai demain.

Kass pensait donc que l'animal allait survivre.

Le petit orphelin ne cessa de s'endormir, puis de se réveiller en gémissant.

Allongée sur le lit, Kass le serra contre elle. Dann se coucha aussi – l'animal était entre eux. En se réveillant, Dann le vit sucer les doigts de Kass, qu'elle trempait dans son lait. Dann ferma les yeux pour ne pas la gêner. Quand il se réveilla de nouveau, la femme et l'animal étaient tous deux endormis.

Le matin, elle lui donna encore du lait. Il semblait aller mieux, même s'il était très faible et malade.

La journée s'écoula comme la veille. Ils restèrent sur le lit avec l'animal, auquel ils donnèrent du lait puis de la soupe.

Elle avait appris à Dann que toutes sortes d'animaux émigraient vers le sud, depuis que les montagnes de glace de l'Eurrop fondaient. Les congénères de leur protégé étaient les plus nombreux. On les appelait des chiens des neiges.

Comment des animaux pouvaient-ils survivre au milieu de la glace ?

Personne ne le savait.

— On dit que ces animaux viennent des fins fonds de l'Orient, et qu'ils traversent l'Eurrop pour éviter les guerres qui sévissent le long de la côte, à l'est de cette région-ci.

— On dit, on dit... grogna Dann. Pourquoi ne pouvons-nous pas *savoir* ?

— Nous savons qu'ils sont ici, n'est-ce pas ?

Les animaux que Dann avait vus en dormant sur le versant de la falaise étaient des chiens des neiges. Il avait sous les yeux un chiot de cette race. Il n'était pas évident de rapprocher cette petite créature crasseuse des gros animaux qu'il avait vus, avec leur toison blanche et floconneuse. Le chiot était tout sauf blanc. Ses poils étaient aussi sales qu'hirsutes, maculés de boue et de débris d'algues.

Kass trempa un linge dans de l'eau chaude et tenta de le nettoyer, mais il se mit à gémir d'un air horrifié.

Ces gémissements impuissants mettaient Dann hors de lui à force de... De quoi ? De souffrance, quelle qu'elle fût. N'y tenant plus, il plongea la tête dans ses mains. Kass s'efforça de faire taire le chiot qui recommençait à geindre.

C'est ainsi qu'une nouvelle journée passa, et une autre nuit, et le chiot sembla enfin ouvrir vraiment les yeux et regarder autour de lui. Il était encore tout petit, mais il devait marcher avec ses parents quand ils étaient tombés dans les marais.

— On a dû les poursuivre, dit Kass.

Les gens avaient peur d'eux. Pourtant ils n'attaquaient personne, se montraient au contraire amicaux. Mais que se passerait-il s'ils formaient une meute ? s'inquiétaient les gens. Ils deviendraient dangereux. Néanmoins, certains s'en servaient pour monter la garde. Ces chiens étaient intelligents et s'apprivoisaient facilement.

Kass fit chauffer de l'eau, y plongea le chiot et fit partir prestement la crasse. Il sembla apprécier la chaleur. Après son bain, il apparut blanc et floconneux, avec de grosses pattes velues et une épaisse collerette autour du cou. Son petit visage intelligent émergeait d'une forêt de poils blancs.

Un jour, il aboya pour la première fois, comme s'il essayait sa voix.

— Quelle rafale d'aboiements ! s'exclama Kass. Ce sera son nom : Rafale.

Désormais, quand venait la nuit, ils plaçaient le chiot emmailloté dans une couverture au bord du lit et non plus entre eux. Serrés l'un contre l'autre, ils faisaient l'amour. Tous deux savaient qu'ils n'étaient que des substituts pour des amours absents. Son mari, dans le cas de Kass. Du côté de Dann, c'était plus compliqué. Kira était – avait été – sa partenaire amoureuse, mais c'était à Mara qu'il pensait.

Et si le mari de Kass rentrait à l'improviste ?

Kass admit qu'elle y songeait... Et quels étaient les projets de Dann ?

Il déclara qu'il comptait marcher aussi longtemps qu'il le faudrait pour atteindre l'extrémité de ce côté de la Moyenne-Mer.

Il voulait voir sa réaction. Elle s'exclama aussitôt qu'il était fou, qu'il ne savait pas ce qu'il disait. Il y avait au moins deux conflits faisant rage non loin du sentier qu'il voulait suivre. Les gens qui en venaient apportaient toujours les mêmes nouvelles : c'était la guerre, là-bas.

Et Kass en savait beaucoup plus long que lui sur la mer du Gouffre. Le rivage du côté nord ne se déroulait pas en ligne droite depuis la Barrière Rocheuse jusqu'à cette contrée, quelle qu'elle fût, où la côte s'incurvait pour devenir la rive méridionale. Des caps et des péninsules le découpaient, et la mer était parsemée de nombreuses îles, grandes ou petites. C'était ce qui permettait aux chiens des neiges de faire la traversée depuis la côte septentrionale. Ils nageaient d'île en île.

Que voulait faire Dann, dans ces conditions ?

Il voulait marcher. Il avait besoin de marcher. Ce qui signifiait qu'il devait quitter ces lieux.

Le chiot des neiges devenait plus fort de jour en jour. Il éternuait beaucoup. Ils supposaient qu'il avait encore de l'eau dans ses poumons. C'était une jolie boule de poils, qui les suivait constamment de ses yeux verts. Il aimait rester couché près de Kass sur le lit, mais il préférait encore être avec Dann. Se blottissant contre lui, il posait la tête sur son épaule, comme le jour où Dann avait marché ou plutôt couru jusqu'à la cabane.

— Il vous aime, dit Kass. Il sait que vous l'avez sauvé.

Dann n'avait pas envie de quitter le chiot des neiges. Il n'avait pas non plus envie de quitter Kass, mais à quoi bon ? Elle avait un mari. Dann aimait cet animal. Son cœur où la colère faisait rage n'était plus que paix et amour, quand le chiot était couché près de lui, à lécher son visage ou à sucer ses doigts. Mais il fallait qu'il reparte. Au début, il avait songé à emmener Rafale, mais c'était impossible. Le chiot avait un régime délicat, à base de soupe légère, de morceaux de poisson et de lait – non plus celui de Kass, mais celui d'une chèvre qui vivait dans un enclos et bêlait pour qu'on lui tienne compagnie.

Rafale ne pouvait voyager avec Dann, et Dann devait se remettre en route.

Le jour où Dann s'en alla, le chiot gémit et courut après lui sur ses pattes encore chancelantes. Kass dut se hâter de le prendre dans ses bras pour le ramener. Elle pleurait. Le chiot des neiges pleurait. Et Dann pleura aussi.

Il songea qu'il avait passé le plus clair de son temps à pleurer, lorsqu'il était avec Kass et le chiot. Cependant il n'était pas du genre à pleurer, se répéta-t-il. « Je ne pleure pas ! », s'écria-t-il tout haut en courant plus vite pour échapper aux gémissements de Rafale. « Je n'ai jamais pleuré jusqu'à présent, donc je dois cesser sur-le-champ. » Puis il se rendit compte qu'il avait trouvé son rythme. Il courait avec légèreté sur le chemin mais il ralentit pour marcher d'un pas rapide, qui le maintiendrait en forme sans le fatiguer. C'était pour lui un immense soulagement, et il s'arrêta de pleurer. Il continua de marcher entre les marais et les falaises, sans jamais faire halte ni modifier son allure. Aucun réfugié ne venait plus dans sa direction. Cela signifiait-il que la guerre était terminée ? Qu'on ne se battait plus ?

La nuit tomba, et il se laissa glisser sur le versant afin de trouver un buisson pour se cacher, ou une crevasse entre les rochers. Il rêva du lit accueillant de Kass, de Kass elle-même et du chiot des neiges, mais il se réveilla les yeux secs. Après avoir mangé quelques bouchées des vivres qu'elle lui avait préparés, il retourna sur le sentier, avec le soleil en plein visage. Il constata que les marais se clairsemaient. La nuit suivante, il avait des landes sur sa droite. Il ne dormit pas sur le versant d'une falaise mais sur un rocher sec abrité par des buissons délicieusement parfumés. Enfin débarrassé de la puanteur humide des marais... Il respira à pleins poumons l'air pur et salubre. Deux autres jours passèrent ainsi, et il se dit qu'il devrait faire attention car il risquait de se retrouver au milieu des combats, si cela continuait. Durant tout ce temps, il n'avait rencontré personne sur le sentier. Puis il aperçut ces deux... Comment les appeler ? Des enfants ? Quand ils approchèrent, titubants, défaillants, il vit que c'étaient deux adolescents squelettiques. Ils avaient le regard fixe de ceux qui mouraient de faim. Leur peau... De quelle couleur était-elle ? Grise ? Appartenaient-ils à un peuple gris ? Non, ils étaient simplement livides, avec des lèvres gercées et blanchâtres. Apparemment, ils allaient passer sans même le voir.

Ils étaient pareils à Mara et lui, voilà si longtemps, réduits à l'état de spectres par les privations, mais encore debout. Quand ils furent à sa hauteur, la fille – oui, il lui semblait bien que c'était une fille – faillit tomber. Le garçon tendit la main pour la rattraper, mais en un geste machinal, impuissant. Elle s'effondra. Dann la souleva, et eut l'impression de tenir une poignée de brindilles. Il la posa au bord de la route, du côté où s'étendaient les landes. Le garçon le regarda d'un air vague, sans comprendre. Dann passa un bras autour de son épaule, le conduisit vers l'herbe et l'assit près de la fille, qui respirait péniblement, les yeux fixes. Il s'agenouilla près d'eux, ouvrit son sac et en sortit un peu de pain, qu'il mouilla d'eau afin de le rendre plus facile à manger. Il glissa un morceau dans la bouche de la fille. Elle ne le mangea pas, ayant atteint ce stade où l'estomac n'est plus capable de reconnaître sa fonction. Il essaya avec le garçon, sans plus de succès. Leur odeur était terrible, leur haleine fétide. Dann tenta de leur parler dans les langues qu'il connaissait, puis dans celles dont il n'avait que quelques rudiments. Ils ne réagirent pas. Peut-être ignoraient-ils toutes ces langues, peut-être étaient-ils trop malades pour l'entendre.

Ils restèrent assis à l'endroit où il les avait placés, en regardant dans le vide – rien de plus. Dann songea que Mara et lui n'avaient jamais sombré au point de ne plus réagir au danger, de perdre leur volonté de survie. Les deux adolescents lui paraissaient voués à mourir. Il leur faudrait marcher pendant des jours avant d'atteindre le Centre. Ils pourraient s'arrêter auparavant chez Kass, mais elle les accueillerait avec son couteau à la lame aiguisée. Derrière eux, les landes s'étendaient jusqu'aux grandes villes de Toundra, très loin d'ici. Et s'ils parvenaient à se relever, à marcher jusqu'aux marais, ils tomberaient sans doute et se noieraient, à moins qu'ils ne basculent dans le vide du côté de la falaise.

Alors qu'il était assis près d'eux, à regarder ressortir de leur bouche la nourriture qu'il y avait glissée, ils se recroquevillèrent soudain et s'effondrèrent sur le dos, en respirant à peine. Ils allaient mourir sur place. Dann resta un instant avec eux puis se remit en route, mais sans retrouver son rythme. Il pensait à tous les dangers que Mara et lui avaient courus. Ils s'en étaient toujours tirés à force de prudence et de vivacité, ils avaient été sauvés par leurs propres efforts ou grâce à la gentillesse d'autrui. Et la chance avait été de leur côté... Ces deux-là n'avaient pas eu de chance.

Il vit s'avancer vers lui une silhouette menue, marchant avec une lenteur obstinée qu'il reconnut aussitôt : l'homme puisait sa force dans sa volonté, ce qui n'avait rien à voir avec l'aisance conférée par ce rythme qui semblait venir d'ailleurs. Il était maigre et anguleux, mais nullement dans un état aussi pitoyable que les deux adolescents. Dann l'interpella en mahondi, et l'autre répondit sur-le-champ. Manifestement, il n'avait pas envie de faire halte. Cependant Dann brandit un morceau de pain sec et marcha vers lui. L'homme s'arrêta. Petit et nerveux, il avait une peau jaunâtre – qui était son teint naturel, non l'effet de la famine –, des yeux noirs au regard sérieux, des cheveux noirs fins et bouclés, une barbe peu abondante. Il n'avait rien d'une brute ou d'un voyou.

Dann commença à l'interroger tandis que l'inconnu mangeait posément, sans se jeter sur la nourriture.

D'où venait-il ?

De très loin dans l'est.

Mais n'y avait-il pas une guerre là-bas ?

Si, deux guerres terribles. La plus proche était parvenue à une impasse, les soldats restaient seuls sur le terrain et préparaient une contre-attaque. Celle qui avait lieu plus loin faisait rage. Son propre pays avait été envahi et était en proie à une guerre civile. Il s'était enfui en faisant un détour pour éviter l'autre guerre. Il avait travaillé pour un paysan, afin d'avoir le vivre et le couvert. Qu'allait-il trouver, maintenant, s'il continuait son chemin ?

Dann le mit au courant avec soin, en le regardant hocher la tête à mesure qu'il assimilait les informations essentielles. Il devait prendre garde à ne pas tomber dans les marais ou du côté des falaises. S'il marchait assez longtemps, il atteindrait un énorme ensemble de bâtiments appelé le Centre. Il y trouverait un certain Griot, qui pourrait l'aider.

Pourquoi Dann se donnait-il tout ce mal pour cet inconnu ? L'homme lui était sympathique. Il lui rappelait quelqu'un, un ami qui l'avait aidé. Et ce visage intelligent…

Quel est votre nom ?

— On m'appelle Ali.

Avec une confiance faisant écho à celle que lui témoignait Dann, il ajouta :

— J'étais le scribe du roi. C'est pourquoi j'ai dû m'enfuir, j'étais trop connu.

— Et comment s'appelle votre pays ?

Dann n'avait jamais entendu ce nom. Il se trouvait au-delà de Kharab, dans une partie du globe qu'il aurait eu peine à situer.

Il donna à Ali un gros morceau du pain de Kass et le regarda le cacher dans ses vêtements avant de se remettre en route, d'un pas d'abord hésitant, du fait de sa fatigue, puis plus alerte et régulier. S'arrêtant un instant, Ali se retourna vers lui et s'inclina brièvement, la main sur le cœur.

Alors que Dann suivait des yeux cet homme qu'il considérait comme un ami, sans bien savoir pourquoi, il entendit des cris et des pas précipités. En se rendant compte de la situation, il se laissa tomber sur le versant de la falaise. Ces gens étaient dangereux. Aussi nombreux que bruyants, ils mouraient de faim. Certains étaient blessés et arboraient des plaies au sang séché, des entailles mal cicatrisées. S'ils savaient qu'il avait des vivres, ils le tueraient. Un seul coup d'œil lui avait suffi pour comprendre tout cela.

Il ne dressa pas la tête au-dessus du versant avant qu'ils n'aient disparu.

Il savait qu'Ali était assez rapide et intelligent pour se cacher à leur approche.

Et que ferait Griot, en voyant arriver cette horde de bandits ?

Dann aperçut près de lui un sentier assez large. Il l'emprunta pour descendre entre des rochers sombres, usés par les eaux. Il se rappela qu'il ne mettait qu'une demi-journée jusqu'alors pour rejoindre la mer du Gouffre. Toutefois la Moyenne-Mer était plus basse, à cet endroit, de sorte qu'il en était encore loin à la tombée de la nuit. Il s'installa dans un abri pour voyageurs, en espérant qu'il n'aurait pas de compagnie. Il dormit avec son couteau à portée de main, mais il n'entendit aucun coup à la porte, ne vit pas d'intrus, ne sentit aucune odeur d'animal. À l'aube, il sortit sur le seuil de l'abri et constata que cette partie de la Moyenne-Mer était couverte d'îles, dont les sommets étaient au même niveau, voire plus hauts que la côte. Et ces îles étaient boisées – il les distinguait nettement, maintenant. On y voyait briller des lumières, qui s'éteignirent à mesure que le soleil devenait plus fort.

Il songea aux deux adolescents gisant sans doute toujours au bord du chemin. Ils s'étaient avancés vers lui en chancelant, comme chassés par le vent, deux petites créatures dans la tempête. Pourquoi s'en soucier davantage que de tant d'autres malheureux ? Néanmoins il pensait à eux. Les corbeaux ou d'autres rapaces de la lande sauvage devaient les avoir découverts, à cette heure.

Après avoir laissé le soleil baigner de chaleur ses jambes engourdies, il se remit en route. Ce sentier était très fréquenté. Avant d'arriver au bord de la mer du Gouffre, il aperçut un autre abri pour voyageur. Une cabane en bois. Il était tellement habitué à des toits, des murs, des objets de toutes sortes en roseau, qu'il fut ravi de voir des planches bien taillées et de solides toits de bardeaux.

L'après-midi était maintenant bien avancé. Le ciel resplendissait, des vaguelettes innombrables striaient la mer d'un bleu intense. L'eau était glaciale – ses doigts s'engourdirent aussitôt. Au bord de la mer, un poteau se dressait sur une portion de terrain plat. Dann constata qu'il était presque à moitié submergé et qu'on y avait attaché des nasses. Ce poteau était destiné à amarrer un bateau, que Dann verrait arriver s'il attendait encore un peu. Il s'assit sur un banc qui se trouvait là. Regardant l'île la plus proche, d'où le bateau viendrait sans doute, il se dit qu'on pouvait l'apercevoir de là-bas. Les passeurs devaient faire le guet et venir quand ils voyaient quelqu'un attendre. Il s'assoupit – sur ce rivage, il ne se sentait pas inquiet, contraint à la vigilance. Il fut réveillé par un bateau heurtant le poteau d'amarrage. Dans le bateau se trouvaient un jeune homme et un chien des neiges, lequel sortit d'un bond et courut en haut de la falaise. « Je les emmène pour leur éviter de traverser à la nage », murmura le jeune homme en souriant.

Dann lui demanda en mahondi :

— Combien coûte la traversée ?

Le jeune homme secoua la tête, et Dann essaya en charad puis en toundra. Il entendit alors :

— À quoi ressemble votre argent ?

Dann avait des poignées de pièces en différentes monnaies. Le jeune homme regarda les pièces toundra avec approbation.

Il ne demandait pas une grosse somme. Dann monta dans le bateau et ils partirent.

Comment s'appelait cette île ? Dann entreprit de poser toutes les questions indispensables. Quand il demanda si l'île dépendait de Toundra, il se heurta à une hostilité manifeste et comprit que l'orgueil des insulaires était à vif.

Les îles se considéraient comme une entité à part et avaient combattu toutes les tentatives pour les soumettre, notamment celles de Toundra.

— Ils ont fini par renoncer, déclara le jeune homme. Les dirigeants de Toundra ont perdu leur autorité.

Dann avait entendu la même chose dans la bouche de Kass.

— Ils ne sont plus ce qu'ils étaient. Il paraît que tout le monde en a assez de leur gouvernement.

Le bateau avait fait la moitié de la traversée, sur la mer réchauffée par un soleil brûlant. Il faisait plus chaud ici qu'au sommet des falaises.

— Je le crois aussi, dit Dann.

Il avait envie d'en entendre davantage, mais ce qui suivit n'avait rien pour lui plaire.

— On raconte que le vieux Centre connaît une nouvelle jeunesse. Il y aurait un nouveau maître, appartenant à l'ancienne lignée. Il semble qu'on lui donne le titre de général, mais pour moi c'est tout bonnement le prince. Nous aimons les traditions, par ici. Si l'ordre et la légalité revenaient un peu là-bas, notre vie serait plus facile.

Dann fut tenté de répliquer : « Je me trouvais récemment au Centre, et ces racontars sont sans fondement. » Mais il n'avait pas envie de se dévoiler maintenant – ni même plus tard. Il n'aimait pas l'idée d'être célèbre. Il voulait être lui-même, libre.

En atteignant le rivage, ils virent plusieurs chiens des neiges à moitié cachés dans un bosquet.

— Ils attendent, dans l'espoir qu'un de nous les fera traverser. Ils savent nager, mais avec tous leurs poils une telle traversée est une épreuve. Certains des passeurs les aident. Je le fais, mais d'autres ne sont pas de cet avis. Ces animaux sont inoffensifs. Je pense qu'ils n'avaient jamais vu d'humains avant d'arriver ici. Nous excitons leur curiosité.

Il continua son bavardage tandis qu'ils se balançaient sur les vagues avant de débarquer dans une petite ville, déjà éclairée pour la nuit. Cette vision était joyeuse, et Dann avait sous ses pieds un sol ferme et sec, et il sentait une odeur de fumée de bois. Durk, le passeur, déclara qu'il y avait une bonne auberge dans les parages. Elle s'appelait l'Oiseau de Mer et les aubergistes n'étaient autres que ses parents.

Dann savait qu'il valait mieux ignorer ce genre de conseil, dans une ville où tous ceux qui s'occupaient des voyageurs étaient à la solde de la police, mais il lui sembla qu'il n'avait rien à craindre pour l'instant, surtout si les agents toundras n'étaient pas les bienvenus. Il flâna un moment dans les rues, en savourant la fraîcheur de l'air marin et en admirant les édifices aussi solides que confortables, faits de pierre et de bois. La pierre à bâtir ne manquait pas, dans cette île où la roche affleurait sous la mince surface de terre. Ici, les maisons ne risquaient pas de s'enfoncer dans des marais.

Dann découvrit qu'il était attendu à l'auberge. Il passa la soirée dans la salle commune, à écouter les conversations. C'était une assemblée sympathique, où tout le monde se connaissait. Dann les intéressait, mais ils étaient trop polis pour lui poser des questions. Ils se contentèrent de l'observer tandis qu'il mangeait son dîner – un plat de poisson et une sorte de bouillie faite avec une céréale qu'il ne connaissait pas.

Ils étaient très différents des Thores, même s'ils étaient eux aussi de petite taille – ils avaient une bonne tête de moins que Dann. Les Thores étaient trapus, avec une ossature légère et des cheveux noirs, courts et raides. Quant à leur peau… Pouvait-on dire d'une peau qu'elle était verdâtre ? Oui, comparée au teint d'un brun clair et chaud des insulaires. Dann avait vu comme un reflet vert sur les pommettes de Kass, et des ombres bleuâtres sur son cou. Ce souvenir prenait un relief nouveau, devant ces visages où le brun se mêlait de nuances cuivrées. Et leurs cheveux noirs n'étaient que boucles et ondulations. Ils étaient tous si allègres, et semblaient vivre sans peur. Il n'y avait pas une arme dans la pièce, en dehors du poignard caché de Dann.

Ses questions leur faisaient plaisir, et les réponses fusaient des quatre coins de la salle.

Cette île comptait un millier d'habitants. Toutes les îles vivaient de la pêche dans cette mer poissonneuse. Ils faisaient sécher les poissons, les soumettaient à des préparations variées et allaient jusqu'aux falaises les vendre dans les villes du rivage de l'Est. Toutefois les guerres avaient mis fin à ce commerce, et les poissons s'entassaient dans les entrepôts. Ils projetaient une expédition à travers les landes afin d'atteindre les grandes villes de Toundra, mais ils savaient que la prudence s'imposait car le désordre régnait, du fait de la faiblesse du gouvernement.

Ils vendaient également des filets de pêche confectionnés avec les roseaux des marais, qu'ils allaient chercher « là-haut », comme ils disaient.

Avec une espèce particulière de roseau, ils fabriquaient des étoffes, et toutes sortes de paniers et de récipients dont certains pouvaient contenir de l'eau. Une des îles était peu montagneuse, et ses étendues plates permettaient la culture de céréales. Tous les insulaires avaient des chèvres, qui donnaient du lait, de la viande et des peaux. Ils vivaient bien, déclarèrent-ils à Dann, et ils ne craignaient personne.

Dann demanda s'il serait facile de voyager d'île en île jusqu'aux falaises de glace de l'Eurrop, qu'il mourait d'envie de voir de ses propres yeux.

C'était possible, lui répondit-on, mais peu raisonnable. Les blocs de glace étaient si instables, de nos jours, qu'on ne savait jamais quand ils allaient se briser et s'effondrer. Parfois, on entendait leurs craquements même d'ici, à tant de lieues de distance.

Dann comprit qu'ils ne s'attendaient pas à voir leur mode de vie changer rapidement et même, sur les îles les plus basses, à disparaître. Pourtant tout le monde le savait, « là-haut ». Les habitants des îles trop basses allaient devoir s'installer sur des îles plus hautes, puis sur d'autres encore plus hautes. Savaient-ils que les ruines de villes immenses reposaient sous les vagues qui les entouraient ? Quand Dann leur en parla, ils éclatèrent de rire et s'exclamèrent qu'il existait toutes sortes de légendes sur ces temps reculés.

Ces gens n'avaient pas envie de savoir. Après tout, ce n'était pas la première fois que Dann observait ce phénomène. Des gens dont l'existence était menacée préféraient l'ignorer, tant cette idée leur était insupportable.

Combien de temps faudrait-il pour que l'eau monte et submerge les bois charmants de cette île prospère ? Au matin, Dann marcha jusqu'au rivage et le longea un bon moment. L'eau montait rapidement. Non loin de la ville, elle cernait certaines maisons ou les recouvrait entièrement.

Quand il en parla à l'auberge, il fut accueilli par des rires et des quolibets. « Oui, nous sommes au courant ! entendit-il. Mais cela durera assez longtemps pour nous et pour nos enfants. »

À l'auberge, Dann dormait dans une vaste pièce contenant plusieurs lits. L'un d'eux était occupé par Durk, le passeur, qui était un fils de la maison. Seuls les couples disposaient de chambres particulières. La pièce réservée aux femmes était gardée par un chien des neiges dormant sur le seuil.

Cette auberge et ces gens étaient si agréables, mais Dann ne tenait pas en place. Il confia à Durk qu'il désirait se rendre à l'extrémité de cette île toute en longueur. Durk dit qu'il n'y avait pas d'auberge là-bas, à quoi Dann répliqua qu'il était habitué à dormir dehors.

Durk était partagé entre l'anxiété et la curiosité.

— Mais il fera froid, objecta-t-il.

Dann déclara qu'il emporterait des peaux de chèvre, et ajouta :

— Je veillerai sur toi.

Il considérait ce jeune homme comme son cadet, comme un enfant, presque – ils avaient pourtant le même âge. Allongé dans la nuit, il voyait briller des étoiles dans le carré de la fenêtre. Il songea à Kass, au chiot des neiges, puis aux existences aussi dures que dangereuses des gens qu'il avait connus jusqu'alors. Cette île était vraiment un autre monde, un havre de paix. Les insulaires étaient en sécurité, au moins provisoirement. Ils étaient prospères, rassasiés, protégés, et aux yeux de Dann ils étaient des enfants – un peuple d'enfants. Incapable de s'endormir, il regardait les étoiles changer de position. Durk dormait de l'autre côté de la chambre, avec deux ou trois autres jeunes insulaires. La plupart des lits étaient vides. Les guerres « là-haut » gênaient les déplacements. Certains voyageurs venus faire du commerce avaient marché pendant un cycle solaire entier avant de parvenir à ce rivage. Il leur arrivait de rester, séduits par le mode de vie des insulaires et par la sécurité dont ils jouissaient.

La main serrée sur le manche de son poignard, Dann songea pour la première fois de sa vie qu'il se trompait peut-être en considérant comme inférieurs des gens ignorant la faim et le danger. Qu'y avait-il de mal à vivre dans ce qui lui apparaissait comme une sorte de rêve facile ? Ils étaient heureux. Ce mot n'était guère familier à Dann.

Satisfaits. Ils ne fermaient pas leurs portes à clé. Personne ne gardait ces îles.

Dann se força à se détendre, à se reposer dans un calme sans inquiétude au lieu d'être constamment crispé, sur le qui-vive. Il se dit qu'il pourrait aussi bien rester ici. Pourquoi pas ? Malgré tout, il avait promis à Griot qu'il reviendrait. Il fallait qu'il tienne sa promesse – bientôt, pas tout de suite. Et il y avait la Ferme, où Mara devait maintenant avoir son enfant. Kira avait également le sien – l'enfant de Dann. Cependant ce n'était pas l'enfant de Kira qui était à lui, dans son esprit, mais celui de Mara. Kira avait beau lui être liée intimement, elle n'était pas proche de lui.

Au matin, une femme assise à la table commune déclara qu'elle avait fui la guerre faisant rage non loin des îles. Arrivée sur la côte dans la nuit, elle avait attendu un passeur puis fait la traversée à la nage. Le manque de nourriture l'avait mise dans un piètre état, mais ses yeux brillaient d'une volonté indomptable de survivre. Elle demandait simplement l'asile. Toutefois Dann était certain qu'elle trouverait aisément un mari, une fois qu'elle aurait recouvré un poids normal.

Il partit explorer l'île avec Durk, après avoir rempli son sac de provisions. Au début, il ne sut pas lui-même ce qu'il ressentait, ce délassement de tout son être, cette impression d'être rassasié de mets délicats, de vins grisants. Puis il comprit : il n'avait encore jamais vu des forêts entières d'arbres en bonne santé. Il ne connaissait que les arbres debout dans la poussière, mourant de soif, dont l'aspect pouvait paraître florissant jusqu'au moment où la flétrissure imperceptible de leurs feuilles vous avertissait que la sécheresse était en train d'attaquer leurs racines. Il découvrait maintenant des arbres dont l'espèce lui était inconnue. Leurs troncs sombres, d'une hauteur vertigineuse, portaient des branches chargées d'innombrables aiguilles exhalant un frais parfum aromatique. D'autres étaient élancés et gracieux, avec des troncs blancs frémissant et miroitant à la moindre brise. Des arbustes couverts de baies parsemaient le sol rocailleux. Dann raconta à Durk ce qu'il avait vécu dans les contrées en proie à la sécheresse du sud de l'Ifrik, mais il se rendit compte que son compagnon ne le croyait pas. Durk l'écouta avec un sourire approbateur, comme s'il était un conteur embarqué dans une histoire à dormir debout.

Quand ils arrivèrent à l'extrémité de l'île, à l'horizon de laquelle une autre île surgissait, Dann s'allongea pour dormir sur le tapis moelleux formé par les buissons bas. Durk déclara qu'il allait l'imiter, comme si c'était une grande aventure pour lui. Alors qu'ils reposaient côte à côte, Dann dans sa veste de coton, Durk sous une couverture en peau de chèvre, à la clarté des étoiles paraissant plus proches et brillantes que « là-haut », Dann sentit qu'il s'endormait mais son compagnon lui demanda de continuer à lui raconter ses aventures. C'est ainsi que Dann découvrit comment il pourrait assurer sa subsistance, pendant ce voyage où il avait si peu d'argent et aucun moyen d'en gagner. Le travail ne manquait pas, dans la région, mais il nécessitait des spécialistes. Des pêcheurs, dont les pères et les grands-pères avaient sillonné la mer à la recherche de poissons, voyageaient à travers les îles dans leurs petits bateaux. Des travailleurs spécialisés se chargeaient de faire sécher et d'apprêter les poissons. D'autres partaient les vendre

« là-haut ». Les plus jeunes s'occupaient des chèvres, les femmes cultivaient les céréales. Personne n'avait besoin des talents de Dann.

De retour à l'auberge, Dann déclara qu'il paierait son séjour en racontant les péripéties de sa vie aventureuse. Le soir même, la salle commune se remplit d'auditeurs. Durk avait répandu partout la nouvelle que leur hôte était un conteur.

Éclairée par des lampes à huile de poisson, la vaste salle était comble. Debout près du comptoir, Dann observa le public en essayant de deviner ses possibles réactions et en se demandant quelles histoires lui plairaient le mieux. Les sourcils froncés, il effleura sa bouche de ses longs doigts, comme pour faire taire certains souvenirs. Il ne ressemblait pas aux conteurs professionnels, qui se montraient affables et savaient comment retenir l'attention, faire des pauses, entretenir le suspense, ménager des surprises et décocher une plaisanterie aux moments les plus dramatiques. Les assistants avaient devant eux un grand jeune homme maigre, à l'air hésitant, aux longs cheveux noirs attachés avec une lanière de cuir. Son visage, contrairement aux leurs, était empreint de doute. Mais à leurs yeux, c'était l'expression de la souffrance.

Par où commencer ? Si Mara avait été là, elle aurait pu remonter nettement plus loin que lui, qui ne se souvenait de rien avant sa fuite du Village des Rochers avec les deux hommes qui l'avaient traité si cruellement. Il y avait dans la salle plusieurs enfants, auxquels on avait promis de belles histoires. Il ne pouvait évoquer devant eux les mauvais traitements qu'il avait subis. Il commença son récit par les tourbillons de poussière et les rivières à sec, par les ossements d'animaux entassés à l'endroit où d'anciennes inondations les avaient transportés. Il vit les visages des enfants devenir incrédules. L'un d'eux se mit à pleurer, sa mère le fit taire. Dann raconta qu'il s'était caché derrière un mur en ruines et avait vu passer des hommes portant sur leurs épaules des cages en bois où étaient enfermés des prisonniers de guerre destinés à être vendus au marché aux esclaves. Un enfant éclata en sanglots et sa mère dut sortir avec lui.

— Je constate que mes histoires ne conviennent pas aux enfants, dit Dann avec un sourire éperdu de honte.

— C'est aussi mon opinion, lança une des mères.

Dann donna donc une version adoucie de ses souvenirs, dont certains prirent même un aspect comique. La première fois qu'il entendit rire son public, il eut envie de rire à son tour tant il était soulagé.

Puis son récit redevint sérieux quand il en vint à sa rencontre avec des voyageurs qui lui avaient dit que sa sœur était vivante dans le Village des Rochers, après quoi il s'était mis en route vers le sud alors que chacun fuyait vers le nord. Évitant les endroits où tout semblait en feu, même le sol, il avait vu danser entre les collines les flammes rouges et dorées. Lorsqu'il avait retrouvé Mara, elle était si près de la mort qu'elle avait l'air d'un vieux singe, avec sa peau tendue sur ses os et ses cheveux emmêlés au point qu'il avait dû les raser avec un couteau.

Il se mit alors à leur raconter leur voyage vers le nord, au milieu de tant de dangers, et ils oublièrent qu'il ignorait tout de la technique des conteurs. Il parlait avec lenteur, à mesure qu'il se souvenait, si profondément immergé dans son passé que les auditeurs devaient se pencher pour ne manquer aucun mot.

Arrivé au moment où il avait poussé les aéroptères sur les collines, il dut s'interrompre pour expliquer de quoi il s'agissait.

— À l'origine, ils se trouvaient dans les musées du Centre, déclara-t-il avant de les décrire.

C'étaient d'anciennes machines volantes. Comme on n'avait plus les connaissances ni le carburant nécessaire pour les faire voler, elles servaient de véhicules à l'usage de voyageurs fortunés.

Ils virent qu'il semblait s'accroupir tandis qu'il revivait les heures où il avait poussé ces machines – et où Mara avait été avec lui.

Se rendant compte qu'il était tard et que plusieurs enfants s'étaient endormis, il mit fin à la séance.

Quand il fut couché, Durk lui demanda de l'autre côté de la chambre :

— Vous avez vraiment vécu tout cela ?

— Oui, et beaucoup d'autres choses encore bien pires.

Cependant il avait compris qu'il ne pouvait leur parler de certaines de ses expériences, dont ils seraient aussi choqués qu'affligés.

Dans la journée, il marcha du côté de l'ouest et aperçut non loin du rivage les squelettes blancs d'arbres émergeant de la mer. Des poissons nageaient autour des troncs, comme si les arbres morts leur plaisaient. Certains arbres encore verts étaient à moitié submergés, et l'eau salée blanchissait leurs branches.

Immobile à côté de Durk, Dann observa :
— L'eau monte rapidement.
— Mais non, vous exagérez ! s'exclama Durk.
Le soir, Dann évoqua les dragons aquatiques et terrestres, ce qui fit rire son public.
— Mais vous avez bien des lézards, ici ? lança-t-il. Toutes sortes de lézards. Pourquoi donc n'en existerait-il pas de vraiment énormes ?
Mais il arrivait toujours un moment, dans ces séances, où les assistants cessaient de le suivre. Ils ne le croyaient pas. Leur existence confortable avait engourdi et affaibli leur imagination.
Ce qu'ils préféraient, c'était ses évocations de la résidence mahondie à Chélops, avec les filles aux jolies robes colorées préparant des simples dans la cour et s'occupant des laitières.
Il ne dit rien des horreurs des Tours de Chélops. Ce dont il se souvenait lui faisait mal, et pourtant il savait qu'il avait oublié le pire.
Il raconta comment Mara s'était introduite dans les Tours pour le sauver, et comment une femme connaissant les simples et l'art de guérir lui avait rendu la santé. Les insulaires ne pouvaient se lasser de ces évocations. Il ne leur révéla jamais que cette existence idyllique s'était terminée par la guerre civile et l'exil.
Bientôt, il repartit avec Durk. Ils gagnèrent une autre île, qui ressemblait à la première avec ses petites bourgades tranquilles et ses auberges remplies de gens chaque soir. Durk avait déclaré que cette excursion devrait être brève, car il avait l'intention de se marier. On leur avait promis une chambre, à sa fiancée et à lui. La coutume voulait qu'on accompagne le nouveau couple, après les festivités, dans leur chambre décorée de fleurs et

de rameaux. Ils l'occupaient pendant un mois. Si l'un ou l'autre désirait ensuite mettre fin à leur cohabitation, ils n'encouraient aucun blâme. S'ils restaient ensemble, en revanche, ils étaient considérés comme liés et pouvaient être punis en cas de séparation sans motifs sérieux. Toutefois Durk ne semblait guère mécontent de s'attarder sur cette île, où il ne s'était jamais rendu. Elle était vaste et possédait une rivière propice à la pêche et aux divertissements. Pour le reste, elle n'offrait rien de nouveau. Durk assura que toutes les îles étaient semblables, à ce qu'il savait. Pourquoi auraient-elles dû être différentes ? Apparemment, il n'avait pas songé que cette uniformité suggérait une histoire longue et stable. Quand Dann lui en fit la remarque, il fut frappé et convint que c'était probable. Son manque de curiosité était tel qu'il impatientait souvent Dann. Dans ces îles magnifiques, rien n'était jamais remis en question. Quand Dann s'enquérait de l'histoire d'une île, il n'obtenait qu'une réponse évasive : « Nous sommes là depuis toujours. » Au début, Dann demandait ce que signifiait ce *toujours*. Puis il n'essaya même plus.

Lui aussi aimait cette île. Cependant Durk observa que leur séjour durait depuis si longtemps que les gens demandaient s'ils avaient l'intention de s'établir en ces lieux. Et les récits de Dann, le soir dans les auberges, commençaient à devenir répétitifs. Ils reprirent leur chemin d'île en île, en se rapprochant constamment des falaises de glace du Nord. Durk faisait des plaisanteries d'un air contrit à propos de sa fiancée, qui devait avoir trouvé un autre compagnon maintenant. Il restait avec Dann car, comme il le disait : « Vous me faites réfléchir, Dann. » Sur la dernière île, Dann eut lui aussi de quoi réfléchir.

Dans la salle commune de l'auberge où ils étaient descendus, deux cartes étaient fixées au mur. Exactement comme à Chélops, sauf que ces cartes représentaient la Moyenne-Mer – la première, à l'époque où elle était comble, et l'autre, dans son état actuel. Elles étaient dessinées sur des peaux de chèvre cousues et tendues sur un cadre. Sur la première, on voyait de grandes îles qui étaient les sommets de celles de maintenant, avec leurs montagnes aussi hautes que les falaises du continent. Du côté nord, la côte était découpée de péninsules et de promontoires. Une des péninsules, longue et étroite, ressemblait à une jambe. La personne qui avait fait cette carte « il y avait tellement longtemps » avait dessiné de petits bateaux dansant sur d'énormes vagues. On apercevait à l'ouest la Barrière Rocheuse, mais elle était envahie par la mer au centre. À l'autre extrémité, la partie est portait la mention : « Inconnu ». Des villes étaient indiquées tout autour de la mer.

L'autre carte montrait la Moyenne-Mer telle qu'elle avait été avant que la glace ne commençât à fondre. Une multitude de villes occupaient le fond – où elles se trouvaient en cet instant même, englouties sous les flots. Les gens de l'auberge connaissaient donc l'existence de ces îles. Toutefois, quand Dann les interrogea, il obtint pour toute réponse que l'artiste devait avoir une riche imagination. Qui était-il – ou elle ? Qui étaient ces gens disparus ? Ces cartes témoignaient d'un art consommé. Elles étaient beaucoup plus belles que les esquisses rudimentaires de Chélops. Mais qu'étaient devenues les cartes de Chélops, après les combats et les incendies ? Étaient-elles intactes, et leur message était-il visible et compréhensible pour les nouveaux habitants ?

Il fallait un œil exercé pour lire des cartes. Dann s'en aperçut en découvrant que Durk était incapable d'en saisir la signification. Dann se servit d'une baguette pour lui montrer que cette forme déchiquetée était l'île où ils se trouvaient. « Là-bas, tu vois ? » – un trait noir dessinait le rivage. Durk en était réduit à manifester sa stupeur par quelques exclamations incohérentes, tandis qu'il suivait les explications patientes de Dann. Et il n'était pas le seul. D'autres clients de la salle commune s'étaient approchés, en voyant leur manège. Ils étaient pleins d'émerveillement devant ces cartes qu'ils avaient connues toute leur vie sans les comprendre. Ces cartes qui n'avaient jamais servi à instruire des enfants... Ceux qui pouvaient les lire n'avaient pas transmis leur savoir aux autres. Encore un signe de cette absence de curiosité qui mettait Dann si mal à l'aise.

— Regardez, dit-il en indiquant avec sa baguette le groupe d'îles se succédant depuis la rive méridionale et touchant presque le continent au nord. Voici où nous nous trouvons. Ces îles n'étaient jadis que de petites bosses au fond de la Moyenne-Mer, qui était à sec.

Il omit d'ajouter qu'elles le redeviendraient un jour, car quand il parlait ainsi les gens avaient peur de lui.

Sa réputation de prétentieux et de donneur de leçons grandissait déjà. Tous ne croyaient pas à ce qu'il racontait de sa vie, même s'ils riaient et applaudissaient.

Quant à Dann, l'énormité de ce qu'il découvrait le bouleversait. Bien sûr, il savait que la Moyenne-Mer avait été remplie d'une eau fraîche, que des bateaux parcouraient en tous sens. Il avait plaisanté avec Mara sur ces « milliers » et ces « millions » que leurs esprits ne pouvaient pas vraiment saisir, et encore moins assimiler. Mais maintenant, debout sur cette terre émergeant de la mer du Gouffre qui autrefois était tellement plus basse, devant ces flots que les oiseaux de mer survolaient en criant avant de disparaître, il avait le vertige. Qui était-il, en ces lieux où...

Il y avait eu une époque où cette immense entaille dans la surface de la terre avait été remplie d'eau. S'était-elle évaporée sous l'effet d'une chaleur torride, ou s'était-elle transformée en une énorme masse de neige qu'un vent inimaginable avait ensuite dispersée ? Cela n'avait pu se produire d'un coup. Une fois encore, Dann était confronté à des milliers d'années.

Une mer animée, brillante, comme celle qu'il voyait à présent par les fenêtres de l'auberge, mais arrivant bien plus haut que sa tête, au même niveau que le sommet des falaises où il avait marché et marcherait de nouveau... et il n'en restait plus rien. Cette idée mettait son esprit au supplice – en tout cas, quelque chose en lui souffrait.

Puis il vit Durk regarder les cartes d'un air absorbé, tourner vers lui son visage incrédule.

— Répétez-moi ça, Dann. C'est tellement dur à admettre...

Devant l'intérêt que Dann témoignait à ces cartes, la propriétaire de l'auberge, la jeune Marianthe, lui montra quelque chose qu'il ne comprit pas tout de suite. Appuyée contre un mur de la salle commune, une grosse plaque de pierre blanche, très lourde, à peu près aussi épaisse que la moitié de sa main, avait une scène gravée sur une de ses faces. On y voyait des hommes d'un type inconnu de Dann. Ils avaient des barbes en pointe, bouclées, des visages souriants et intelligents. Leurs vêtements étaient maintenus par des broches de métal ouvragé. Les femmes arboraient des coiffures compliquées dont les boucles encadraient des visages souriants, respirant eux aussi l'intelligence. Elles portaient des colliers, des bracelets et d'autres ornements dans leurs cheveux. En les regardant, il parut évident à Dann que ces gens étaient supérieurs à ceux vivant en son temps, au moins à sa connaissance – et, après tout, il avait une expérience plutôt variée de l'humanité. Peut-être étaient-ce eux qui avaient fabriqué tous ces objets du Centre, dont plus personne ne savait se servir ? Qui étaient-ils ?

Il interrogea Marianthe, qui se contenta de répondre :

— C'était il y a bien longtemps.

Personne ne semblait savoir d'où provenait la plaque de pierre blanche. On voyait qu'elle avait longtemps séjourné dans l'eau, car les contours des personnages étaient émoussés. Il avait donc fallu la tirer de l'eau, à moins qu'elle n'ait basculé par-dessus la falaise avec la glace fondue.

Marianthe était aussi intriguée que Dann par les personnages gravés sur la plaque. Il suffisait de la voir pour comprendre combien ils la fascinaient. Grande et mince, le visage encadré de boucles noires, elle s'inspirait des femmes souriant sur la pierre. En dehors des Albains, Dann n'avait jamais vu quelqu'un d'aussi pâle. Et ses traits, même s'ils n'étaient pas aussi fins et délicats que ceux de ses modèles, les rappelaient néanmoins. Son long visage maigre souriait toujours, et ses yeux allongés avaient un regard scrutateur. Elle était veuve d'un marin qui s'était récemment noyé lors d'une tempête. Ce malheur ne semblait guère l'accabler. Elle riait et plaisantait avec ses clients – des marins, pour la plupart, car cette île était la base de la principale flotte de pêche de l'archipel. Et elle trouvait Dann à son goût. Après avoir écouté ses récits de « là-haut », elle lui donnait non seulement le vivre et le couvert mais sa personne tout entière. Elle avait beau se moquer de lui, certaine qu'il avait tout inventé, elle déclarait que son défunt mari aimait les bonnes histoires et les racontait fort bien. Dann aussi était maintenant un excellent conteur, grâce à l'expérience qu'il avait acquise.

Pendant ce temps, Durk allait en mer avec les pêcheurs. Il n'était pas jaloux, mais disait que Dann devrait se poser, maintenant qu'il avait trouvé un nid accueillant.

Dann était tenté de suivre ce conseil. Cette femme était vive et intelligente, comme Kira, mais sans méchanceté. Elle aussi était séduisante, mais elle n'abusait pas de son pouvoir. Que pouvait-il faire de mieux que de rester avec cette créature merveilleuse, dans ces îles de la mer du Gouffre, avec leurs forêts parfumées et leur sol de pierre qui ne se dérobait jamais comme celui des marais détrempés ? Mais il avait donné sa parole à Griot... Pourquoi donc honorer cette promesse, alors qu'il avait le sentiment qu'elle lui avait été extorquée ? Cependant Griot l'attendait bel et bien. Et Mara aussi l'attendait, à la Ferme, même si elle s'endormait chaque soir dans les bras d'un autre homme.

— Reste avec moi, Dann, l'implora Marianthe d'une voix enjôleuse en le serrant dans ses bras et ses jambes élancés.

— Je ne peux pas, répondit-il avec honnêteté. Il y a des gens qui attendent mon retour.

— Qui donc, Dann ? Es-tu marié ? Avec qui ?

— Non, je ne suis pas marié.

Dann ne put se résoudre à ajouter : « Mais j'ai un enfant, vois-tu », ce qui aurait réglé la question.

En faisant cet aveu, il aurait reconnu l'existence de Kira, laquelle lui apparaissait de plus en plus comme une exposition permanente de charmes tapageurs semblant crier au spectateur : « Regardez-moi ! Regardez-moi ! » Pour se justifier à ses propres yeux, il se disait qu'il était très jeune lorsqu'il s'était entiché de Kira. Il savait qu'il n'aurait pu imaginer à l'époque une femme aussi sincère, subtile et délicieuse que Marianthe. Qu'il allait pourtant quitter... il le fallait... bientôt... mais pas maintenant.

Il voulait voir d'abord les falaises de glace qui l'obsédaient et l'attiraient irrésistiblement. L'île où il se trouvait était la dernière à avoir des habitants. On en apercevait une autre à l'horizon, à une demi-journée en bateau. Elle était inhabitée, ayant été abandonnée du fait des craquements assourdissants de la glace tombant dans la mer. De là-bas, Dann était sûr qu'il serait possible de s'approcher suffisamment pour voir ce qu'il imaginait avec tant d'intensité. Personne ne voulait l'accompagner. Tous le considéraient comme un fou. À contrecœur, Durk déclara qu'il se joindrait à lui. Ils furent taxés de têtes brûlées par des jeunes hommes, qui les enviaient peut-être un peu car aucun d'entre eux n'avait jamais eu l'idée d'une telle expédition. Alors que Dann et Durk faisaient discrètement leurs préparatifs, quatre garçons se proposèrent pour les accompagner. Durk pensait faire la traversée dans son petit bateau, mais il fut trop heureux d'y renoncer en faveur d'un autre plus gros, qui nécessitait plusieurs rameurs.

— Il nous faudrait six rameurs, objectèrent les quatre braves.

Dann déclara alors qu'il avait jadis gagné son pain comme batelier.

Le dernier soir, Marianthe ne le quitta pas un seul instant des yeux. Quand ils furent couchés, elle le serra contre elle et proclama, à l'intention d'on ne savait quel dieu des îles, qu'elle était censée apparemment offrir encore un homme en sacrifice à la mer. Et elle se mit à pleurer en embrassant les cicatrices du corps de Dann.

Il faisait clair quand les six robustes jeunes hommes partirent dans le bateau de pêche, dont les filets et les pots avaient été remplacés par des vivres et des peaux de chèvre. Ils ramèrent tout le matin vers le nord, en direction de l'île surgissant peu à peu au-dessus des vagues. Elle était couverte de bois et paraissait accueillante, à la lumière du soleil. Après avoir tiré leur bateau sur une plage, ils s'enfoncèrent dans les terres et découvrirent bientôt une ville abandonnée, qui tombait déjà en ruines. Ils rangèrent leurs affaires dans une maison dont on pouvait fermer les volets et barricader la porte. À l'orée des bois, ils avaient aperçu un chien des neiges les surveillant de loin, puis un autre. C'était une meute, qui avait décidé de rester sur l'île sans se donner la peine de traverser le détroit. Il semblait d'ailleurs incroyable que d'autres chiens aient tenté cette traversée, qui était dangereuse même pour les plus forts d'entre eux.

Ensuite les six hommes marchèrent avec précaution vers l'extrémité septentrionale de l'île, sans parler tant le bruit de la glace était fort. Elle se heurtait, se brisait, se fracassait. Pas étonnant que les habitants aient fui.

Ils arrivèrent à une plage où des piliers avaient servi autrefois à amarrer les bateaux. Au-delà d'une mer blanche, ils contemplèrent avec stupeur ce qui apparaissait comme un amas de nuages glacés, d'une blancheur étincelante, plus hauts qu'aucun d'entre eux ne l'avait imaginé, et derrière lesquels se dressaient des étendues immaculées encore plus hautes. Ils avaient sous les yeux les falaises de glace de l'Eurrop, qui semblaient intactes malgré les blocs ne cessant de s'effondrer. Tandis qu'ils regardaient, une partie inférieure de la masse resplendissante se détacha bruyamment et glissa dans les vagues, en laissant à nu une portion de falaise qui évoquait, vue de leur observatoire, une trouée noire dans la blancheur. Malgré la distance, le vacarme était pénible et la moindre remarque était réduite au silence par un nouveau gémissement tonitruant de l'antique amas neigeux.

— Voilà, dit Durk, maintenant vous l'avez vu.

— Je veux m'approcher plus près, répliqua Dann au milieu du fracas.

Les autres protestèrent aussitôt. Comme il s'obstinait, leur indignation ne connut plus de borne.

— Dans ce cas, j'irai seul, déclara Dann. Je sais comment manœuvrer le bateau.

Cette fois, ses compagnons furent embarrassés. Ils ne pouvaient lui permettre d'y aller seul, cependant la peur se lisait sur leur visage. Il était terrifiant de se trouver si près de la mer agitée, avec devant eux ces blocs de glace s'effondrant à l'improviste et derrière eux les bois obscurs, où ils savaient que des chiens des neiges les observaient sans doute en se demandant s'ils pouvaient les attaquer sans risque. Les ressources de l'île n'étaient certainement pas suffisantes pour nourrir toute une meute de ces animaux imposants.

Des nuages glissaient dans le ciel. Sans soleil, le spectacle était sinistre.

— Si nous passions la nuit ici ? proposa Dann. Nous ne manquons pas de vivres. Vous déciderez ensuite si vous voulez m'accompagner.

Il était en train de les narguer. Un sourire peu sympathique errait sur ses lèvres. Ils allaient devoir venir avec lui, autrement les gens de leur île diraient qu'ils avaient laissé Dann affronter seul le danger.

— Oui, pourquoi ne pas dormir ici ? s'exclama Durk. Et si la mer est mauvaise demain, nous laisserons tomber, pas vrai, Dann ?

Dann haussa les épaules.

Repartant par un chemin envahi d'herbe, ils s'aperçurent que les gros animaux blancs leur emboîtaient le pas. Ils furent contents de rentrer dans la maison, de faire un feu avec le bois encore entassé dans un coin, d'allumer les chandelles qu'ils avaient emportées et de manger.

Durk demanda à Dann où il avait été batelier. Il leur parla du bateau sur le Cong, des dragons du fleuve, de la vieille Han et du piège à soleil. Ils l'écoutèrent en échangeant de temps à autre des regards destinés à montrer qu'ils n'étaient pas assez naïfs pour croire ces histoires à dormir debout. Arrivé au moment où la guerre rattrapant le fleuve l'avait rempli de cadavres, Dann omit cet épisode. De même qu'en s'adressant à des enfants il atténuait son récit et le rendait distrayant, il lui semblait maintenant nécessaire d'épargner cette innocence. Il avait devant lui de braves garçons paisibles, qui n'avaient jamais connu la guerre.

Ils s'endormirent sans monter la garde, confiants dans la solidité des volets et de la porte, bien qu'ils entendissent les animaux rôder autour de la maison et vérifier ses issues.

Au matin, le ciel était clair, et Dann déclara :

— Si la mer est favorable, j'y vais.

Ils se rendirent à l'embarcadère, et cette fois les animaux les accompagnèrent sans se cacher.

— Ils veulent que nous les aidions à traverser la mer, observa Dann.

— Ils peuvent toujours courir, répliqua l'un des garçons.

Les autres firent chorus. Dann se tut.

Sur la plage, les vagues étaient fortes mais pas pires que la veille. Sans regarder si les autres le suivaient, Dann s'approcha du bateau et entreprit de le pousser dans la mer. Les autres se joignirent alors à lui, mais ils étaient réticents, maussades, et Dann savait qu'ils lui en voulaient.

Dann se mit à ramer rapidement en direction des falaises les plus proches. Le soleil brûlait leur visage et leurs épaules. Ils voyaient des plaques glacées gisant au pied des falaises et avançaient au milieu de blocs de glace aussi gros que des maisons.

Dann continua de ramer. Le bruit était effroyable, ce jour-là, comme si la glace exhalait des plaintes discordantes. Il donna l'ordre d'arrêter lorsque la falaise la plus proche d'eux déversa sa masse de glace d'un seul coup, telle une épaule se débarrassant d'un fardeau. À présent, ils étaient tout près – trop près – d'une haute muraille étincelante, qui ne portait plus de glace même si de l'eau ruisselait sur les rocs en cascades, en rivières gonflées par une crue. La mer s'agitait avec une telle violence que leur bateau menaçait de chavirer. S'agrippant aux côtés, ils poussaient des cris tandis que Dann ne pouvait contenir sa joie, car son rêve s'était réalisé, et il avait sous les yeux les falaises de glace de l'Eurrop. Quand elles s'effondraient, on avait l'impression d'entendre un concert de voix hurlantes et gémissantes. Il y eut un nouveau fracas, une autre façade de glace se détacha. Dann s'aperçut alors que ses compagnons avaient viré de bord et que leur bateau se dirigeait vers le rivage en tanguant dangereusement.

— Non ! cria Dann. Non, je veux rester !

Mais Durk lui lança au milieu du vacarme :

— Nous rentrons, Dann.

C'est ainsi que Dann, immobile à l'arrière du bateau, contempla les falaises de glace s'éloignant peu à peu. Avant qu'ils aient pu se mettre à l'abri sur le rivage, ils virent s'avancer droit sur eux un énorme bloc de glace étincelant de reflets bleus, verts et rose foncé. Pour l'éviter, ils durent tous ramer avec vigueur, Dann comme les autres. Puis ils s'affalèrent sur leurs rames et le regardèrent passer en se balançant.

Ils rejoignirent le rivage, où les chiens des neiges les attendaient.

Dann était pâle et semblait accablé. Il voulait en voir davantage, s'approcher plus près, et il savait que ces hommes ne lui donneraient pas ce qu'il voulait.

Il se dit que les insulaires étaient des lâches, amollis par leur vie facile. Eh bien, de retour à l'auberge, il raconterait les merveilles de ces falaises se brisant et glissant dans les flots. Avec l'argent qui lui restait, il paierait d'autres hommes pour l'accompagner.

Debout sur le rivage, Dann observait les falaises blanches striées de taches noires, en se demandant pendant combien de temps la glace était restée fixée à ces parois gelées, et combien de temps elle avait mis pour se former. Il ne le savait pas – ne pouvait pas le savoir. Une nouvelle fois, il se heurtait au « il y avait très longtemps » dont l'horizon inaccessible l'emplissait d'amertume. Il aurait tellement voulu savoir... Sans doute obtiendrait-il des réponses si seulement il pouvait s'approcher encore des falaises, les longer ou même les escalader, atteindre leur sommet glacé et voir – que verrait-il ? D'abord, comment les chiens des neiges survivaient-ils dans ce désert de glace ? Comment étaient-ils arrivés en bas des falaises ? Tandis que Dann s'interrogeait ainsi, figé sur place, les autres tiraient le bateau pour le mettre en sûreté, tout en regardant leur compagnon avec perplexité. Son visage était sillonné de larmes. Il était vraiment étrange, ce Dann – c'était presque comme s'ils l'avaient dit.

La journée était bien avancée et le soleil disparaîtrait bientôt derrière les falaises. Mieux valait passer la nuit ici et partir le lendemain à l'aube.

Ainsi fut fait. Ses compagnons ne demandèrent pas à Dann de raconter d'autres histoires, mais comme Durk ils se montrèrent gentils avec lui, à cause de son visage malheureux.

Quand ils se couchèrent sur leurs peaux de chèvre pour dormir, Durk lança d'un ton consolant :

— Vous avez réussi, Dann, pas vrai ? Vous avez vu ce que vous vouliez ?

Et Dann répondit, comme s'il parlait à un enfant :

— Oui, tu as raison, j'ai réussi. J'ai vu les falaises de glace.

Le lendemain matin, après avoir mangé, ils laissèrent la maison aussi propre qu'ils l'avaient trouvée. En sortant, ils découvrirent un groupe de chiens des neiges assis qui les regardaient.

— Nous les faisons traverser avec nous ? demanda Dann.

Les autres s'y opposèrent aussitôt. « Ils n'ont qu'à nager », déclarèrent-ils. Et : « Il n'y a pas de place dans le bateau. »

Tandis qu'ils marchaient vers leur bateau, Dann aperçut une vieille barque abandonnée, vaste et paraissant en état de flotter. Sans consulter les autres, il posa à l'avant la corde qu'il emportait toujours et entreprit de tirer la barque avec l'aide de Durk. À eux deux, ils la mirent à l'eau et Dann l'attacha à leur bateau.

Les chiens s'approchèrent, comme s'ils comprenaient ce qui se passait.

Montant sur le bateau, les jeunes hommes s'apprêtèrent à ramer. En dehors de Durk, tous regardaient Dann d'un air critique et mécontent.

— Les chiens ne veulent pas rester sur cette île, dit-il. Il leur faut toujours aller de l'avant.

— Si cette barque coule, ils se noieront, observa l'un des insulaires.

Un chien téméraire sauta dans la barque. Plusieurs suivirent son exemple, et ils furent bientôt cinq. Les autres restèrent en arrière, effrayés.

— Vous allez devoir attendre un bon bout de temps, leur lança Durk en riant. Personne ne reviendra ici, à moins d'y être forcé.

Cependant les grosses créatures arpentèrent le sable en gémissant, incapables de se décider à monter dans la barque.

Le premier bateau s'éloigna à la force des rames, et la barque des chiens le suivit au bout de la corde.

L'eau était très froide. Comment un chien pourrait-il nager dedans sans se noyer ?

Hautes et violentes, les vagues semblaient attaquer le bateau. Il soufflait un vent belliqueux. À peine s'étaient-ils éloignés du rivage qu'un des chiens sauta dans la mer pour regagner l'île à la nage. Ils le regardèrent, mais les vagues étaient trop élevées et il fut bientôt invisible.

— Il s'est noyé, dit l'un des insulaires.

Il n'eut même pas besoin d'ajouter : « Je l'espère. »

Dann pensa à son chiot des neiges, et se rappela comme la petite bête fourrait son museau contre son épaule.

De retour à l'embarcadère, ils regardèrent les chiens sauter de la barque, nager jusqu'au rivage et disparaître dans un bois.

En descendant avec Marianthe de leur chambre à la salle commune de l'auberge, Dann s'attendait à un accueil hostile. Il s'aperçut que les clients payaient à boire aux garçons qui l'avaient accompagné et les interrogeaient sur le voyage. Les garçons savouraient leur jour de gloire.

Quand Dann apparut, des chopes se levèrent en son honneur aux quatre coins de la salle.

Dann ne se joignit pas aux cinq héros, afin qu'ils triomphent à leur aise. Il s'assit avec Marianthe. Quand des clients venaient lui taper l'épaule en le félicitant, il déclarait que rien n'aurait pu être accompli sans les autres.

Malgré tout, personne ne s'était jamais approché ainsi des falaises de glace, avant son arrivée dans l'île.

Marianthe lui dit qu'il fallait décorer leur chambre avec les fleurs et les rameaux nuptiaux, car il était temps de célébrer leur union.

La serrant contre lui, Dann murmura qu'elle ne devrait pas s'opposer à son départ, le jour où il partirait.

Dans la salle commune, les gens échangeaient sur Marianthe et lui des plaisanteries qui n'étaient pas toujours agréables. Certains jeunes hommes avaient espéré remplacer le mari de Marianthe et en voulaient à Dann. Il ne répondait jamais à ces plaisanteries. Pour l'heure, il tentait de les convertir à l'idée d'une autre expédition. Avaient-ils jamais vu l'immense cascade de la mer Occidentale déferlant dans celle-ci ? Marianthe déclara que son mari avait voulu tenter l'aventure, mais qu'on l'en avait dissuadé. On estimait qu'il faudrait plusieurs jours même aux plus gros bateaux de pêche pour atteindre la cascade, or on ignorait s'il se trouvait des îles à proximité pour refaire des provisions. Mais la véritable raison de leur manque d'enthousiasme était toujours la même. À quoi bon ? pensaient-ils. Tout n'allait-il pas déjà pour le mieux ?

L'expédition en question était excessivement dangereuse. Ils savaient que cela devait séduire quelqu'un d'aussi intrépide que Dann, mais eux se contentaient du voyage jusqu'aux falaises de glace. À leurs yeux, Dann, Durk et les pêcheurs étaient de vrais héros. Dann s'abstint de leur dire qu'il s'agissait d'un piètre exploit, en comparaison des dangers qu'il avait affrontés dans sa vie.

Il commença à partir au large avec les pêcheurs, lesquels semblaient considérer que son périple audacieux vers les falaises de glace lui en donnait le droit. Il apprit l'art d'attraper toutes sortes de poissons et se lia d'amitié avec ces hommes. Les rivages glacés du Nord et leurs secrets ne quittaient jamais son esprit. Il espérait convaincre ses compagnons de le conduire une nouvelle fois dans ces parages. Il leur posait une foule de questions, mais n'apprit presque rien. Il se heurtait à leur manque de curiosité. Plus d'une fois, il resta incrédule en obtenant pour toute réponse des dérobades telles que : « Nous n'avons jamais eu besoin de le savoir. »

Il était de plus en plus horrifié par sa propre ignorance. L'immensité de ce qu'il ne savait pas lui était insupportable. Cette souffrance avait en lui des racines profondes, dont il n'avait pas conscience. Il ne se demandait jamais pourquoi il voulait savoir ce que d'autres gens ignoraient volontiers. Il était habitué à Mara, laquelle était comme lui et aspirait à comprendre. Sur cette île délicieuse, où il ne se sentait étranger que parce que les gens ne savaient même pas combien ils étaient ignorants, il pensait à Mara, il la regrettait, il lui arrivait même de rêver d'elle. Marianthe lui dit qu'il avait appelé dans son sommeil une certaine Mara. Qui était cette femme ? « Ma sœur », répondit-il. Il la vit sourire poliment, d'un air sceptique.

Combien il se sentait seul, devant ce sourire ! Combien il l'éloignait de Marianthe ! Il songea que là-bas, au Centre, Griot ne sourirait pas si Dann parlait de Mara, car il avait vécu à la Ferme.

Dann souffrait du mal du pays, mais il ne s'en doutait pas. N'ayant aucun souvenir de s'être jamais senti chez lui, comment pourrait-il souffrir d'être au loin ?

Il fallait qu'il parte. Bientôt, avant que la déception de Marianthe à son égard ne s'aggrave encore. Mais il continuait de différer.

Il se plaisait dans la compagnie des jeunes filles aidant Marianthe à l'auberge. Elles étaient joyeuses, le taquinaient, le caressaient. « Pourquoi êtes-vous si sérieux, Dann ? plaisantaient-elles. Allons, faites-moi un sourire... » Il se dit que Kira aurait pu se joindre à elles, puis il se rendit compte qu'elle aurait mis fin instantanément aux rires. Mais si elle était née dans cette atmosphère insouciante, au lieu d'être une esclave menacée d'être choisie par les Hadron comme reproductrice ? Aurait-elle été gentille et aimante, plutôt que de chercher sans cesse à prendre l'avantage, à humilier les autres ? En somme, il se demandait si les jeunes filles de l'auberge étaient vraiment nées pour enjôler et pour charmer. Mais ici se posait le problème de savoir quelle était la nature des gens à leur naissance, et cette question dépassait Dann. Kira était-elle née dure et méchante ? Et si ces jeunes filles étaient nées à Chélops, cette ville maintenant réduite en cendres, seraient-elles comme Kira ? Ne pouvant répondre, il préféra continuer à s'amuser avec elles.

Cependant une pensée s'insinua dans son esprit – une pensée peu agréable. Si Mara était née ici, aurait-elle comme ces filles des mains tendres et adroites, un sourire aussi doux qu'un baiser ? Était-il en train de critiquer Mara ? Comment pouvait-il ? Courageuse Mara – mais féroce, aussi. Tenace et indomptable. On ne pouvait nier son obstination, son entêtement. Elle n'aurait pas plus été capable de sourire, de complaire, de taquiner et de cajoler que ces filles ne l'auraient été de couvrir ne fût-ce qu'une lieue du voyage terrible qu'elle avait fait avec lui. Mais combien sa vie avait été dure, songea-t-il. Jamais de détente, d'insouciance. Jamais d'amusement... il avait presque honte d'appliquer un tel mot à Mara. Il observa les servantes de Marianthe qui jouaient à la balle en riant, en faisant les folles. Oh, Mara ! Sans doute ne t'ai-je pas non plus facilité la tâche, pas vrai ? Mais ces pensées étaient trop difficiles, trop pénibles. Il les abandonna et laissa les jeunes filles le divertir.

Il se tenait avec Marianthe à la fenêtre de la chambre de la jeune femme, qui donnait sur la mer Septentrionale où apparaissaient de temps à autre des blocs de glace tombés des falaises – mais ils fondaient toujours rapidement au soleil. Sous eux, l'eau bleue dansait. Il savait qu'elle pouvait être si froide, mais au soleil elle semblait engageante, comme une jeune séductrice l'invitant à se joindre à ses jeux... Se serrant contre Marianthe par-derrière, la tête plongée dans ses boucles noires et lustrées, il lui demanda si elle ne voudrait pas l'accompagner sur les falaises pour marcher jusqu'au Centre et de là jusqu'au déferlement prodigieux de la cascade rugissante et limpide… À l'instant même où il prononçait ces mots, il se dit qu'elle serait horrifiée par les marais et les brumes glacées.

— Comment pourrais-je quitter mon auberge ? objecta-t-elle d'un ton qui montrait qu'elle n'en avait aucune envie.

Il osa alors lui dire qu'il pensait qu'elle y serait contrainte un jour. Ce matin-là, il avait marché jusqu'à la bourgade au bord de la mer, dont les toits étaient balayés par les vagues.

— Regarde là-bas, dit-il en saisissant son menton pour qu'elle penche la tête en arrière et soit forcée de voir dans le lointain la masse brillante des montagnes de glace.

Il lui déclara qu'au sommet de ces montagnes s'étaient dressées autrefois, voilà très longtemps, des villes immenses, merveilleuses, plus belles que toutes celles existant aujourd'hui – il savait qu'elle voyait dans son esprit les villages de l'île, qu'on ne pouvait vraiment qualifier de villes.

— Il nous est difficile d'imaginer ces villes. Les seules cités pouvant se comparer à elles sont maintenant là-haut, englouties dans les marais de la côte méridionale.

Marianthe se pressa contre lui en frottant sa tête contre la joue de son compagnon – il était grand, mais elle l'était presque autant que lui. Elle lui demanda d'un ton câlin pourquoi elle devrait se soucier d'un passé aussi lointain.

— Des villes splendides, s'obstina-t-il. Avec des parcs et des jardins, que la glace a recouverts. Mais elle disparaît, maintenant, elle disparaît si vite.

Marianthe se moqua de lui, et il rit avec elle.

— Viens te coucher, Dann.

Cela faisait trois nuits qu'il n'avait pas partagé son lit. Il lui avait expliqué que c'était parce qu'elle se trouvait au milieu de son cycle, de sorte qu'elle pouvait concevoir un enfant. Elle riait toujours d'un air irrité, quand il parlait ainsi. Comment le savait-il ? demandait-elle. De toute façon, elle voulait un enfant – allons, Dann… je t'en prie.

C'était là un point de désaccord douloureux entre eux. Elle désirait un enfant, afin de retenir Dann, et lui n'en voulait à aucun prix.

Marianthe en avait parlé à ses amies et aux servantes de l'auberge, qui en avaient parlé à leur tour à leurs maris. Et un beau soir, dans la salle commune, un pêcheur lança à Dann qu'on racontait qu'il connaissait les secrets du lit.

— Pas ceux du lit, répliqua-t-il. Ceux de la naissance, de la date de conception.

La salle était remplie d'hommes et de femmes, ainsi que de quelques enfants. Il les connaissait tous, désormais. Et tous le regardaient avec la même expression sur leur visage – pas exactement hostile, mais sur le point de le devenir. Il les mettait sans cesse à l'épreuve, même à son insu.

Un autre pêcheur cria :

— D'où tenez-vous toute cette science, Dann ? Peut-être est-elle trop profonde pour nous.

Une nouvelle fois, il avait suffi d'un unique propos de Dann pour remettre en question tout ce qu'il avait pu dire, tous ses récits et ses exploits.

— Cela n'a rien de profond, répliqua Dann. Si l'on peut compter les jours entre une pleine lune et la suivante, comme vous le faites couramment, on peut aussi compter les intervalles entre les flux menstruels. C'est très simple. Pendant cinq jours au milieu de son cycle, une femme peut concevoir un enfant.

— Vous ne nous avez pas dit qui vous l'a appris. D'où tirez-vous votre savoir ? Comment se fait-il que vous sachiez cela, et pas nous ?

Une femme avait pris la parole, et son ton n'avait rien d'amical.

— Vous me demandez comment je l'ai appris... Eh bien, c'est un fait connu. Mais pas partout, c'est là le problème. *Notre* problème, à tous tant que nous sommes. Pourquoi découvre-t-on, en se rendant dans un endroit nouveau, qu'on y possède des connaissances qui sont ignorées en d'autres lieux ? Quand ma sœur Mara est arrivée dans l'Armée Agre – je vous ai raconté cette histoire –, le général de cette armée lui a enseigné toutes sortes de choses qu'elle ne connaissait pas, mais lui-même ignorait le moyen de contrôler les naissances. Il n'en avait jamais entendu parler.

Dann se tenait près du grand comptoir de la salle, où se trouvaient les tonneaux de bière et les rangées de chopes. Il les dévisageait tous à tour de rôle, comme si l'un d'eux pouvait s'avancer maintenant pour lui fournir une information qui compléterait son propre savoir.

— Il y a très longtemps, reprit-il, avant que la glace ne recouvre ces régions...

Il pointa le doigt en direction des falaises glacées.

— ... elles étaient parsemées de villes immenses où s'était accumulé un savoir incomparable, qui s'est ensuite perdu sous la glace. Cependant on en a préservé une partie, qui fut cachée dans le sable – car les actuels marais étaient alors des étendues de sable. Puis des bribes de ce savoir antique ont voyagé à travers diverses contrées, mais sans jamais former un tout. Sauf dans le vieux Centre, mais même là il n'en reste plus aujourd'hui que des fragments.

— Et comment savez-vous ce que vous savez ? demanda sardoniquement le doyen des pêcheurs.

Cette fois, l'hostilité était presque tangible. Tous le regardaient fixement, et leurs yeux étaient froids.

Derrière le comptoir, Marianthe fondit en larmes.

— Voilà, lança un jeune pêcheur. Il vous fait pleurer, Marianthe. Est-ce pour cela qu'il vous plaît ?

Cette scène remontait à quelques jours.

Et maintenant, cet après-midi était le moment où Dann comprenait qu'il devait partir...

— Marianthe, commença-t-il. Tu sais ce que je vais dire.

— Oui.

— Voyons, Marianthe, aimerais-tu vraiment que je m'en aille en te laissant avec un bébé ?

Pour toute réponse, elle se mit à pleurer.

Le vieux sac de Dann gisait dans un coin de la pièce. C'était tout ce qu'il possédait – tout ce dont il avait besoin – après un si long séjour. Combien de temps était-il resté ? Durk lui avait rappelé que cela faisait près de trois ans.

Il descendit dans la salle commune, son sac à la main.

Tous les yeux se tournèrent vers Marianthe, pâle et tragique. Les clients mangeaient leur déjeuner en rentrant de la pêche.

L'une des servantes lança :

— Des hommes vous cherchent.

— Comment ? s'exclama Dann.

En un instant, il cessa de se sentir en sécurité en quelque endroit que ce fût dans ces îles. Quel idiot il avait été de s'imaginer qu'il suffisait de gagner la mer du Gouffre et de traverser quelques îles pour…

— Qui était-ce ? demanda-t-il.

— Ils prétendent que votre tête est mise à prix, intervint un pêcheur. Quel crime avez-vous commis ?

Dann avait déjà hissé son sac sur ses épaules. À cette vue, Durk commença lui aussi à rassembler ses affaires.

— Je vous ai déjà dit que je m'étais enfui de l'armée à Shari. J'étais général et j'ai déserté.

Un homme qui ne l'aimait pas ricana :

— Général, rien que ça ?

— Je vous l'ai déjà dit.

— Ce que vous racontiez était donc vrai ? s'écria un client partagé entre le regret et le scepticisme.

Avec son corps mince et son visage crispé pour l'heure par le chagrin, Dann paraissait si jeune – par moments, il avait encore l'air d'un enfant – qu'il était difficile de l'imaginer en général, ou même en soldat. Non qu'ils eussent jamais vu un soldat, du reste.

— Presque tout était vrai, déclara Dann en songeant aux adoucissements qu'il avait apportés à ses récits pour eux.

Il ne leur avait jamais raconté qu'il avait perdu sa sœur au jeu, ni ce qu'il avait subi dans les Tours – pas même à Marianthe, qui avait vu les cicatrices sur son corps.

— Tout était vrai, répéta-t-il, mais je ne vous ai pas raconté le pire.

Affalée sur le comptoir, Marianthe sanglotait. Une servante passa son bras autour de ses épaules et murmura :

— Ne pleurez pas comme ça, vous allez vous rendre malade.

— Vous ne m'avez pas dit à quoi ressemblaient ces hommes, reprit Dann.

Il pensait à Kulik, son vieil ennemi, dont il ne savait s'il était mort ou vivant.

Il finit par leur arracher quelques détails. Il s'agissait de deux hommes, d'un certain âge, et l'un d'eux avait effectivement une cicatrice. Mais tant de gens avaient des cicatrices – enfin, « là-haut », pas dans les îles.

Durk était maintenant à côté de Dann, avec son sac. Les servantes leur donnèrent des vivres à emporter.

— Eh bien, marmonna un pêcheur attablé devant son assiette de soupe et son pain, je suppose que nous n'entendrons jamais la suite de vos histoires. Peut-être même que je vais vous regretter, du coup.

— Bien sûr que nous allons vous regretter, dirent les servantes en se pressant autour de lui pour l'embrasser et le caresser. Il faut que vous reveniez !

Leurs voix étaient désolées.

Puis Dann embrassa Marianthe, mais en hâte, car tous ces gens les regardaient. Il chuchota : « Pourquoi ne viendrais-tu pas au Centre ? » Mais il savait qu'elle n'y consentirait jamais – et elle ne répondit pas.

— Au revoir, général ! lança son adversaire le plus acharné qui semblait maintenant plutôt amical. Et soyez sur vos gardes. Ces hommes avaient l'air dangereux.

Dann et Durk s'embarquèrent de nouveau, mais cette fois ils ne firent pas escale sur chaque île. Ils arrivèrent chez les parents de Durk, qui demandèrent à leur fils ce qui l'avait retenu si longtemps. La jeune fille qu'il voulait épouser avait un nouveau compagnon, et elle détourna les yeux en voyant Durk.

À l'auberge, Dann entendit dire une nouvelle fois que des hommes le cherchaient. *Une fois au Centre, je serai en sûreté*, se dit-il. Le matin venu, il s'assit sur le banc du passager à la proue du bateau, comme le jour de son arrivée. Durk ramait en lui tournant le dos, conformément à son rôle de passeur.

Dann contempla les énormes falaises du rivage méridional surgissant à l'horizon. Soudain, Durk cessa de ramer et s'exclama : « Regardez ! » Dann se leva pour mieux voir.

Une sorte de vapeur blanche s'écoulait le long des fissures, des crevasses et des ravines... Y aurait-il une inondation « là-haut » ? Les marais auraient-ils débordé ? C'est alors que Dann comprit qu'il s'agissait d'une brume suintant jusqu'aux pieds des murailles de roche noire. Durk déclara qu'il n'avait jamais rien vu de pareil depuis qu'il était passeur. Dann se rassit sur son banc, si soulagé qu'il ne put que dire : « Tout va bien, alors. » Il s'était imaginé un tel désastre, comme si le monde de « là-haut » tout entier avait disparu sous les eaux.

Ils approchèrent de la côte. À mesure que la brume rejoignait la Moyenne-Mer, elle se dissipait, vaincue par les souffles tièdes de cette mer heureuse... Du moins, c'est ainsi que Dann voyait les choses, tandis que le bateau glissait en crissant sur le sable.

Ce déferlement oppressant des brumes humides le plongeait dans une atmosphère de deuil, de chagrin. Pourtant, quand il avait quitté l'auberge de Durk, il était joyeux, impatient – mais de quoi, en fait ? Il n'aimait certes pas le Centre ! Non, c'était Mara. Il fallait qu'il la voie, il allait retourner à la Ferme, il le fallait absolument. Néanmoins, debout sur cette petite plage, les yeux levés vers les flots blanchâtres de la brume, il sentit son cœur se serrer.

Se retournant, il vit que Durk le regardait fixement, la main crispée sur l'amarre du bateau. Ce regard, que signifiait-il ? Il était impossible de l'ignorer, le visage sincère et toujours amical de Durk était – quoi ? Il regardait Dann comme s'il voulait lire dans ses pensées. Ce regard rappelait quelque chose à Dann... Oui, Griot, dont le visage était si souvent empreint de reproche.

— Eh bien, dit Dann. Je m'en vais.

Se détournant de Durk et de son regard dérangeant, il ajouta :

— Viens donc me voir au Centre, un de ces jours. Tu n'as qu'à marcher quelques jours le long de cette côte...

Sur ce chemin dangereux, laid, humide et glissant... compléta-t-il mentalement. Tout en s'avançant vers le pied des falaises, il lança par-dessus son épaule :

— C'est facile, Durk, tu verras.

Cependant il se dit que ce ne serait pas facile pour Durk, qui ne connaissait que les bateaux, la mer et les travaux sans danger de l'île.

En s'engageant sur le sentier, il entendit une rame se plonger dans l'eau.

Il avait l'impression que toute la grisaille humide des marais l'imprégnait soudain, l'accablant d'un poids glacé de... quelque chose le rendait malheureux, il ne pouvait se le cacher. Il se retourna. Encore tout près du rivage, debout dans son bateau, Durk l'observait. Dann songea : *Nous avons passé tout ce temps ensemble, il est resté loin de son île et de sa fiancée à cause de moi, c'est un ami pour moi*. Ces pensées étaient nouvelles pour Dann. Il cria :

— Durk, j'espère vraiment que tu viendras au Centre !

Durk lui tourna le dos, se mit à ramer avec vigueur et sortit à jamais de sa vie.

Dann le regarda en se disant qu'il allait certainement se retourner... mais Durk ne se retourna pas.

Dann entreprit de gravir la falaise dans la brume. Il fut aussitôt trempé. Et son visage... Mais il ne versa pas une larme pour la belle et tendre Marianthe – en tout cas, il ne fut pas capable de s'en rendre compte.

Tout en montant péniblement le sentier, il pensa : *J'ai toujours fait comme ça. À quoi bon regarder en arrière et pleurer ? Si l'on doit quitter un endroit... ou quelqu'un... eh bien, on s'en va, c'est tout. C'est ce que j'ai fait toute ma vie, pas vrai ?*

Il lui fallut la journée entière pour arriver au sommet. Il entendit des voix, mais elles parlaient dans des langues qu'il ne connaissait pas. Mouillé et mal à l'aise, il s'abrita sous un rocher. Il devait vraiment être complètement fou, songea-t-il, pour quitter le monde de « là-bas », avec son air délicieux, ses vents parfumés, ses îles paisibles et ensoleillées... C'était l'endroit le plus accueillant, le plus agréable où il se soit jamais trouvé.

Après le lit moelleux de Marianthe, son sommeil au milieu des rocs fut troublé, et il se réveilla tôt, en espérant parvenir sur le sentier avant qu'il soit rempli de réfugiés. Toutefois une foule de malheureux s'y pressaient déjà. Il se mêla à eux, afin que personne ne remarque son sac pesant et ses possibles provisions. Qui étaient-ils, ces réfugiés ? Ils étaient différents de ceux qu'il avait vus trois ans plus tôt. Une autre guerre ? Où donc ? Et quelle était cette langue – ou ces langues ?

Il marchait d'un pas vif, plein de santé, en attirant malgré lui l'attention tant il contrastait avec ces gens épuisés et affamés.

Puis il aperçut au bord du chemin un amas d'ossements blancs. Sortant du flot des voyageurs, il s'arrêta près du petit tas. Les os allongés portaient des marques de morsures, et l'un d'eux avait été vidé de sa moelle. Aucun oiseau n'aurait pu faire ça. Quels animaux vivaient dans ces landes ? Quelques chiens des neiges, probablement. Ces ossements étaient ceux des deux adolescents. Dann n'avait jamais imaginé à quoi Mara et lui pouvaient ressembler aux yeux d'un observateur, amical ou hostile, durant leur voyage vers le nord. Jusqu'au jour où il avait vu les deux adolescents, semblant poussés vers lui par le vent des marais. Avant de les rencontrer, il n'avait jamais pensé comment on avait pu les voir, Mara et lui, et voilà que ces malheureux n'étaient plus que quelques os éparpillés au bord de la route. Ç'aurait pu être Mara et moi, se dit-il, si nous n'avions pas eu de chance.

Il resta un moment immobile, comme pour veiller sur ces reliques, puis il se pencha, cueillit quelques brins de bruyère et les plaça dans les orbites vides des deux crânes juvéniles.

Peu après, il aperçut la masse sombre d'un bois couronnant une colline devant lui. Il savait qu'elle serait bondée de voyageurs pouvant enfin s'asseoir sur un sol sec et solide. De fait, il y trouva une foule de gens, dont beaucoup étaient assis ou couchés sous les arbres. Des enfants pleuraient de faim. Non loin de là, la petite maison de Kass était invisible à ces fuyards éperdus. Dann se dirigea vers elle en prenant soin de ne pas attirer l'attention. Quand il approcha, il vit que la porte était ouverte. Sur le seuil, un gros animal blanc leva la tête en le voyant et poussa un hurlement. L'animal accourut vers lui, se roula à ses pieds en aboyant et lui lécha les jambes. Dann s'accroupit et fut si occupé à répondre à l'accueil de Rafale qu'il ne remarqua pas tout de suite Kass. Elle n'était pas seule. À côté d'elle, il y avait un homme – un Thore, comme elle. Petit et trapu, il semblait terriblement vigilant. Kass s'écria :

— Vous voyez, il vous reconnaît ! Il vous a attendu pendant tous ces jours, même la nuit il était aux aguets...

Elle déclara ensuite à l'homme :

— Voici Dann. Je t'ai parlé de lui.

Dann ne pouvait savoir ce qu'elle avait dit à son mari. Ce dernier le regardait sans hostilité, mais d'un air prudent et sagace. Kass le présenta à Dann – « Voici Noll » – puis l'invita à entrer. Noll se joignit à elle. Le couple était en train de déjeuner. Dann s'en réjouit, car le Centre était loin et il devrait faire durer ses vivres jusque-là. Le chien des neiges fut chargé de s'asseoir devant la porte ouverte, afin d'être bien en vue et d'effrayer les réfugiés assez malins pour parvenir jusqu'ici.

Noll était revenu des villes de Toundra avec assez d'argent pour tenir quelque temps, mais il allait devoir retourner là-bas. Les réserves alimentaires et autres qu'il avait apportées s'étaient déjà réduites, de même que l'argent. C'était un homme plutôt gentil, mais son esprit était aussi vif que méfiant. Dann se sentait soulagé d'avoir affaire en lui à quelqu'un qu'il pouvait comprendre, car il savait ce qu'étaient les privations. Les îles lui apparaissaient déjà comme un rêve ou un conte pour enfants. Le visage souriant de Durk – qui avait aussi été plein de reproches, mais Dann ne voulait pas le reconnaître – n'était plus qu'un épisode du passé, une vieille histoire. Bien sûr, les pêcheurs devaient parfois affronter des tempêtes. Cependant leur monde était empreint de faiblesse, de mollesse.

Malgré l'humidité des marais et les brumes glacées se faisant sentir à travers les arbres, Dann se dit qu'il était nettement plus à l'aise ici.

Kass ne dissimula pas à son mari qu'elle était contente de voir Dann. Elle prit même sa main et la tint un moment, sous les yeux de Noll qui se contenta de sourire en disant :

— Oui, vous êtes le bienvenu.

Quittant son poste sur le seuil, le chien des neiges s'approcha de Dann, posa la tête sur son bras et se mit à geindre doucement.

— Cet animal a bien veillé sur moi, déclara Kass. Je ne compte plus les fois où des maraudeurs ont cogné à la porte avant d'être mis en fuite par les aboiements de Rafale.

Les bras autour de l'encolure du chien, qui ne voulait pas le quitter, Dann leur raconta son périple jusqu'à la mer du Gouffre et aux îles. Toutefois il s'abstint de mentionner Marianthe, même si Kass le scrutait en cherchant sur son visage l'ombre d'une femme.

Ils l'écoutèrent comme s'il leur évoquait quelque pays imaginaire, en répétant sans cesse qu'ils gagneraient un jour les rivages de la mer du Gouffre afin de voir par eux-mêmes les étranges habitants des îles et ces forêts d'arbres inconnus.

La nuit venue, Dann s'étendit par terre sur une paillasse, en pensant à l'époque où il couchait sur le lit avec Kass et le chiot des neiges, lequel était maintenant cette grosse créature hirsute se pressant contre lui de son mieux en gémissant de bonheur à l'idée d'être avec lui.

Dann songea que Kass avait été gentille avec lui. Soudain, il se dit que lui-même avait été gentil avec elle – cette pensée était nouvelle pour lui. Jusqu'alors, il ne s'était jamais demandé s'il avait été bon ou bienfaisant pour quelqu'un. Ce genre de sentiment semblait déplacé avec Kira. Mais n'avait-il pas été bon pour Mara ? La question ne se posait pas. Elle était Mara et il était Dann, cela suffisait. Et Marianthe ? Non, c'était autre chose. Mais Kass était la première personne qu'il associait à la gentillesse, en pensant qu'elle l'avait serré contre elle quand il pleurait, et qu'elle avait nourri le chiot.

Au matin, il partagea leur repas avant de déclarer enfin qu'il devait partir. En bas de la colline, les bois étaient toujours remplis de réfugiés – sans doute de nouveaux arrivés. Le chien des neiges se mit à gémir d'un air anxieux. Il finit par saisir la manche de Dann avec ses dents et par tirer dessus.

— Il sait que vous partez, dit Kass. Il ne veut pas que vous le quittiez.

Les yeux de la jeune femme dirent à Dann qu'elle ne le voulait pas non plus. Maître de lui, son mari sourit plutôt aimablement, pas mécontent de le voir partir.

Rafale accompagna Dann jusqu'à la porte.

— Il sait que vous lui avez sauvé la vie, observa Noll.

Dann caressa le chien des neiges, le serra contre lui puis dit : « Au revoir, Rafale », mais l'animal le suivit dehors, jeta un regard sur Kass et Noll en aboyant mais continua à marcher derrière le voyageur...

— Oh, Rafale ! s'écria Kass. Tu m'abandonnes !

Le chien la regarda en gémissant. Néanmoins il s'élança à la suite de Dann, lequel s'efforçait de ne pas se retourner de peur de l'encourager à partir. Ce fut alors Kass qui courut après Dann avec du pain, de la nourriture pour le chien, un peu de poisson. Elle murmura de façon à ne pas être entendue par son mari : « Revenez me voir, Rafale et vous, revenez ! » Dann répliqua à voix haute qu'en surveillant la falaise, elle verrait arriver d'autres chiens des neiges et pourrait en prendre un à la place de Rafale, pour monter la garde. Elle ne dit pas que ce ne serait pas la même chose, mais s'agenouilla près du gros chien et le serra contre elle tandis qu'il léchait son visage. Puis elle se leva et, sans se retourner pour regarder Dann et Rafale, elle rejoignit son mari.

— Alors, Rafale, tu te souviens encore de moi après tout ce temps ? s'exclama Dann.

Avant de rattraper le flot des réfugiés, il s'accroupit près du chien et le serra dans ses bras. Le chien posa la tête sur son épaule, et Dann se remit à pleurer. *C'est mon ami*, se dit-il.

En le voyant avec le gros animal, les réfugiés s'agitèrent. Des têtes se tournèrent, des mains saisirent des couteaux, des bâtons se levèrent.

— Rien à craindre, il est apprivoisé ! cria Dann dans plusieurs langues – mais personne ne comprit.

Il fit plus d'effet en s'avançant dans la foule, le poignard à la main. Les gens s'écartèrent de lui. Il craignit qu'on ne jette au chien une pierre par-derrière, encore que l'épaisse fourrure de Rafale le rassurât – aucune pierre ne pourrait traverser un tel manteau. En revanche, il y avait son long museau délicat, ses yeux brillants émergeant de sa collerette de poils, ses petites oreilles bien formées. Dann se retourna donc régulièrement pour surprendre un éventuel agresseur, mais personne n'attaqua l'animal. Les réfugiés étaient trop occupés à songer avec terreur à leur faim et aux moyens de se mettre à l'abri. Dann continua son chemin avec son chien des neiges, qui ne cessait de le regarder pour voir si tout allait bien. Ainsi passèrent les heures, jusqu'au moment où Dann chercha des yeux l'endroit où il s'était écarté du sentier et avait vu des masses blanchâtres flottant dans une mare.

C'était plus loin qu'il ne s'y attendait. Ils progressaient lentement, ce jour-là, du fait de la méfiance autour de Rafale et de la nécessité de s'arrêter, alors qu'il avait couru de toutes ses forces, lorsqu'il avait cherché du secours pour le chiot – couru plus vite qu'il ne s'en était rendu compte. Il aperçut enfin une zone de mares qu'il reconnut. S'extrayant de la foule, il s'avança sur un sentier détrempé entre ces mares et découvrit dans l'eau deux masses blanches indistinctes. À côté de lui, Rafale regarda dans la même direction, leva les yeux vers le visage de Dann, observa de nouveau l'eau. Il se mit à gémir d'un air angoissé et sembla sur le point de se jeter dans la mare. Dann le retint fermement en s'exclamant :

— Non, Rafale, non !

L'eau était très froide. Des fragments de glace flottaient çà et là ou enserraient les tiges des roseaux. Après tout ce temps, on voyait toujours les masses blanches. La chair et les os avaient disparu, mais il restait les poils emmêlés. Rafale poussa un hurlement, ce qui attira l'attention des voyageurs sur le sentier. Dann lui caressa la tête, en se remémorant le jour où il s'était tenu à cet endroit même, serrant contre lui le poids mort du petit animal trempé. Puis il ramena sur le chemin humide Rafale qui ne cessait de regarder derrière lui, même après que la mare eut été cachée par les roseaux. Le chien devait plus ou moins se souvenir, et Dann garda la main sur sa tête tandis qu'ils rejoignaient les réfugiés, en lui parlant doucement :

— Tu ne risques plus rien, Rafale, je vais veiller sur toi.

Le chien des neiges répondit par un aboiement, sans quitter Dann du regard afin de se rassurer.

La nuit tombait, à présent, ce qui posait un problème. Lors de son voyage dans l'autre sens, Dann avait constaté que ce sentier n'offrait aucun abri. Il lui fallait trouver un endroit favorable sur le versant de la falaise. Il y avait des buissons plus bas, mais ils étaient assez loin et les réfugiés les plus robustes tenteraient de les rejoindre. Dann avait faim, de même que Rafale, mais il avait vu des gens observer son sac rebondi et il savait ce qu'ils feraient s'ils le voyaient donner de la précieuse nourriture à un de ces chiens détestés. Il aperçut enfin un gros rocher appuyé sur un autre, ainsi qu'une saillie rocheuse. Il faudrait une certaine habileté pour grimper jusque-là et Dann doutait que quelqu'un s'y hasarde. Se laissant glisser sur le sol argileux jusqu'au rocher, il réussit à se hisser dessus. Rafale le suivit et se coucha. À leurs pieds, la mer du Gouffre scintillait et vers l'est des taches sombres indiquaient l'emplacement des îles. Le ciel du soir était un lac nacré aux reflets roses. Les buissons près du sentier étaient remplis de réfugiés s'efforçant déjà de repousser de nouveaux arrivants. Dann pouvait maintenant ouvrir son sac. Il donna à Rafale du pain et du poisson – le chien avait bu en chemin dans les marais. La lune se leva bientôt, ce dont Dann se réjouit : il vit des ombres s'approcher furtivement du rocher et cria pour faire décamper ces intrus qui avaient projeté de les rejoindre. Rafale ne cessait de s'agiter en gémissant, mais Dann lui ferma le museau et chuchota :

— N'aboie pas, je t'en prie.

Le chien s'allongea alors, la tête sur ses grosses pattes, et garda le silence tout en surveillant le versant de la falaise. La nuit passa ainsi. À l'aube, les réfugiés se massèrent de nouveau sur le sentier. Certains s'étaient servis de leurs vêtements pour attraper des poissons dans les marais, et des arêtes détrempées gisaient çà et là.

Dann passa la nuit suivante dans un creux entre des rochers, à bonne distance des réfugiés. Rafale se coucha contre lui, et il accueillit la chaleur du chien avec gratitude.

Plusieurs jours passèrent, puis ils virent une piste assez large serpenter vers le sud au milieu de marais moins profonds et donc moins dangereux. Une partie du flot des réfugiés s'engouffra sur cette piste, qui traversait Toundra jusqu'à la frontière. Les malheureux trouveraient peu de secours là-bas, comme Dann essaya de le leur expliquer, mais il se heurta à chaque fois à leur regard hostile, qui ne comprenait pas. Ceux qui restèrent sur le sentier longeant la falaise étaient moins nombreux, ce qui les délivrait apparemment de l'obligation de rester en paix. Ils se mirent à se disputer voire à se battre dès qu'ils soupçonnaient quelqu'un de cacher de la nourriture. Ils entourèrent Dann et son chien, car le sac à provisions même à moitié vide paraissait encore prometteur. Rafale s'élança vers eux en aboyant, et ils battirent en retraite. Dann s'engagea sur un sentier en direction du sud-ouest. Des tourbières et des marais recouvraient toujours la région, mais elle était moins inhospitalière. Le terrain commença bientôt à s'élever un peu. Il y avait quelques buissons, des touffes de roseaux de grande taille. Ils aperçurent une bâtisse, qui n'était guère qu'une cabane, sur la droite du sentier. On avait griffonné sur la porte : « Pas de réfugiés ici. Allez voir ailleurs. » Dann frappa en criant :

— Je ne suis pas un réfugié ! J'ai de quoi payer !

Aucune réaction à l'intérieur. Il frappa à nouveau, un volet s'écarta, et le visage renfrogné d'une vieille femme apparut.

— Que voulez-vous ?

— Laissez-moi entrer. Je vous paierai pour manger et me reposer un peu.

— Il n'est pas question qu'un chien des neiges entre ici.

— Il est apprivoisé, il ne vous fera aucun mal.

— Non, allez-vous-en.

— Il peut monter la garde ! cria Dann.

La porte, qui était faite de gros roseaux liés par des lanières de cuir, s'ouvrit enfin. La voix d'un vieillard lança :

— Faites vite, dans ce cas.

Les deux vieilles gens lui firent face, mais ils regardaient l'énorme chien qui s'était assis aussitôt et les observait.

La pièce était petite et sombre, avec une unique lampe à huile sur une table rudimentaire. Les murs étaient en tourbe et le toit en roseaux.

— Si vous nous donnez à manger, à moi et au chien, je vous paierai, déclara Dann.

— Vous devrez partir ensuite, dit la vieille femme qui manifestement avait peur de Rafale.

— Laissez-nous dormir ici, par terre, je vous paierai aussi pour ça.

À cet instant, on entendit des cris et des coups violents à la porte, qui sembla sur le point de céder. La vieille femme jura et hurla des insultes tandis que le vieillard regardait dehors par des fentes dans le volet.

— Aboie, Rafale, ordonna Dann.

Le chien comprit et aboya vigoureusement. Les indésirables s'enfuirent.

— C'est un chien de garde, expliqua Dann.

— Très bien, dit la vieille femme.

Elle parla au vieillard dans une langue que Dann ne reconnut pas.

— D'où venez-vous ? demanda Dann.

Malgré la crasse, leur peau était pâle, et leurs cheveux aussi étaient clairs.

— Êtes-vous des Albains ?

— Qu'est-ce que cela peut vous faire ? s'exclama le vieillard d'un ton effrayé.

— J'ai des amis albains, déclara Dann.

— Nous sommes à moitié albains, dit la vieille femme. Et c'est plus que suffisant pour faire de nous des ennemis, aux yeux des gens.

— Je connais les problèmes des Albains, assura Dann.

— Vraiment ? C'est un bon point pour vous.

— Je viens de Rustam, dit Dann négligemment pour voir comment ils réagiraient.

— Rustam ? Où est-ce ?

— Très loin dans le Sud, plus loin que Charad, les Villes des Rivières et même Chélops.

— Nous entendons beaucoup de récits de voyageurs, dit la vieille femme. Des voleurs et des menteurs, voilà ce qu'ils sont.

Dehors, on voyait grâce au clair de lune que plusieurs réfugiés avaient découvert ce sentier plus sec et s'y étaient couchés pour dormir.

— Il y a des enfants parmi eux, observa Dann pour voir ce que diraient les deux vieillards.

— En grandissant, les enfants deviennent des voleurs et des vauriens.

Ils donnèrent à Dann un bol de poisson des marais, gris et boueux, accompagné d'une bouillie de légumes épaissie avec de la farine. Rafale eut droit au même plat – après tout, il n'avait pas tellement mieux chez Kass.

Ensuite la vieille femme déclara :

— Maintenant, asseyez-vous près de la porte avec cet animal. Et si quelqu'un frappe, faites-le aboyer.

Dann s'installa près de la porte avec Rafale. Il lui semblait peu probable qu'on vienne encore les déranger à cette heure tardive. Toutefois ils furent tous réveillés par des coups violents, à un moment – le chien aboya et l'intrus décampa.

— Nous n'aimons pas les chiens des neiges, dit la vieille femme sur son grabat à même le sol. Si nous le pouvons, nous les tuons.

— Pourquoi ne pas en prendre un comme chien de garde ?

Elle s'assombrit et se mit à marmonner dans son coin. Le vieillard, qui manifestement faisait ce qu'elle lui disait, déclara que les chiens des neiges étaient dangereux, tout le monde le savait.

Dann dormit assis, avec le chien couché contre lui. Tous deux étaient heureux de se réchauffer ainsi. Ils devaient avoir terriblement froid dehors, ces pauvres gens... Cette pensée prit Dann de court. Il ne voyait pas l'utilité de compatir avec des malheureux, sauf s'il pouvait en quoi que ce fût unir ses efforts aux leurs. Cependant il se disait que Mara et lui n'avaient été que trop souvent deux adolescents terrifiés au milieu de réfugiés et de parias, exactement comme ceux gisant maintenant sous la lune dont la clarté glacée filtrait à travers des nuages humides.

Le lendemain, aux premiers rayons du jour, il se réveilla et regarda le sol de boue, les murs de tourbe, le plafond bas dont les roseaux étaient disjoints par endroits. Comment pouvait-on appeler ça une maison ? Cette cabane était bien pire que celle de Kass. Sous les marais, des villes merveilleuses avaient sombré dans la boue. Pourquoi ne pouvait-on plus construire de telles cités ? Il se rappela les villes que Mara et lui avaient traversées. Certaines n'étaient pas sans beauté, mais rien à voir avec les cités englouties qui l'environnaient. Il fut pris d'une telle nostalgie des splendeurs de ce temps révolu qu'il poussa un gémissement. Rafale se réveilla et lui lécha les mains. « Pourquoi ? marmonna Dann. Pourquoi, Rafale ? Je ne comprends pas comment c'est possible. Penser qu'il y avait ces merveilles, et maintenant ceci… »

Il se mit à tousser tandis que Rafale aboyait tout bas. Les deux vieillards se réveillèrent.

— Vous allez partir, à présent ? demanda la vieille femme.

— Pas avant d'avoir pris notre petit déjeuner.

Ils eurent droit de nouveau à une sorte de bouillie aux légumes.

— Où allez-vous ? voulut-elle savoir.

— Au Centre.

— Dans ce cas, que faites-vous dans cet endroit misérable ?

Dann déclara qu'il venait de l'Est, où il s'était rendu sur les îles. Toutefois les vieillards semblèrent mal à l'aise et refusèrent d'en entendre davantage.

— Les insulaires s'en tirent plutôt bien, à ce qu'on raconte, dit le vieil homme non sans irritation.

Dann demanda, d'un ton aussi indifférent que possible, quelles étaient les dernières nouvelles du Centre.

— On dit qu'il y a maintenant des voyous, là-bas. Je ne sais pas ce qu'en penseraient les anciens Mahondis.

— Je suis un Mahondi, répliqua Dann en se rappelant ce que cela avait signifié autrefois.

— Alors vous devez être au courant, pour le jeune prince. Tout le monde attend qu'il rétablisse l'ordre.

Dann allait répliquer : « Le temps des princes n'est-il pas révolu ? » Puis il se ravisa. Ses hôtes étaient si vieux. Dans la froide lumière du matin, ils ressemblaient à deux fantômes décrépits.

On frappa violemment à la porte. Les aboiements de Rafale provoquèrent de nouveau une débandade.

— Il me semble que nous vous avons été plutôt utiles, en éloignant les indésirables, observa Dann.

— Il a raison, dit le vieillard. Qu'il reste ici pour monter la garde avec cet animal. Nous pourrions enfin dormir un peu.

— Merci, mais nous devons partir, déclara Dann. Et merci pour votre hospitalité.

Cette dernière phrase était censée être sarcastique, mais face au vieux couple il avait l'impression d'être en train de frapper des enfants.

— Peut-être pourriez-vous demander à vos amis albains de nous rendre visite ? suggéra la vieille femme.

— Il y a une colonie albaine pas très loin d'ici, répondit-il.

— Ils ne veulent pas entendre parler de nous, car nous ne sommes qu'à moitié albains.

Ces deux vieux enfants ne pourraient guère aller plus loin que le sentier de la falaise, et encore.

— Ce serait agréable de voir quelqu'un comme nous…

À présent, même les rides et les yeux enfoncés de la vieille femme semblaient implorer Dann.

Il avait peine à imaginer la méticuleuse Léta dans cette masure, mais assura néanmoins :

— Je leur dirai de venir chez vous.

Elle se mit à pleurer, et le vieillard l'imita aussitôt.

— Ne nous abandonnez pas, gémit-elle.

Son vieux compagnon lui fit écho.

— Pourquoi ne pas faire entrer le prochain chien des neiges que vous verrez ? lança Dann. Ce sont d'excellents compagnons.

Il partit avec Rafale, en empruntant des chemins peu fréquentés pour rejoindre le sentier en direction de l'ouest. Au bout d'un moment, ils parvinrent à un croisement dont un embranchement menait au Centre et l'autre à la Ferme. *Mara, là-bas il y a Mara*, songea-t-il, brûlant d'envie d'aller la retrouver. Il fit quelques pas, revint en arrière, hésita. Le chien des neiges s'avança alors. Dann le suivit, mais s'arrêta. Le chien s'arrêta à son tour, les yeux fixés sur son visage. C'était comme si le chemin de l'ouest était barré par un NON pareil à une nuée orageuse. Dann aspirait à retourner à la Ferme, mais il en était incapable. Rafale s'approcha, s'assit près de ses genoux, le regarda puis lécha ses mains. Dann comprit que le chien sentait davantage qu'une indécision chez lui. Quand Dann était triste, Rafale le savait.

— Pourquoi ne puis-je pas y aller, Rafale ? demanda-t-il à haute voix, debout au milieu de cette désolation grise et détrempée.

Les oiseaux blancs des marais étaient immobiles dans leur mare, poussaient des cris ou cherchaient poissons et grenouilles en se laissant flotter, le plumage ébouriffé par le vent.

— Pourquoi ne puis-je pas y aller ?

Dann se mit en route vers le nord, en direction du Centre.

Bien avant de le rejoindre, il le vit surgir au loin. Son sommet se perdait dans les nuages bas. Il paraissait si vaste, si imposant – tant qu'on ignorait son délabrement, ses bâtiments détrempés par l'eau du côté nord et du côté sud, son odeur d'humidité et de pourriture. Pas étonnant qu'il ait dominé si longtemps toute la région, et même l'Ifrik entière. Baigné par le soleil de l'occident, il rougeoyait, il resplendissait, couronné par les nuages dorés, entouré de sa muraille étincelante. En s'avançant vers lui, Dann se mit à penser à Griot, lequel avait toutes les raisons de lui faire des reproches. Il remarqua plusieurs changements, notamment la sentinelle qui l'arrêta à la porte. L'homme portait une sorte d'uniforme – une tunique brune flottante, un pantalon large, une écharpe rouge sur l'épaule. Dann se sentit soudain furieux et il écarta sans ménagement le jeune garde, qui avait les yeux fixés sur le chien des neiges. Rafale ne daigna même pas émettre un grondement.

Dans la grande salle où Mara et lui avaient attendu qu'on les reconnaisse, il vit Griot assis à une table sur laquelle se trouvait un de ces cadres à boules qu'on utilisait pour compter et des piles de tablettes de roseau. Dann s'approcha sans bruit. Griot leva la tête et sourit aussitôt, comme s'il le serrait dans ses bras. Il se leva, tendit bel et bien les bras puis les laissa retomber en s'efforçant de prendre une expression plus convenable à un soldat – il aurait pu s'éviter cette peine : son corps tout entier était comme un cri de joie.

— Dann... mon général...

— Oui, je suis désolé, dit Dann qui l'était vraiment à cet instant.

— Vous êtes resté absent si longtemps.

— Je sais. J'ai été retenu par une sorcière sur une île de la mer du Gouffre.

Il voulait se montrer léger, mais se corrigea aussitôt.

— Non, je plaisantais. Il fait bon vivre sur ces îles.

Quelque chose dans l'expression de Griot mit Dann sur ses gardes. Il attendit en silence. Griot allait-il parler ? Non.

— Dis-moi comment vont les choses ici, reprit Dann.

Griot se leva et se mit au repos, comme il l'avait appris au temps où il était un soldat débutant sous les ordres de Dann.

— Nous avons maintenant six cents soldats, mon général.

— Six cents...

— Nous pourrions en avoir autant que nous le voudrions, vu l'afflux de réfugiés de l'Est venant au Centre.

Rafale s'avança pour examiner ce nouvel ami, en remuant sa queue épaisse.

— Nous avons pas mal de chiens des neiges dressés à monter la garde, déclara Griot en caressant la tête de l'animal.

— Les gens semblent avoir peur d'eux.

— Les ennemis n'ont pas tort de les redouter.

— Et quelles sont ces cabanes de roseaux que j'ai vues en arrivant ? C'est une nouveauté.

— Elles servent de casernes. Et nous devons encore en construire d'autres.

— Et qu'allons-nous faire de cette armée ?

— Oui, c'est une question, mais vous avez entendu parler de Toundra. Le pays est en pleine crise. Deux factions s'affrontent, et nous pensons qu'il y en aura d'autres.

Dann nota le *nous*.

— L'administration fonctionne à peine. L'une des factions nous a envoyé des messages pour obtenir notre soutien. À cause du prestige du Centre, vous comprenez, mon général.

Griot hésita puis continua bravement.

— C'est votre prestige, en fait. Chacun sait que vous commandez, ici.

— Et l'autre faction, je présume qu'elle est la plus faible ?

— Ce ne sont que des... bons à rien. Nous sommes sûrs de vaincre.

— Je vois. Et sais-tu combien de réfugiés de l'Est affluent vers Toundra ?

— Oui, nous le savons. La majorité vient ici, en fait. Et j'ai un ami à Toundra, il me tient informé.

— Tu disposes d'un réseau d'espions ?

— Oui... oui, mon général. Et il est très efficace.

— Félicitations, Griot. Je vois que notre Armée Agre t'a donné une excellente formation.

— Je le dois à Shabis.

En mentionnant Shabis, le regard de Griot se teinta de... De quoi ? Dann fut sur le point de l'interroger, mais se déroba de nouveau en demandant :

— Et comment fais-tu pour nourrir tous ces gens ?

— Nous cultivons des céréales et des légumes sur les contreforts des montagnes, où le terrain est sec. Et nous avons beaucoup d'animaux, maintenant. Il y a tant de bâtiments vides à la périphérie du Centre.

— Dans ce cas, pourquoi avoir construit ces cabanes ?

— Quand les gens logent au Centre, ils se mettent à voler. D'autre part, l'existence de casernes favorise l'uniformité. Les bâtiments vides sont de dimensions variées, alors que chaque cabane accueille deux hommes ou deux femmes, ce qui résout tout problème de favoritisme.

Le silence s'installa. Griot se tenait à un bout de la table, face à Dann. Le chien s'était assis de façon à pouvoir les observer. Ses yeux allaient de l'un à l'autre, et il ne remuait plus la queue.

— Avez-vous faim ? demanda Griot.

Il retardait l'instant fatal, quel qu'il fût.

— Non, mais je suis sûr que Rafale est affamé.

Griot se dirigea vers la porte, suivi de Rafale. Il cria des ordres puis revint vers Dann.

— Tu es privilégié, Griot. Rafale ne se lie pas d'amitié avec n'importe qui.

— Je m'entends bien avec les chiens des neiges. C'est moi qui dresse les nôtres.

— Dis-m'en davantage sur l'approvisionnement, dit Dann.

Griot discourut sur le sujet jusqu'au moment où un soldat apporta un bol de nourriture et le posa par terre, en évitant soigneusement de s'approcher de Rafale. Les deux hommes s'assirent et regardèrent le chien manger.

— C'est sans doute le meilleur repas de sa vie. Je ne crois pas qu'il ait vu beaucoup de viande jusqu'à présent.

Après un nouveau silence, Dann ne put s'empêcher de lancer :

— Maintenant, parle. Que se passe-t-il ?

Griot resta un instant silencieux puis dit à voix basse :

— Ne m'en veuillez pas pour ce que je dois vous apprendre. Il m'est déjà assez pénible d'avoir dû garder pour moi si longtemps cette nouvelle…

— Vas-y !

— Mara est morte. Elle n'a pas survécu à l'accouchement.

Griot se détourna pour ne pas voir le visage de Dann. Lequel dit d'une voix neutre :

— Bien sûr. Je le savais. Oui, c'est logique.

Griot le regarda à la dérobée.

— Je le savais depuis le début, évidemment, reprit Dann. Autrement, pourquoi…

Il se tut.

— Le message est arrivé juste après votre départ.

Dann resta assis, immobile. Le chien s'approcha de lui et posa la tête sur ses genoux en gémissant.

Lentement, machinalement, Dann se leva de sa chaise et resta debout. Tendant en avant ses mains ouvertes, il les fixa du regard.

— Bien sûr, dit-il sur le même ton raisonnable. C'est ça.

Puis il se tourna vers Griot :

— Tu dis que Mara est morte ?

— Oui, elle est morte, mais l'enfant a survécu. Vous êtes parti pendant longtemps, mon général. L'enfant…

— Il a tué Mara.

Il commença à se déplacer mais sans but, de façon incohérente, en faisant un pas puis en s'arrêtant. Et ses yeux restaient fixés sur ses mains. Il fit encore un pas ou deux, se retourna brusquement comme pour attaquer quelqu'un et s'immobilisa d'un air furieux.

Rafale le suivait, en levant les yeux vers son visage. Griot les regardait tous deux. Dann fit encore quelques pas saccadés puis s'arrêta.

— Mara ! lança-t-il. Mara…

Il parlait d'une voix forte, décidée, comme s'il se disputait avec un être invisible. Puis il se fit menaçant :

— Mara, morte ? Non, non, non !

Il se mit à hurler sa révolte, lança un violent coup de pied qui manqua de peu Rafale, lequel se réfugia sous la table.

Ensuite il s'assit à la table, toujours avec des mouvements saccadés, erratiques, et regarda Griot avec stupeur.

— Tu la connaissais ? demanda-t-il.

— Oui, j'étais à la Ferme.

— Je suppose que l'autre… Kira. Elle a eu son bébé et est toujours vivante ?

— Oui.

— Il fallait sans doute s'y attendre, commenta Dann sombrement.

Griot comprenait et partageait son sentiment.

— Oui, je sais, dit-il.

— Qu'est-ce que je vais faire ? demanda Dann.

Déchiré par la souffrance de Dann, Griot marmonna :

— Je ne sais pas. Je ne sais pas, Dann, mon général...

Dann se releva et reprit sa promenade incohérente.

Il se lança dans un discours absurde, émaillé de noms de lieux et de gens, de cris de protestation et de colère. Griot ne parvenait pas à le suivre.

Au bout d'un moment, Dann demanda ce que devenait la vieille femme, et Griot lui dit qu'elle était morte.

— Elle voulait que je serve d'étalon, et Mara de reproductrice.

— Oui, je sais.

Cette histoire, comme toutes celles s'inspirant des aventures de Dann et Mara, était bien connue mais donnait lieu à des variantes fantastiques. Les gardiens du Centre avaient attendu l'arrivée du prince et de la princesse légitimes, dans l'espoir qu'ils fonderaient une nouvelle dynastie de sang royal. Cependant les deux jeunes gens avaient refusé. Jusque-là, tout était vrai. Mais l'imagination populaire avait inventé une bataille, où le vieux couple avait trouvé la mort car il ne voulait pas partager le savoir secret du Centre. Puis Dann et Mara s'étaient échappés pour fonder leur propre dynastie. Ils reviendraient au Centre afin de régner sur... l'Ifrik entière, la totalité de Toundra, en somme tout ce que pouvaient fournir les connaissances géographiques du conteur. Et dans toutes ces versions Dann était devenu un grand conquérant, un général ayant bataillé depuis les fins fonds de l'Ifrik pour arriver ici.

Dann parlait ou marmonnait, tandis que Griot l'écoutait et que Rafale l'observait de dessous la table. Voyant qu'il s'agissait d'un véritable accès de folie, Griot se leva enfin et déclara :

— Dann, mon général, vous devriez aller dormir. Vous allez vous rendre malade. Vous êtes malade, en fait.

— Qu'est-ce que je vais faire, Griot ?

Dann agrippa Griot par les épaules et le regarda dans les yeux.

— Je ne sais pas quoi faire.

— Oui, mon général. Venez donc avec moi. Maintenant.

Pendant toute l'absence de Dann, deux chambres avaient attendu son retour. L'une était celle de Dann, comme le savait Griot. Mais il ignorait que l'autre avait été celle de Mara. Quand Dann s'avança en titubant dans cette chambre et baissa les yeux sur l'ancien lit de Mara, il se mit à pleurer.

Griot le mena de cette chambre à la suivante. Elle avait une porte ouverte sur la place où les soldats manœuvraient, et Griot la ferma. Il conduisit Dann jusqu'au lit. Voyant qu'il se contentait de le regarder fixement, Griot l'aida à s'allonger. Rafale se coucha près du lit, en gardant ses distances.

Griot sortit et revint avec un morceau d'une substance noire et poisseuse qu'il montra à Dann.

— C'est du pavot, expliqua-t-il. Ça vous fera dormir.

Se levant d'un bond, Dann attrapa Griot par les épaules et le secoua. Il fut pris d'un rire terrible et hurla :

— Tu veux donc me tuer !

Griot avait rarement fumé du pavot, auquel il ne tenait pas spécialement. Il ne comprenait pas ce que Dann voulait dire. Devant son visage inquiet et perplexe, Dann le lâcha.

— Ce poison a failli me tuer une fois, dit-il avant de se recoucher de lui-même.

— Les soldats s'en servent. Ils en font brûler. La fumée leur plaît.

— Alors interdis-le.

— Il n'y en a pas beaucoup dans le camp.

— Je te dis de l'interdire ! C'est un ordre, Griot.

Dann semblait avoir retrouvé un peu de lucidité.

Griot mit une couverture sur les jambes de Dann et dit avant de sortir :

— Appelez-moi si vous avez besoin de moi.

Assis sur le lit de la chambre voisine, il entendit des hurlements. Était-ce Rafale ? Non, c'était Dann, et le chien se lamentait à l'unisson. Griot plongea la tête dans ses mains et écouta. Le silence se fit enfin. Dann s'était endormi, les bras autour de l'encolure du gros animal. Rafale ne dormait pas.

Dann était malade, à présent. Et sa maladie dura, et le temps passa. Griot s'occupait de lui, sans bien savoir s'il faisait ce qu'il fallait. Toutefois Dann prit lui-même quelques décisions. Pour commencer, il dit à Griot de refuser si jamais il lui demandait du pavot – « C'est un ordre, Griot. » Il exigea de disposer en permanence de cruches de cette bière confectionnée par les soldats, dont l'alcool faisait son effet si l'on en buvait suffisamment. Il ne quittait pas sa chambre. Tantôt il l'arpentait en tous sens, tantôt il gisait sur le lit. Et il parlait à lui-même, à Mara ou au chien des neiges. Il s'arrangeait pour être sans cesse ivre. Quand il déambulait, Rafale le suivait pas à pas. La nuit, le chien se couchait contre lui et léchait ses mains et son visage. Dann dit à Griot qu'il devait faire sortir Rafale pour qu'il prenne ses repas et se promène un peu. Rafale suivait volontiers Griot. Il fit connaissance avec les autres chiens des neiges, ce qui n'allait pas de soi puisqu'il n'avait jamais fréquenté ses congénères. Néanmoins ils s'entendirent plutôt bien, du moment que Rafale gardait ses distances. Il ne s'intégra jamais à la meute, car il voulait toujours retourner auprès de Dann. Les semaines passèrent. Il semblait à Griot qu'il était temps d'envahir les villes toundras. Toutes les nouvelles qu'il recevait le confirmaient dans cette pensée, mais il avait besoin de Dann car c'était lui le grand général, célèbre d'un bout à l'autre de Toundra. Et Griot avait aussi besoin de ses connaissances militaires supérieures aux siennes.

Même si Dann était plus ou moins fou, durant cette période, il lui arrivait d'émerger pour s'asseoir à la table avec Griot et le conseiller sur tel ou tel sujet. Ses conseils étaient judicieux, et Griot comptait sur eux.

Les soldats discutaient entre eux, bien sûr, car ils montaient la garde devant la porte et parfois à l'intérieur de la chambre, quand Dann allait plus mal qu'à l'ordinaire. Leur général était fou, tous le savaient, mais étrangement cela ne semblait guère les inquiéter. Ils parlaient toujours de lui avec respect – et même avec amour, semblait-il à Griot, que cela n'étonnait pas.

Malgré tout, l'état de Dann ne paraissait pas s'améliorer. Griot décida donc de se rendre à la Ferme, pour parler à Shabis et demander de l'aide à Léta, qui était si experte en plantes et en remèdes. Il dit à Dann qu'il allait faire un voyage de reconnaissance dans les villes de Toundra. Dann demanda à avoir un soldat à sa place – un homme, pas une femme.

Comme cet homme s'occupait des bains de Dann, en apportant les cuves remplies d'eau chaude et en le persuadant de s'immerger dedans, il vit les cicatrices à la taille du général, qui demeuraient inexpliquées mais semblaient suggérer qu'il avait porté à un moment une chaîne d'esclave dont les pointes l'avaient lacéré. Il vit aussi celles rayonnant sur ses fesses à partir de l'anus. Le camp entier apprit l'existence de ces cicatrices cruelles, qui accrurent encore le mystère et l'autorité de Dann. Savoir que leur général avait été esclave les aidait à comprendre son actuelle maladie. Puis le soldat de garde laissa échapper que Griot s'était rendu à la Ferme. Dann comprenait qu'il lui ait caché ses intentions, mais il souffrait de savoir Griot là-bas, en cet endroit qui était pour lui comme un rêve apaisant, avec les flots tempétueux de la mer Occidentale, les ruisseaux aux eaux vives, la vieille maison... Mais Kira s'y trouvait, et il n'avait pas envie de penser à son enfant, qui devait maintenant avoir près de quatre ans – et encore moins à l'enfant de Mara.

Griot s'en alla, suivi de quatre soldats. Depuis que Toundra allait à vau-l'eau, les routes étaient moins sûres que jamais. Griot guettait d'éventuels assaillants, en sachant que ses soldats étaient assez proches pour l'entendre. Il écouta lui-même les commérages du camp, qui dans l'ensemble lui firent plaisir. Les soldats étaient tous d'anciens réfugiés et parlaient souvent des langues différentes. Griot avait institué des cours obligatoires de toundra, et ils s'exprimaient maintenant dans cet idiome. Ils déclarèrent qu'ils étaient impatients de partir à la conquête des grands espaces de Toundra, car ils se sentaient à l'étroit dans le camp.

Griot se mit à songer à sa propre vie, mais il ne pouvait comparer son sort présent qu'à celui du jeune fuyard arrivé dans les camps agres à Charad et soumis aussitôt à l'entraînement nécessaire pour devenir soldat. Quant à ce qu'il avait vécu avant, il n'aimait guère y penser. Il tenterait de s'en souvenir – mais plus tard. Il devait tout aux Agres. À présent, il savait que c'était Shabis qui l'avait formé. Il était alors le Grand Général, tellement au-dessus de lui qu'il ne connaissait que son nom et l'apercevait de temps en temps : « Regarde, le voilà, c'est Shabis ! » Son supérieur immédiat était Dann, le jeune officier aussi beau qu'audacieux qu'il vénérait comme un héros. Griot marcha sur Shari à la suite de Dann, devenu lui-même général. Quand les armées hennes envahirent la ville et qu'il entendit dire que Dann s'était enfui, Griot déserta à son tour. Il se joignit au flot des réfugiés remplissant Karas, mais il perdit la trace de Dann, et aucune nouvelle ne lui parvint. Il était déserteur, menacé d'être capturé et puni, voire exécuté. Il apprit que la tête de Dann était mise à prix. Quant à Mara, il ne savait rien d'elle. En fait, il l'avait vue haranguer des soldats sur le terrain de manœuvres à Agre, mais il n'avait pas fait tout de suite le rapprochement entre cette créature maigre à faire peur et la belle jeune femme de la Ferme. Il réussit à rejoindre Toundra, au milieu de dangers incessants, en travaillant lorsqu'il le pouvait. Quand il songeait à la sécurité offerte par l'Armée Agre, il regrettait d'avoir déserté. Puis il apprit par hasard que le général Dann se trouvait avec sa sœur dans une ferme, plus loin à l'ouest. Il se mit en route et arriva là-bas juste après le départ de Dann.

Griot reconnut Shabis sur-le-champ, mais pas Mara. Il demanda à travailler. Il s'y connaissait en agriculture, ayant servi dans les détachements chargés de l'approvisionnement de l'Armée Agre. Ils lui donnèrent une chambre – et leur confiance. Il savait que cela ne plaisait pas à Kira, laquelle le considérait comme un domestique. Cependant Mara, Shabis et les autres – Daulis et les deux Albaines – le traitaient comme l'un des leurs. Lui qui n'avait jamais eu de famille, il lui semblait qu'il en avait trouvé une. Et elle allait bientôt s'agrandir, car Mara et Kira étaient toutes deux enceintes. Kira se plaignait. Maussades ou coléreuses, ses plaintes faisaient partie de son style. Il semblait à Griot que Mara était vouée à la calmer et à veiller sur elle. Le couple qu'elle formait avec Shabis était le centre de cette famille, tandis que Kira en était l'enfant difficile.

Avant d'arriver à Agre, Griot avait passé sa vie à observer, à être sans cesse aux aguets, à voir le moindre détail – visages, gestes, mouvements imperceptibles des yeux, l'ombre d'une grimace, d'un sourire, d'une moue satisfaite ou dédaigneuse. C'est ainsi qu'il avait appris à connaître la vie et les hommes. Il savait que tout le monde n'était pas aussi perspicace, et il s'étonnait souvent que les gens ordinaires vissent si peu de chose. À la Ferme, pour ce qui était des dangers et des menaces, il était revenu à sa situation d'avant son entrée dans l'Armée Agre. Shabis et Mara n'y étaient pour rien – c'était à Kira qu'il devait prendre garde. Il s'était mis à travailler dur, à faire profil bas, à éviter Kira et à observer tous ceux qui l'entouraient. Il savait que son frère manquait à Mara. Non qu'elle se plaignît, mais elle parlait souvent de Dann en soupirant, après quoi Shabis posait ses mains sur les siennes ou la serrait contre lui. Kira les regardait d'un air ironique, qui n'avait rien de bienveillant. Quand elle parlait de Dann, elle semblait évoquer un objet qu'elle avait égaré. À mesure que sa grossesse avançait, elle prit beaucoup de poids et souffrit extrêmement. Les vents desséchants se succédaient, d'abord froids puis brûlants, et elle passait son temps à se reposer et à donner des ordres à Griot. Il finit par lui dire, en présence de tous les autres, qu'il n'était pas à son service.

— C'est moi qui décide de ce que tu es, gronda-t-elle.

Mara et Shabis la reprirent aussitôt.

— Nous n'avons pas de domestiques ni d'esclaves ici, Kira.

Après cette scène, Kira fit précéder ses ordres d'un *s'il te plaît* sarcastique. Elle lui demandait à tout moment d'aller lui chercher quelque chose. Lorsqu'elle réussissait ainsi à se faire servir par lui, elle arborait un sourire satisfait – comme une enfant, pensait Griot.

Mara ne se sentait pas bien non plus, et Griot était agacé – comme les autres, remarqua-t-il – de la voir aider et consoler Kira sans recevoir aucune gentillesse en retour.

Puis il y eut une dispute terrible, peu avant que les deux femmes accouchent. Kira hurla que, si Griot voulait rester, il devait faire ce qu'elle lui disait. Griot savait qu'on avait besoin de son travail à la Ferme et il tenta de tenir bon, mais elle alla jusqu'à essayer de le frapper, et il préféra partir, non sans présenter des excuses à Shabis et à Mara. Il se rendit au Centre, où il tomba sur Dann. Griot trouva normal que Dann ne l'accueillît pas avec ce sentiment débordant qu'il éprouvait en lui-même, et qu'on pouvait qualifier d'extase ou du moins de bonheur intense. Il avait été l'un des soldats de Dann, rien de plus. Toutefois vivre au côté de Dann, travailler pour lui, le servir, apparut à Griot comme davantage que la récompense de sa longue adoration. C'était comme un juste privilège, un cadeau du... du Destin – qu'importait le nom qu'on lui donnait. Griot n'avait jamais été porté sur les dieux et les déités, bien qu'il en ait vu de toutes sortes dans sa brève existence, mais il se demandait maintenant si l'un d'eux ne lui accordait pas une bienveillance toute particulière. Autrement, comment expliquer sa bonne fortune ? Atterrir à Agre, sous les ordres de l'officier Dann, puis entendre parler de sa présence à la Ferme, puis le retrouver au Centre, qui était si merveilleusement propice aux projets de Griot...

Certes il devait admettre – il y était prêt – que la longue absence de Dann ne marquait pas une grande bienveillance à son égard. Néanmoins il avait profité de cette période pour créer et former son armée, et pour faire l'inventaire des ressources du Centre.

Il aurait pu considérer que la maladie de Dann ne ressemblait guère à une faveur du Destin ou d'un quelconque petit dieu – Griot était modeste et ne se jugeait digne que d'une déité mineure. Mais en soignant Dann pendant toutes ces semaines, il avait au moins appris que son héros avait des failles. Il était d'ailleurs décidé à voir en elles le présage voire la garantie d'un avenir glorieux.

À présent, il retournait à la Ferme et c'était à Kira qu'il pensait, mais en veillant à détourner toute mauvaise fortune avec ce respect prudent qui est de mise face à une personne méchante et capricieuse.

Il laissa les soldats à l'auberge afin de ne pas imposer le fardeau de leur hébergement à la Ferme, dont il connaissait les ressources limitées. Il leur dit qu'il serait de retour dans un jour ou deux.

Alors qu'il remontait vers la maison, avec sur sa droite la rumeur de la mer Occidentale, deux chiens vinrent à sa rencontre – il les connaissait. Kira se tenait sur la véranda. Vêtue d'une robe violette, les cheveux frisés, parfumés et ornés d'une fleur, c'était une femme grossie, imposante, qui surveillait son approche.

— Je vous salue bien, lança-t-il en entrant le premier pour marquer comment il entendait que se déroule son séjour.

— Tu viens me voir ? demanda-t-elle.

— Non, Kira, je viens voir Shabis.

— Oh, personne ne me rend jamais visite ! se plaignit-elle.

Il nota que la mauvaise humeur était toujours à l'ordre du jour.

Sur le côté de la maison, deux petites filles jouaient sur un terrain de sable en compagnie des deux Albaines.

Daulis était assis sur la véranda et sourit avec un plaisir sincère en voyant Griot. Celui-ci s'assit, et les deux chiens se couchèrent près de lui. La soumission de ces créatures au service de l'homme contrastait avec la sauvagerie de Rafale, la liberté que gardaient les chiens des neiges, dont l'allégeance n'avait rien d'inconditionnel. Pour la première fois, Griot songea que ces énormes bêtes blanches pourraient aisément former une meute et se retourner contre leurs gardiens. Rafale serait-il capable d'attaquer Dann ? Cela paraissait inconcevable.

Kira installa sur une chaise les flots d'étoffe violette de sa robe puis demanda :

— Comment va mon Dann chéri ?

Griot n'avait pas l'intention de le lui dire, sachant qu'elle n'hésiterait pas à profiter de la situation. Toutefois, avec tous ces gens venant du Centre et s'arrêtant ici sur le chemin de la côte, elle devait avoir eu des nouvelles ou en aurait bientôt.

— Dann a séjourné longuement dans les parages de la mer du Gouffre, déclara-t-il.

Comme elle le pressait d'en dire davantage, il se montra évasif. Dann s'était joint aux pêcheurs, il avait vu de près les montagnes de glace... Puis Shabis arriva et Griot se leva, attendant qu'il le salue. Shabis se contenta d'exprimer par son regard bienveillant sa joie de le revoir – Griot comprit qu'il préférait se taire à cause de Kira.

Ayant fait signe à Griot de se rasseoir, Shabis s'assit à son tour. Il avait vieilli. La mort de Mara l'avait comme vidé d'une substance vitale, d'une énergie qui l'imprégnait tout entier quand elle était avec lui. C'était désormais un homme grand, grisonnant et trop maigre. Il fallait reconnaître qu'il n'était certes plus le soldat qu'il avait été.

Griot voulait parler seul à seul avec Shabis. Commença un petit jeu désagréable, consistant pour Kira à les empêcher de rester ensemble. Ils finirent par entrer dans la maison pour lui échapper, mais elle les suivit. Pendant tout le dîner, elle ne cessa de bavarder afin qu'on ne puisse l'oublier même un instant.

Elle avait changé. En l'observant à la dérobée, Griot vit que ce joli visage, avec ses minauderies, ses regards, ses sourires, avait perdu tout ce qui faisait qu'on pouvait l'aimer et l'admirer. Même sa voix n'était plus la même.

Tout avait changé, depuis le départ de Griot. Mara avait donné comme un centre à cette famille, mais c'était terminé. C'était elle qui maintenait sa cohésion. Et Mara avait empêché Kira d'occuper la position centrale à laquelle elle aspirait.

Les petites filles étaient toutes deux délicieuses et... eh bien, semblables à toutes les petites filles, supposait Griot qui n'avait jamais eu affaire à des enfants depuis sa propre enfance. Elles semblaient très sages, mais il remarqua que Tamar, la fille de Mara, restait près de son père et ne regardait Kira qu'avec appréhension.

Kira ordonnait non seulement à sa propre fille, Rhéa, de faire telle ou telle chose, de se tenir droite, de rester tranquille, de ne pas manger trop vite, et ainsi de suite, mais aussi à Tamar, bien que cette dernière fût sous la responsabilité des deux Albaines, Léta et Donna. Shabis finit par lancer :

— Ça suffit, Kira !

Le ton autoritaire de cette réprimande allait bien au-delà de la situation présente. Kira fit la moue et se mit à bouder.

Quand l'heure du coucher arriva, Tamar passa devant Kira, qui s'exclama :

— Comment, tu n'embrasses pas Kira ?

L'enfant lui envoya un baiser, mais Kira ne la laissa pas s'en tirer à si bon compte. Griot vit que Shabis, Léta, Daulis et Donna, tous regardaient la petite fille courir vers Kira et lever la tête pour un baiser – Tamar feignait de rire, mais elle était terrifiée. Et Kira fit une grimace affreuse – pour plaisanter, bien sûr – et prit un air encore plus menaçant en se baissant pour l'embrasser, si bien que l'enfant s'enfuit à toutes jambes vers Léta.

— Quelle petite pleurnicheuse ! dit Kira.

Les deux Albaines emmenèrent les petites filles – qui dormaient chacune dans une chambre, nota Griot.

— Encore une soirée longue et ennuyeuse, se lamenta Kira. Raconte-nous quelque chose d'intéressant, Griot.

— Je suis désolé, Kira, répondit-il. Je dois partir tôt demain matin, et il faut que je parle à Shabis.

— Eh bien, parle !

Griot lança un regard implorant à Shabis, qui se leva en déclarant :

— Viens, allons faire un tour. Il fait encore clair.

— J'ai envie de me promener, moi aussi, intervint Kira.

— Non, dit Shabis. Reste où tu es.

— Oh, Shabis...

Sa voix était enjôleuse, mais Shabis fronça les sourcils. Griot comprit que Kira avait voulu prendre la place de Mara, qu'elle le désirait encore, mais sans succès, ce qui expliquait sa mauvaise humeur et ses plaintes. L'idée qu'elle pût succéder à Mara choquait Griot. Il la regarda avec tant d'aversion qu'elle détourna son attention de Shabis et lança :

— Qu'est-ce que tu as, Griot ? Tu es parvenu à tes fins, pas vrai ? Je ne peux pas en dire autant.

Elle paraissait bel et bien sur le point de pleurer.

Cette puérilité était tellement nouvelle chez Kira que Griot en resta pantois et que Shabis dut l'appeler :

— Viens, Griot.

Les deux hommes sortirent dans le crépuscule, avec les chiens.

Ils s'arrêtèrent à bonne distance de la maison. Kira était restée sur le seuil, dans l'espoir d'entendre ce qu'ils diraient. Griot raconta que Dann était tombé malade en apprenant la mort de Mara. Il expliqua pourquoi la nouvelle lui était parvenue si tard. Puis il évoqua les aventures de Dann dans la région de la mer du Gouffre, en rassemblant tout ce qu'il savait à ce sujet. Il finit par avouer que Dann était fou et qu'il ne savait que faire.

— Allons plus loin, dit Shabis en jetant un coup d'œil à la silhouette menaçante de Kira.

Ils descendirent un sentier de pierre tandis que la rumeur de la mer Occidentale grandissait. Arrivés dans un endroit où les embruns déferlaient sur une falaise mais où le bruit n'était pas trop fort, ils s'arrêtèrent tout près l'un de l'autre.

— Il lui est déjà arrivé d'être très malade, dit Shabis.

Il raconta à Griot ce qui s'était passé dans les Tours de Chélops.

— Oui, il en parle dans son délire.

— Habituellement, il garde le silence sur ces événements. Mara disait qu'il avait peur d'y penser.

— Et maintenant il a peur du pavot.

Griot apprit à Shabis que Dann lui avait ordonné de ne jamais lui donner du pavot.

— C'est l'essentiel, dit Shabis. Pour le reste, je vais demander à Léta. Elle a des remèdes pour tout. Mais parle-moi donc du Centre. Qu'est-ce que c'est que cette histoire d'une nouvelle armée ?

Griot lui exposa ce qu'il avait fait, sans fanfaronnade mais non sans fierté pour ses succès. Il conclut en disant qu'il fallait maintenant envahir les villes de Toundra. C'était le moment ou jamais.

— Tu parles bien à la légère d'invasions et de tueries, Griot.

— Je crois que les gens de Toundra vont bientôt nous attaquer. Le Centre est une proie de choix. Et les vieux gardiens sont morts. Ils en veulent à Dann, à cause de sa réputation.

— Vraiment ! s'exclama Shabis. Et quelle est cette réputation ?

Le sourire ironique de l'officier vieillissant prit Griot de court.

— Il me semble qu'elle est double, poursuivit Shabis. Il y a le renom qu'il s'est acquis en tant que général Dann, et il est mérité. Je peux dire que je savais ce que je faisais, en le faisant monter en grade si jeune. Mais, quant à la réputation du prince Dann, le faiseur de miracles, ce n'est qu'un ramassis de sornettes.

— Qu'importe le prince, quel que soit son nom. Ce n'est pas de lui que les gens parlent. Mais Dann semble avoir une sorte de... d'autorité, c'est difficile à expliquer. Mes espions me disent qu'on l'attend, d'un bout à l'autre de Toundra.

— Je vois. J'ai l'impression de revenir en arrière, à l'époque où je me suis prononcé contre l'invasion de Shari. C'est pour cela que je suis devenu l'ennemi des trois autres généraux. Et j'avais raison. Le seul résultat a été l'habituel cortège de morts et de réfugiés. D'après mon expérience, parler à la légère de guerres et d'invasions est un signe de faiblesse, non de force.

— C'est une question de nécessité. Les réfugiés ne cessent d'affluer – je suis sûr que vous en voyez passer ici. Il faut les nourrir, les habiller, s'occuper d'eux. Je me souviens que vous nous donniez des cours et des conférences. J'essaie de faire la même chose, Shabis. Nous sommes tellement à l'étroit, la place manque. Alors que Toundra est presque vide.

— Tout est si instable. Tu ne t'en rends pas compte ? Les guerres le long de la route de l'Est ne semblent pas près de cesser. Au contraire, de nouveaux conflits éclatent... La grande inconnue, Griot, ce sont les flots de réfugiés. Penses-tu que l'histoire d'un faiseur de miracles appelé le général Dann suffira à te rendre maître de hordes d'exilés ? Et dans le Sud, Charad et mon pays sont en proie à une grave agitation. Les trois généraux ont été tués lors d'un coup d'État, et l'armée souhaite mon retour.

La voix de Shabis était forte, à cause du bruit de la mer, mais Griot comprit qu'en fait il se parlait à lui-même, qu'il passait en revue des idées qui occupaient ses moments de solitude.

— Et bien sûr tu es trop poli pour le dire, Griot, mais tu penses que je suis trop vieux pour jouer les généraux et faire la guerre. Tu n'as pas tort, mais je ne suis pas trop vieux pour être un chef de file. Je suis le général Shabis, l'adversaire des trois généraux malfaisants qui sont morts maintenant. On me demande donc d'unir les Agres sous ma bannière et de les protéger contre les Hennes. Mais comment pourrais-je partir, Griot ? Tu dois comprendre...

Griot comprenait. Shabis ne pouvait emmener sa fille dans un voyage long et dangereux vers le Sud. Et il ne pouvait la laisser ici avec Kira, qui lui voulait du mal.

— J'ai une épouse à Agre, reprit Shabis. C'est une brave femme, mais elle ne verra pas d'un bon œil l'enfant de Mara. Comment le lui reprocher ? Elle mourait d'envie d'avoir elle-même un enfant, mais… nous n'avons pas eu de chance. Si j'arrivais là-bas avec celui de Mara… Non, c'est impensable. Donc… tu comprends, Griot ?

— Vous pourriez venir au Centre avec la petite, suggéra Griot.

— Il me semble que j'ai des responsabilités ici, sans même parler de Tamar. Je sais que Daulis retournerait à Bilma, s'il n'y avait pas Léta. Et Léta le sait aussi. Pour elle, retourner là-bas reviendrait à reprendre sa place au… Elle était dans un bordel. Tu étais au courant ?

— Oui. Dann parle beaucoup, dans son délire. Mais vous oubliez que j'ai vécu ici. Léta n'est pas vraiment discrète quant à sa vie de prostituée.

— Tu ne comprends pas. Elle en a tellement honte qu'elle ne peut s'empêcher d'en parler.

— Si vous veniez au Centre, Dann et vous pourriez commander ensemble nos troupes pour envahir Toundra.

La voix de Griot tremblait, en évoquant ce qui lui apparaissait comme le couronnement de tous ses espoirs – le général Shabis et le général Dann.

— Dann et vous… répéta-t-il.

— T'est-il venu à l'esprit que Dann pourrait ne pas être ravi de me voir ? Il a perdu sa sœur à cause de moi. C'est ce qu'il pense, ou plutôt ce qu'il éprouve. Il a toujours été généreux envers moi – envers nous, Mara et moi. Mais quand je songe à ce qu'il *éprouve*… Je préfère ne pas y penser, Griot.

Griot resta silencieux. Les vagues déferlaient et s'écrasaient sur le rivage en contrebas, les embruns leur piquaient les yeux.

— Comme tu le vois, Griot, tous les chemins que je voudrais prendre me sont fermés.

Griot, qui avait été un enfant livré à lui-même, se dit que la petite Tamar était certainement trop insignifiante – était-ce le mot ? – pour faire obstacle au général Shabis et à son devoir de sauver son pays.

— Rentrons maintenant, Griot. Je suis heureux que tu sois venu. Ne crois pas que je ne réfléchisse pas à tous ces problèmes. En fait, je ne cesse d'y penser.

Kira les accueillit sur la véranda. À la lueur des lampes, elle paraissait rouge de colère.

— Encore une minute, Kira, lança Shabis en passant devant elle avec Griot.

Dans la pièce principale, Léta et Daulis jouaient aux dés. Donna était avec les enfants.

Shabis demanda à Léta de le suivre. Ils laissèrent Griot seul avec Kira.

— Alors, quel est ce grand secret ? demanda Kira. Dann aurait-il fini par perdre complètement la tête ?

Sa perspicacité était des plus déplaisantes.

— Je suis sûr que quelqu'un vous l'aurait dit, si c'était vrai, répliqua Griot.

Léta revint avec des sachets de simples, qu'elle présenta à Griot en lui donnant des instructions.

— Ce sont tous des sédatifs, observa Kira.

— Nous avons des malades, déclara Griot.

Il refusait de livrer Dann à Kira.

— Enfin, dis à Dann qu'il serait temps qu'il voie son enfant, reprit Kira. Demande-lui de venir me voir.

— Je le lui dirai. Et il aimerait aussi voir l'enfant de sa sœur.

Griot parlait à Kira sur un ton qu'il n'avait jamais employé lors de son précédent séjour. Il tint bon devant sa colère. Elle marmonna quelques mots, tourna les talons et sortit.

— Ne fais pas attention à elle, dit Léta d'une voix pleine d'aversion.

Ils devaient former une joyeuse assemblée, songea Griot. Il se réjouit de n'être pas pris au piège en ces lieux.

Il demanda à coucher sur la véranda, afin de pouvoir partir discrètement au matin. Il ne dormit que d'une oreille. Dans la nuit, il vit Kira sortir, s'arrêter en haut des marches et regarder dehors. Elle ne lui lança qu'un coup d'œil puis s'éloigna dans l'obscurité.

Quand il se réveilla, à l'aube, il l'aperçut un peu plus bas sur une pente où se dressaient plusieurs cabanes. Elle parlait à des gens – il savait qu'il s'agissait de réfugiés arrivés depuis peu. Ils devaient avoir emprunté les routes des marais, sans voir le Centre. Les deux chiens étaient avec elle. Constatant qu'il était réveillé, ils accoururent vers lui en remuant la queue. Ils lui léchèrent les mains puis firent un peu de chemin avec lui.

Avant de prendre un virage menant à la route, il vit Léta sur la véranda. Dans la lumière matinale, sa chevelure semblait aussi brillante que le soleil. Et sa peau était si blanche ! Il avait du mal à se faire une opinion sur les Albains. Ils le fascinaient et le repoussaient à la fois. Cette chevelure… Il avait tellement envie de la toucher, de laisser couler entre ses doigts cette masse lisse et ondoyante. Mais sa peau… Elle lui rappelait le ventre blanchâtre d'un poisson.

Les cheveux de Donna n'étaient pas clairs, comme ceux de Léta, mais noirs et fins. Si une brise les soulevait ou si l'on regardait la raie, la peau apparaissait, d'un blanc cadavérique. Griot savait que l'Eurrop entière autrefois avait été pleine de ces Albains, que tous ses habitants avaient eu cette peau blanchâtre de poisson. Il préférait ne pas y penser. Nombreux étaient ceux qui disaient que les Albaines étaient des sorcières, et les Albains des sorciers, mais il n'y croyait pas. Il savait combien les gens accusaient aisément les autres de sorcellerie ou de pouvoirs magiques. Du reste, pourquoi s'en plaindrait-il ? Quand ses soldats racontaient que Dann avait quelque chose de magique, Griot se contentait de sourire et se gardait de les détromper.

Avant même d'avoir atteint le portail du Centre, Griot entendit un vacarme en provenance des appartements de Dann. Des cris, les aboiements du chien des neiges, la voix de Dann... Il se mit à courir et fit irruption dans la chambre, où Dann était debout sur son lit et gesticulait, déchaîné. Une odeur écœurante flottait dans la pièce. En voyant Griot, Dann s'écria :

— Espèce de menteur ! Tu m'as trompé. Tu es allé comploter avec Shabis contre moi.

Les deux soldats chargés de garder Dann étaient dos au mur. Ils semblaient aussi épuisés que terrifiés. Le chien des neiges était assis près d'eux, comme pour les protéger, et observait Dann, qui sauta du lit et commença à tournoyer en manquant gifler ses gardes au passage. Sa main tendue effleura la joue de Griot, puis il fit mine de décocher un coup de pied à Rafale mais celui-ci ne recula pas et poussa un grondement menaçant.

— Mon général… balbutia Griot. Écoutez-moi, Dann…

— Dann ? ricana son idole sans cesser de se démener. Tu m'appelles Dann, maintenant ? Depuis quand les subalternes s'adressent-ils ainsi à leurs supérieurs ?

Griot aperçut enfin sur une table basse un plat graisseux où un morceau de pavot à moitié consumé continuait de fumer.

Dann bondit de nouveau sur le lit et resta courbé, les mains sur les cuisses, en jetant à la ronde des regards furieux. Ses pupilles noires étaient bordées de blanc. Il tremblait.

— Autre chose, cria-t-il à Griot. Je vais brûler ton précieux Centre rempli de saletés. Avec ses vieux déchets qui sentent la mort, je vais faire un feu qui rôtira Toundra tout entière !

Il tomba en arrière sur le lit, manifestement à sa propre surprise, et resta couché là, les yeux fixés sur le plafond, le souffle court.

L'un des soldats chuchota d'une voix assourdie par la peur :

— Griot, le général a voulu mettre le feu au Centre mais nous l'en avons empêché.

— Parfaitement ! hurla la forme prostrée sur le lit. Et je recommencerai ! À quoi nous sert ce tas de vieux déchets ? Nous ferions mieux de nous en débarrasser en le brûlant.

— Mon général, dit Griot, puis-je vous rappeler que vous m'avez demandé de ne pas vous laisser disposer de pavot. C'était un ordre, mon général. Et maintenant je vais enlever ce plat d'ici.

À ces mots, Dann se redressa d'un bond et courut vers le pavot. Se ravisant, il se précipita sur Griot. Ce dernier était pétrifié, comme s'il avait été hypnotisé – et c'était bien le cas : il se disait que Dann, avec la force effrayante de sa crise de folie, n'aurait aucune peine à l'emporter sur lui.

Le chien des neiges se dirigea alors avec un calme délibéré vers les deux hommes se faisant face. Il attrapa dans son énorme mâchoire le bras de Dann prêt à frapper, et l'immobilisa. Dann se mit à se démener en brandissant un couteau, mais il était difficile de dire s'il entendait poignarder Rafale ou Griot. Le chien se laissa entraîner par les contorsions de Dann, mais ne lâcha pas prise.

— Mon général, reprit Griot, vous m'avez ordonné de vous tenir à distance du pavot.

— Oui, mais ce n'était pas moi, c'était l'Autre.

En entendant ses propres paroles, Dann se figea. Le regard fixe, il semblait aux aguets... Qu'écoutait-il ?

— L'Autre... marmonna-t-il.

Oui. C'était un mot de Mara. *L'Autre*, avait-elle dit en lui rappelant ce dont il était capable, comme en ce jour où il l'avait perdue au jeu. L'Autre... et Dann. Ils étaient deux.

Il s'était tenu avec Mara à cet endroit même, et il l'avait entendue lancer, à propos d'une folie quelconque qu'il s'apprêtait à commettre : « Toi, tu ne le ferais pas, mais l'Autre le ferait. »

L'Autre. Qui était-il, maintenant ? Le chien des neiges laissa le bras de Dann échapper à l'étau de son énorme mâchoire. Il alla reprendre son poste à côté des deux soldats stupéfaits.

— L'Autre, répéta Dann.

Il fit volte-face, de sorte que tous crurent qu'il allait recommencer à se démener et à les menacer. En fait, il ramassa le plat où fumait le pavot et le fourra dans les mains de Griot.

— Prends ça. Ne me laisse pas en avoir.

Griot fit signe à un des soldats d'approcher et lui tendit le plat en disant :

— Débarrassez-vous-en. Détruisez-le.

Le soldat sortit avec le plat.

Dann observa la scène en plissant les yeux. Son corps était secoué de frissons. Il s'affaissa et se laissa tomber sur le lit.

— Viens ici, Rafale, dit-il.

Le chien des neiges sauta sur le lit, et Dann le serra dans ses bras. Il fut pris de sanglots secs, douloureux, comme s'il pleurait sans larmes.

— J'ai soif, croassa-t-il.

Le soldat restant lui donna une tasse d'eau. Dann la vida, commença à dire : « Encore, j'ai besoin... » Et il s'effondra, endormi, la tête du chien sur sa poitrine.

Griot ordonna au soldat d'aller se reposer après avoir veillé à faire venir de nouveaux gardes. Lui-même avait besoin de dormir.

Cette scène avec Dann – on aurait plutôt cru qu'il s'agissait d'un imposteur dément – s'était passée si vite que Griot n'avait pas compris ce qui arrivait. Il fallait qu'il y réfléchisse. Préférant ne pas trop s'éloigner de Dann, il se coucha sur le lit de la chambre voisine et laissa la porte ouverte.

L'Autre, avait dit Dann.

Il aurait fallu que Griot puisse interroger quelqu'un. Shabis ? C'était à Mara qu'il aurait voulu parler. S'il avait pu la ramener à la vie, même pour quelques instants, il savait exactement ce qu'il lui aurait demandé.

À travers la porte, Griot regarda les deux nouveaux gardes entrer par la cour et se poster près du mur. Rafale grogna doucement, mais en remuant la queue. Puis il dormit. Dann dormit. Griot dormit.

Et s'éveilla dans le silence. Dans l'autre chambre, Dann n'avait pas bougé, pas plus que le chien des neiges. Les deux soldats somnolaient, assis contre le mur. Le silence était paisible.

Griot alla se laver, se changer, manger, de retour dans sa vie, dans le Centre. Puis il reprit sa place à la table dans la grande salle. Il passa là les heures d'après le déjeuner à réfléchir, à calculer l'approvisionnement et à recevoir tout soldat désirant le rencontrer. Habituellement, il pouvait être sûr de voir arriver une foule de suppliants – avec leurs interprètes, car en une heure ou deux Griot avait parfois affaire à une douzaine de langues inconnues de lui. Ce jour-là, personne ne se présenta. Les soldats étaient désorientés. Pire, même, ils étaient effrayés. Tous savaient que leur général, dont les absences et les lubies ajoutaient à son prestige, était devenu vraiment fou et avait tenté de mettre le feu au Centre. Ils n'auraient pas su quoi dire ou demander à Griot, s'ils étaient venus lui parler comme c'était le droit de n'importe quel soldat. Griot était assis à sa table. Eux patientaient dans leurs cabanes. Ils attendaient Griot, des explications – et surtout ils attendaient Dann.

S'ils ne savaient que penser, Griot n'était pas moins incertain. Ce qu'il éprouvait pour Dann ressemblait davantage à de la vénération qu'au respect dû à un supérieur. Pendant des jours, avant de se rendre à la Ferme, il avait soigné ce corps couvert de cicatrices, avec ses marques à la taille que seules pouvaient avoir causées les pointes acérées d'une chaîne employée pour punir les esclaves. Griot ayant lui-même été esclave, il savait que tous redoutaient cette lourde chaîne hérissée de pointes plus que n'importe quel autre châtiment. Et il avait vu Dann perdre la tête sous l'effet du pavot. Sans le chien des neiges, il aurait aussi bien pu tuer Griot.

Que pensait-il donc, maintenant ? Une première pensée s'imposait à lui comme une évidence. Lui, Griot, avait créé cette armée – car c'en était une, même peu nombreuse. C'était lui qui la dirigeait, l'entretenait, la nourrissait, l'organisait. Si Dann mourait, devenait définitivement fou ou s'en allait encore au loin, Griot serait le chef de cette armée. Quelles conclusions devait-il tirer de ce fait ?

On arrivait là à un point essentiel, qu'il n'était pas facile de réduire à un fait ou une déclaration de principe. La renommée de Dann – qu'importait le nom qu'on donnait à cette aura qui l'accompagnait – s'était répandue partout dans les villes de Toundra. Griot s'en était rendu compte de lui-même. Empruntant la route dangereuse à travers les marais, il était allé déguisé à Toundra et avait fréquenté toutes sortes de restaurants et de bars, passé de longues soirées ennuyeuses dans des auberges, échangé des ragots sur des places de marché. Chacun savait que les vieux Mahondis étaient morts, mais que d'autres étaient arrivés – et il n'était plus question simplement des Mahondis mais de Dann, le jeune général. Certains disaient qu'il s'appelait en fait le prince Shahmand, mais qui avait lancé cette rumeur ? Certainement pas Griot ! C'était la vieille femme, tissant sa toile à l'aide de son réseau d'espions, lequel était désormais aux ordres de Griot. Cependant ce n'était pas le nom souhaité par elle qui s'était imposé, mais celui du général Dann.

Il était aussi étrange que troublant d'écouter tous ces racontars. Dann n'était pas resté longtemps au Centre avant de se rendre à la Ferme, et là non plus il n'avait pas tardé à partir pour son périple vers la mer du Gouffre. Toutefois cela avait suffi à alimenter les rumeurs, enflammer les imaginations. Dann vivait dans les pensées des peuples de Toundra. Ils espéraient qu'il rendrait au Centre son ancienne puissance et en ferait de nouveau le maître de la totalité du pays. Le pouvoir du gouvernement toundra s'affaiblissant rapidement, ils attendaient le Bon Général Dann. Quel nom donner à la renommée dont il jouissait ? C'était une illusion, comme l'avait dit Shabis. Une étincelle de néant, tels le gaz des marais ou la lueur verte brillant à la crête des vagues de la mer – Griot avait assez vécu pour connaître ces phénomènes. Cela n'existait pas, et pourtant c'était puissant. Ce n'était rien, et pourtant les gens attendaient le général Dann.

Griot avait créé une armée pleine d'efficacité mais il ne comptait pas à côté de Dann, qui possédait ce... *quoi ?*

Plongé dans ses réflexions, Griot resta longtemps assis dans le silence de la vaste salle. Il semblait tout petit sous les immenses plafonds cannelés soutenus par de hautes colonnes gardant des traces des couleurs d'un lointain passé – rouge clair, bleu, jaune, vert d'eau de mer. Il n'était guère sensible à tout cela, mais il lui semblait que cette ancienne grandeur devait avoir un rapport avec le prestige de Dann. Était-ce vrai ? Mais que lui importaient les qualités de Dann, s'il ne se souciait plus de ce Dann qui avait failli le tuer ? Cependant il s'en souciait, bien sûr. La vie encore brève de Griot, sa vie dure et dangereuse, ne lui avait pas enseigné l'amour ni la tendresse, sinon envers un cheval malade qu'il avait soigné dans un des endroits où il s'était arrêté – pour peu de temps – avant de devoir s'enfuir de nouveau. Il comprenait les sentiments de Dann pour le chien des neiges. Néanmoins il se disait maintenant que, si jamais il avait aimé Dann, il ne restait plus grand-chose de ce qui avait éveillé cet amour. Mais ce mot d'*amour* l'embarrassait. Pouvait-on qualifier d'amour l'admiration passionnée d'un garçon pour un officier très au-dessus de lui ? Il ne le pensait pas. Et où était-il, ce jeune officier aussi beau que bienveillant, ce capitaine devenu général ? Seule subsistait sa part d'irréel, sa capacité à enflammer d'espoir des gens qui ne l'avaient jamais rencontré.

Griot songea à ce corps aux affreuses cicatrices, qu'il avait soigné comme... oui, comme le cheval blessé auquel il avait sauvé la vie.

Il était vraiment très malheureux. À la place du général Dann, cet homme plein de force et de santé, il n'y avait plus qu'un malade en train de dormir pour se remettre d'un accès de délire dû au pavot.

À cet instant, il vit sortir de la chambre de Dann le chien des neiges, Rafale, suivi de Dann en personne, pâle, frêle, emprunté, mais redevenu lui-même.

Lui-même. Qui donc ? Eh bien, il n'était plus *l'Autre* – quel qu'*il* fût.

Pourquoi Griot en était-il si sûr ? Il le savait, et il savait aussi que cette certitude ne constituait pas une réponse à des questions terribles qu'il n'était pas en mesure d'affronter. Mais il était en mesure de dire : « Voilà Dann, c'est bien lui. »

Dann s'assit en face de Griot, bâilla puis déclara :

— N'aie pas peur, je ne suis plus fou.

(Il aurait pu dire : « Je ne suis plus *lui*. »)

Il ajouta – et ce qu'il disait n'avait rien de fortuit ni de négligent, il y avait réfléchi, il y croyait :

— Je suis désolé, Griot.

Se souvenait-il qu'il aurait pu tuer Griot, si Rafale ne l'en avait pas empêché ?

— D'abord, continua-t-il du même ton réfléchi, comme s'il pointait des sujets sur une liste mentale, d'abord, Griot, il y a la question de ton grade. Ce que j'ai dit était stupide…

(Il ne dit pas : « Ce qu'*il* a dit. »)

— Tu es le créateur de tout ceci. C'est ton œuvre. Et pourtant les soldats ne savent pas comment s'adresser à toi.

Griot attendit. Il souffrait, car Dann souffrait. Il regardait Dann, mais lui ne le regardait pas – il avait mal aux yeux, comprit Griot, à cause de la lumière éclatante se déversant du haut des murs percés de nombreuses fenêtres. Dann recula la tête pour échapper aux flots radieux et fixa Griot en clignant des yeux.

— Si Shabis a pu faire de moi un apprenti général… Le savais-tu, Griot ? Moi et les autres favoris de Shabis, nous n'étions que des apprentis généraux. Mais on nous appelait des généraux.

— Oui, je sais, dit Griot.

Son ton était calme, mais il était blessé. Il trouvait difficile d'accepter qu'il ait fait si peu d'impression sur Dann à une époque où Dann était tout pour lui.

— Alors, comment faire, Griot ? J'imagine que je suis le général Dann, puisque tu le dis, mais tu devrais aussi être général. Le général Griot.

— J'aimerais être capitaine, répliqua Griot.

Il se rappelait le jeune et beau capitaine Dann, qui restait dans son souvenir comme un but désirable.

— Dans ce cas, nous devrons veiller à ce que personne n'obtienne un grade supérieur à celui de capitaine, déclara Dann. Nous créons cette armée à partir de rien, pas vrai, Griot ? Nous pouvons donc décider à notre guise. Le général Dann et le capitaine Griot. Pourquoi pas ?

Il se mit à rire doucement, en regardant Griot de ses yeux larmoyant dans la lumière éclatante. Il voulait que Griot rie avec lui. Son attitude était empreinte d'une douceur hésitante, et Griot eut soudain envie de faire le tour de la table, de soulever Dann et de le porter jusqu'à son lit. Dann était secoué de frissons. Ses mains tremblaient.

— Je vais parler aux soldats, annonça-t-il.

Griot eut l'impression de le voir cocher un nouveau point sur sa liste mentale.

— Cela me paraît judicieux, dit Griot. Ils ne savent plus où ils en sont.

— Oui, le plus tôt sera le mieux. Et il faudra aussi que nous discutions du Centre... Ne crains rien, je n'ai pas l'intention de l'incendier, même si ce n'est pas l'envie qui m'en manque.

Il leva la tête en reniflant, comme Rafale aurait pu le faire – et Rafale fit de même, puisque Dann le faisait. Griot se laissa aller à sentir l'odeur du Centre, qu'il repoussait d'ordinaire de toute sa volonté, et plissa le nez comme Dann. Une odeur humide et fade, à laquelle se mêlaient maintenant des relents de brûlé.

— Dann, j'ai découvert à propos du Centre quelque chose qui devrait vous intéresser...

Dann le fit taire d'un geste.

— Convoque les soldats, ordonna-t-il.

Griot sortit. Se retournant, il aperçut Dann assis et clignant des yeux dans la lumière qui allait bientôt refluer et le laisser dans l'ombre. Le chien posa sa tête sur les cuisses de Dann. Dann le caressa en disant – et son ton était passionné :

— Tu es mon ami, Rafale. Oui, tu es mon ami.

Et pas moi, se dit Griot. *Pas moi*.

Bientôt, un millier de soldats au repos remplirent l'espace appelé le terrain de manœuvres ou la place, entre les principaux édifices du Centre et le campement de cabanes. Un espace trop étroit, et limité de toutes parts. D'un côté, les falaises de la Moyenne-Mer, de l'autre, les marais. Le camp ne pouvait se développer qu'en longeant la côte – son expansion de ce côté-là n'était que trop rapide. Au nord du Centre, les murailles s'enfonçaient dans le sol détrempé. Entre elles et les falaises se trouvaient les routes nécessaires pour faire venir les récoltes, les animaux des pâturages et les poissons pêchés en mer.

Dann était debout, au repos, vêtu de la vieille robe dans laquelle il dormait – et même vivait, depuis quelque temps. Rafale était assis à côté de lui, et sa tête arrivait à la hauteur de la poitrine de Dann. En face de Rafale, la troupe des chiens des neiges était accompagnée de ses gardiens – un par animal. Leur fourrure était très blanche et luisait dans la pénombre. Derrière les chiens se tenaient les soldats. Toutes les races étaient représentées. La majorité était des hommes trapus, robustes et bien bâtis – sans doute des Thores, ou des représentants de peuples apparentés. Cependant il y avait aussi beaucoup de Kharabs, grands et minces, ainsi que des types mêlés de toutes les nations côtières, qui fuyaient les guerres et continuaient d'affluer tous les jours. La présence de gens des Villes des Rivières, venus des fins fonds du Sud, était attestée par les rangées de visages à l'éclat d'un noir intense. Un petit contingent d'Albains possédait la même couleur de peau que Léta, avec diverses nuances. Leurs chevelures n'étaient pas moins variées, même si aucun n'avait les cheveux clairs et brillants de Léta. Toutes les couleurs et les longueurs étaient présentes, depuis les longs cheveux noirs pareils à ceux de Dann jusqu'aux boucles serrées des Villes des Rivières en passant par les variantes innombrables de brun des contrées de l'Est. Même les vêtements différaient. Certains portaient encore les haillons qu'ils avaient en arrivant. Griot ne parvenait tout simplement pas à trouver suffisamment d'habits pour eux, et encore moins de tenues assez semblables pour servir d'uniformes. En désespoir de cause, il avait acheté de la laine de Toundra, qu'il avait fait teindre en rouge. Chaque soldat, quelle que fût sa tenue par ailleurs, arborait sur son épaule une écharpe de laine rouge. Elle était d'ailleurs utile presque toute l'année, du fait du climat froid et constamment humide. Sans ces écharpes rouges, rien n'aurait permis de les identifier. Qu'ils les enlèvent, et il ne resterait qu'un ramassis d'épaves.

Dann resta un moment silencieux, souriant, afin qu'ils le regardent à leur aise. Puis il déclara :

— Je suis sûr que vous savez que j'ai été malade.

Il s'interrompit, en observant ces visages où il pourrait lire... Quoi ? Des sourires moqueurs ? De l'impatience ? Non, ils attendaient, sérieux et attentifs.

— Oui, j'ai été très malade.

Encore une pause.

— C'est le pavot qui m'a rendu malade.

Cette fois, un silence différent s'abattit sur les soldats. Il fut rompu par les battements d'ailes d'un oiseau de mer s'élançant au-dessus des falaises. Il poussa un cri, auquel répondit un autre oiseau planant au loin.

— Quand j'étais jeune, j'ai été capturé par une bande de trafiquants de pavot et de ganja. Ils m'ont forcé à consommer du pavot et j'ai été horriblement malade. Je porte sur mon corps les cicatrices du pavot – comme vous le savez, je crois.

Silence. Leur attention était profonde, intense.

En se rendant sur la place, Dann avait ramassé au passage une écharpe rouge, qu'il tenait à la main. Il se mit à la serrer dans ses bras, comme un enfant – comme une créature nouvelle, qui avait besoin de protection. Les soldats retinrent leur souffle avec compassion. Soupirèrent.

— Je connais donc très bien l'emprise que peut exercer le pavot.

« J'ai moi-même subi cette emprise.

« Aujourd'hui encore, je peux la ressentir.

« Je ne crois pas que ce soit la dernière fois qu'elle me rende... malade.

Entre chacune de ces observations tranquilles, presque désinvoltes, Dann s'interrompait et prenait le temps d'observer les visages. Personne ne parla.

— Griot, où es-tu ?

Griot se tenait sur le seuil de la chambre de Dann. Il s'avança vers le général, auquel il adressa un salut militaire. Dann l'invita d'un geste à se placer près de lui.

— Vous connaissez tous Griot. Le capitaine Griot. C'est ainsi que vous vous adresserez à lui. À présent, je parle pour lui comme pour moi, le général Dann. Si jamais l'un d'entre vous, les soldats à l'écharpe rouge, me trouve avec du pavot, il aura le devoir de m'arrêter et de me conduire sur-le-champ auprès du capitaine Griot ou de tout autre officier exerçant le commandement. Vous ne tiendrez aucun compte de ce que je pourrai dire ou faire sous l'influence du pavot. C'est un ordre que je vous donne. Vous devrez m'arrêter.

Il se tut un long moment. Rafale, debout entre Griot et Dann, regarda successivement les deux hommes puis aboya doucement.

Les soldats éclatèrent de rire.

— Oui, Rafale est de mon avis. Et maintenant, parlons de vous. Si l'un de vous est surpris dans le camp avec du pavot, ou pire encore en train d'en fumer, il sera arrêté et sévèrement puni.

Il y eut ici comme une tension muette entre Griot et Dann, lequel déclara :

— La gravité de la punition n'a pas encore été décidée. Elle vous sera annoncée plus tard.

Le malaise des soldats était tangible.

— Vous vous rappelez, j'en suis sûr, que vous avez choisi de venir au Centre. Personne ne vous a forcés. Personne ne vous empêche de partir. Mais tant que vous serez ici, vous obéirez aux ordres. À présent, adressez-vous au capitaine Griot pour recevoir des ordres et tout ce dont vous aurez besoin. Je ne suis pas encore tout à fait rétabli et dois me reposer, même si je compte être très bientôt sur pied. Capitaine, faites rompre les rangs.

Dann retourna à la table de travail de Griot, dans la grande salle. Griot le rejoignit avec le chien des neiges.

Le général s'assit avec précaution, en drapant son corps si maigre dans les plis de sa robe sahar, qui avait appartenu à Mara – mais Griot ne le savait pas.

Griot attendit. Voyant que Dann gardait le silence, il demanda :

— Et quelle punition proposez-vous, mon général ?

— J'ai pensé que nous pourrions renvoyer tout soldat surpris avec du pavot.

— C'est ainsi que je punissais ceux qui pillaient le Centre. Tout ce que j'ai obtenu, c'est qu'ils ont formé des bandes de hors-la-loi et de voleurs.

— Tu as une autre solution ?

— J'ai mis des délinquants aux arrêts dans une cabane en réduisant de moitié leurs repas. Mais ces gens ont parfois été affamés pendant des semaines, voyez-vous. Des demi-rations et une cabane chauffée ne sont pas vraiment un châtiment pour eux.

— Comment faire, alors ?

— Quand j'étais soldat à Venn, les délinquants étaient marqués au fer rouge, de façon que chacun sût quel méfait il avait commis.

— Non ! lança aussitôt Dann. Non.

Il porta la main à sa taille, à l'endroit de ses cicatrices.

— Je suis d'accord avec vous, dit Griot. Quand j'étais soldat à Théope – c'est sur la côte, et la cruauté y est de mise –, on fouettait les malfaiteurs devant toute l'armée.

— Non, pas de fouet. J'ai assisté à ce genre de séance. Non.

— Il s'agit d'une armée, mon général…

— Certes, et je te félicite pour ton œuvre. Mais comment penses-tu renforcer la discipline ?

— À mon avis, nous ne pouvons pas faire grand-chose. C'est une armée de volontaires. Nous comptons avant tout sur…

— Allons, parle.

— Sur vous, mon général. Je sais que cela vous déplaît, mais c'est la vérité. Tout le monde vous attend. Ce qui nous manque, c'est l'espace. Vous voyez vous-même que ce camp est surpeuplé. Certaines parties du Centre pourraient être habitées, mais, si nous laissons entrer les soldats, ils tomberont vite dans le brigandage.

— Tu as raison. Alors ?

— Il y a aussi le problème de l'approvisionnement. Vous n'imaginez pas combien il est difficile de nourrir tout ce monde.

— Dans ce cas, dis-moi ce qu'il en est.

— Nous avons une route menant à la mer du Gouffre. Le poisson nous arrive par ce chemin. Et nous avons maintenant des villages de pêcheurs tout le long de la côte – enfin, sur une bonne distance. Nous possédons aussi nos propres fermes sur les versants des montagnes, et notre bétail prospère. Mais cela ne suffit jamais.

— Et Toundra est la solution. Ton message est clair, Griot. Que disent donc tes espions ?

— Une guerre civile est sur le point d'éclater. On se bat déjà dans certains confins orientaux de Toundra.

Griot lut sur son visage combien Dann était épuisé. Il tremblait et semblait avoir peine à rester sur son siège.

— Les habitants souhaitent que nous envahissions le pays pour rétablir l'ordre. C'est vous qu'ils veulent, mon général.

— Un général mahondi ?

— Je ne crois pas qu'ils se rappellent ce détail. À vrai dire, il est difficile de comprendre comment ils voient les choses. Vous êtes un peu une légende, mon général.

— Quelle belle acquisition, Griot. Quel général. Quel chef – car c'est ce qu'ils veulent, je suppose.

Si Griot n'y prenait garde, ses larmes allaient déborder. Il lui était presque insupportable de voir Dann trembler ainsi – en fait, il s'appuyait sur le chien des neiges pour ne pas tomber. Griot ne pouvait s'empêcher de penser au jeune et beau capitaine d'Agre, ou au Dann débordant de santé qui était revenu si récemment de son périple. Et voilà qu'il avait devant lui cet homme malade et malheureux, qui donnait l'impression de voir ou d'entendre des fantômes.

— Votre état va s'améliorer, Dann... mon général.

— Tu crois ? Je suppose que oui. Et alors...

Il resta un bon moment silencieux et Griot se demanda ce qu'il allait bien pouvoir dire.

— Griot, as-tu jamais pensé à... à ces villes, les villes sous les marais ? Savais-tu qu'elles étaient toutes des reproductions des cités qui parsemaient l'Eurrop voilà longtemps, très, très longtemps ? C'était avant l'invasion des glaces. Elles étaient construites ici sur un pergélisol, c'est-à-dire un sol gelé en permanence, qui resterait ainsi à jamais. Car c'est notre façon de penser, vois-tu. Nous croyons que les choses vont durer. Mais elles ne durent pas. Les villes se sont enfoncées dans l'eau. Nous vivons à la surface et les vieilles cités mortes sont tout près, englouties.

Il se pencha péniblement en avant afin de mieux retenir l'attention de Griot, dans l'espoir de lui faire comprendre ce qui manifestement le dépassait.

— Dann, mon général, vous avez oublié que j'ai traversé des périodes difficiles, moi aussi. Quand on a peur, quand on a faim, on est en proie à toutes sortes d'idées noires. Mais ça ne sert à rien, pas vrai ? Ça ne mène nulle part.

— Il ne sert à rien de recommencer. À rien du tout, Griot, tu as raison. Ce recommencement éternel, tous ces efforts, ces combats, ces espoirs, pour en arriver à l'invasion de la glace ou à ces villes disparaissant sous la boue…

Griot se pencha à son tour par-dessus la table et saisit la main de Dann. Elle était froide et tremblante.

— C'est l'effet du pavot, mon général. Il est encore en vous. Vous devriez vous coucher et vous reposer. Un peu de sommeil vous remettra d'aplomb.

Le chien des neiges n'apprécia pas de voir Griot toucher Dann. Il gronda, et Griot retira sa main.

— Nous vivons au milieu des ruines, Griot. Ces ruines remplies d'objets dont nous ne savons pas nous servir.

— Nous savons en fabriquer certains. Et j'ai découvert autre chose, pendant votre absence. J'aimerais vous en parler à votre réveil.

— Ce ne sont que des déchets, Griot. De vieux déchets. J'avais bien raison d'y mettre le feu. Mais je ne le referai pas, ne t'inquiète pas.

— Il y a ici des choses que vous n'avez pas vues.
— Mara et moi avons exploré cet endroit.
— Il y a une cachette. Les vieux gardiens en ignoraient l'existence. Ils ne s'en souciaient pas. Leur seul souci, c'étaient Mara et vous... enfin, c'est du passé.
— Oui, c'est du passé.
— Mais les serviteurs... Le Centre avait des serviteurs héréditaires.
— Évidemment.
— Et ils connaissaient le Centre et ses secrets. Ils n'en ont jamais parlé aux gardiens. Seuls les serviteurs étaient au courant. Il y a des choses...
— Encore de vieux déchets.
— Non, des merveilles. Vous verrez.
Dann se leva péniblement, en s'appuyant sur le chien des neiges qui ne le quittait pas d'un pouce.
— Et vous ne savez pas ce qui se passe à la Ferme.
— Ai-je envie de le savoir ? Mais c'est nécessaire, bien sûr.
S'immobilisant près de la table, il posa une main dessus pour garder l'équilibre – mais, en fait, tout son poids reposait sur le dos de Rafale. Il se fit attentif.
— Cela dit, mon enfant n'est pas en danger... Elle s'appelle Rhéa, as-tu dit ? Kira ne fera rien à sa propre fille.
— C'est l'enfant de Mara qui est en danger. Mais Léta et Donna veillent sur Tamar à tout instant.
— J'allais te proposer de demander à Léta de venir. Elle est experte en remèdes.
Griot savait qu'il y avait au camp des gens qui s'y connaissaient aussi en ce domaine, mais il ne

voulait pas décourager l'intérêt de Dann, de sorte qu'il déclara :

— Je vais l'envoyer chercher. Donna peut garder l'enfant de Mara.

— Si Shabis retourne à Agre, l'enfant pourrait l'accompagner, observa Dann.

Griot répéta ce que Shabis lui avait dit.

— Dans ce cas... tant pis, dit Dann.

Griot comprit qu'il préférait oublier ces problèmes car ils le dépassaient.

Dann se rendit dans sa chambre avec la démarche circonspecte des gens craignant de tomber. Le chien des neiges sortit avec lui.

Griot resta seul à la table de la grande salle. À travers les vastes fenêtres en haut des murs, il vit tourbillonner dans le ciel une neige légère.

De la neige. Et tous ces gens dont il était responsable n'en avaient peut-être jamais vu de leur vie. En cas de grand froid, ils n'avaient que des écharpes de laine rouge pour se protéger. Ils allaient bientôt affluer dans la salle pour se plaindre. De fait, ils entrèrent en masse. Comment allaient-ils faire du feu, alors qu'il n'y avait pas de bois et que les roseaux brûlaient si vite qu'ils se réduisaient en cendres avant d'avoir donné la moindre chaleur ? Enfin, ça le changeait du problème d'avoir trop de gens dans un espace trop étroit.

Dans son désarroi, il espérait que Dann allait se joindre à lui. Un tel fardeau pesait sur lui, Griot, tant de difficultés. Mais Dann ne fit pas son apparition. Quand Griot alla voir, il le trouva couché, aussi immobile qu'un poisson assommé et semblant à peine respirer. Les gardes somnolaient. Le chien des neiges, étendu de tout son long, dormait près de lui.

Griot se dit qu'il devrait remettre à plus tard les espoirs qu'il plaçait en Dann. Peut-être au lendemain, ou au surlendemain... Il avait tant de choses auxquelles penser. Il réfléchissait au moyen de lui exposer ses découvertes.

Lorsque Dann était parti à pied en direction de l'est, Griot avait décidé d'explorer les ressources du Centre. Ce projet fit long feu. Griot avait sous-estimé l'immensité des lieux. Une telle exploration prendrait trop de temps. Il apparut sur-le-champ que plusieurs sections avaient été tellement pillées qu'on ne pouvait plus rien en tirer. Ces salles, si longues et larges qu'on en distinguait à peine les murs, avaient abrité des fusils et des armes diverses, telles qu'on pouvait en voir dans les armées d'un bout à l'autre de l'Ifrik. Il ne restait plus que des échantillons des objets disparus. Dans un espace où une armée entière aurait tenu, on découvrait une unique épée, témoignage d'un savoir-faire qui s'était maintenant perdu, un mousquet, un arc fabriqué dans un bois inconnu, des pistolets tirant des balles en fer – Griot en avait vu fonctionner, mais bien sûr la plupart avaient eux aussi disparu. Tant de salles vides, alors que la place manquait. Mais ces vastes espaces avaient des toits qui fuyaient, et par endroits des flaques ne devant rien aux toits parsemaient le sol – c'était un prétexte suffisant pour ne pas les utiliser. Les baraques et les cabanes où vivaient les soldats étaient plus sèches et plus chaudes que ces salles où régnait un froid humide. De nombreux fuyards et hors-la-loi cachés dans le Centre s'étaient installés subrepticement dans le camp des soldats, et Griot avait fermé les yeux.

D'autres salles, aussi vastes, étaient remplies d'objets dont l'usage était connu. Ils étaient entassés dans un ordre auquel personne n'avait touché depuis... mais Griot n'aimait pas parler de milliers d'années.

Il ne s'intéressait qu'aux sections contenant des machines qui lui semblaient susceptibles d'être copiées et utilisées pour l'agriculture, ou des bateaux à la forme énigmatique. Il chargea certains soldats de les examiner et découvrit – ce n'était pas la première fois – quels trésors de savoir et de talent recelait cette foule de fuyards qui constituait maintenant son armée.

Il les laissa travailler en leur demandant de mémoriser toutes leurs découvertes, afin de pouvoir les décrire à Dann.

Un phénomène inattendu avait retenu son attention : de l'eau semblait monter des profondeurs du sous-sol du Centre.

Il demanda des volontaires possédant des connaissances sur les puits ou les mines, afin de creuser le sol. Au bout de quelques jours, ils étaient venus lui dire qu'ils avaient découvert des couches de bois.

Rassemblés autour d'une fosse, ils regardèrent des madriers entrecroisés sur lesquels étaient bâties des fondations de pierre.

Le plus frappant était le bois. Aucun arbre de grande taille ne poussait dans les environs. On trouvait sur la montagne des arbres trop fragiles pour servir à la construction. Ces madriers devaient être très lourds, avant même d'être imbibés d'eau. Du bois... Où qu'on creusât, et sans avoir à aller très profond, on tombait sur des madriers. Et personne, parmi tous ces gens venant de tant de pays différents, n'avait jamais vu d'arbres pouvant fournir ce bois. Griot ordonna aux soldats de creuser à l'endroit le plus élevé du Centre. Ils allèrent de plus en plus profond, sans jamais cesser de découvrir de nouvelles couches de bois. Des forêts avaient dû jadis se dresser en ces lieux. Si l'on creusait assez profond dans les marais, on trouverait sans doute des arbres marinant dans ces eaux acides.

Et il y avait aussi le problème de la pierre. Certaines parties du Centre étaient construites en pierre. D'autres étaient en briques de boue et de roseaux. On avait affaire là à plusieurs strates de temps. Conscient que cela intéresserait Dann, Griot conservait toutes les informations apportées par les soldats. Il y en avait tant. Tous manifestaient de l'intérêt pour leur tâche, et certains étaient vraiment compétents. Griot n'avait jamais été à l'école avant d'arriver à Agre et de suivre les cours institués par Shabis pour son armée. Il écoutait ses soldats parler de sujets qui le dépassaient. Jamais il ne prétendait posséder un savoir qu'il n'avait pas. Il écoutait avec avidité – pour Dann, qui allait bientôt revenir et serait prêt à entendre toutes ces nouvelles. Griot se rappelait comment Mara parlait du Centre, de ses mines d'informations et de l'instruction qu'on pouvait en retirer, c'est pourquoi il était sûr que Dann serait intéressé. Mais Dann ne revenait pas.

Où qu'on se trouvât dans le Centre, les trous et les fosses étaient pleins d'eau. Les parties nord du Centre s'enfonçaient dans le sol humide. La vérité s'imposait : l'immense étendue du Centre était tout entière minée par l'eau, qui n'était jamais loin de la surface.

Puis il arriva un autre incident, dont Griot comprit l'importance en entendant certains de ses soldats ayant été des scribes ou des professeurs dans leurs pays natals.

Comme on pouvait le prévoir, les histoires de fantômes ne manquaient pas à propos du Centre. Tant de gens avaient vécu ici, les auteurs des édifices de bois d'un passé si lointain, ceux des bâtiments de pierre, toutes ces générations se succédant – la présence de fantômes en ces lieux n'avait rien d'étonnant. Ils avaient été vus par des témoins croyant à ce genre de choses. Et des légendes circulaient, auxquelles Griot accordait aussi peu d'importance qu'aux fantômes, sur un endroit secret si bien caché au cœur du Centre qu'on ne pouvait le trouver sans un guide. C'étaient des réfugiés venus de lointaines contrées de l'Est qui prenaient au sérieux ces récits, lesquels faisaient partie des légendes entourant le Centre, partout célèbre pour son prestige et son influence. Griot écouta des soldats, dont la culture éveillait son respect, parler de bibliothèques des sables et de registres des sables. Il avait entendu ces mots dans la bouche de Mara, sans en comprendre la signification. Et voilà qu'il était question de ce refuge caché – mais il était introuvable, n'est-ce pas ? Puis un des réfugiés arrivés depuis peu déclara que, d'après les histoires qu'on racontait dans son enfance, les serviteurs du Centre connaissaient ses secrets.

La vieille princesse Félissa était vivante mais folle. Quand Griot vint la voir avec un interprète mahondi, elle leur cria de ne pas raconter de mensonges. S'il avait existé des secrets au Centre, elle les connaîtrait.

Deux serviteurs s'occupaient de Félissa. L'un d'eux, le vieil homme, était mort. Mais la vieille servante avait un esprit aussi vif que méfiant.

Griot et son interprète lui dirent qu'ils connaissaient l'existence d'un refuge caché et qu'elle devait être au courant, en tant que servante héréditaire du vieux couple.

Elle assura que c'était un tissu de mensonges.

Griot l'interrompit en déclarant que Dann l'avait chargé de percer ce secret. Pour bien montrer qu'il était le maître, il sortit un long couteau menaçant, qu'il avait trouvé en train de rouiller dans un des musées et avait fait aiguiser.

La vieille servante était si près de la mort qu'elle aurait pu rester indifférente, mais elle eut peur pour sa vie et accepta de montrer le chemin à Griot. Au début, elle tenta de se dérober en disant qu'elle avait oublié l'endroit et que de toute façon elle croyait qu'il s'était effondré, sans compter que toute personne révélant le secret serait maudite. Cependant elle se résigna à révéler la vérité, comme le prouva sa terreur – elle croyait en cette malédiction, et ce fut en pleurant et en gémissant qu'elle les guida enfin.

Le Centre pouvait être comparé à un pot en train d'être façonné sur un tour et dont la forme ne cessait de changer. Voilà bien longtemps – mais ce n'était pas une grande étendue de temps par rapport à l'antiquité vénérable du Centre –, quelqu'un – qui ? – avait ordonné à des architectes – lesquels ? – de construire un endroit difficile à découvrir. Des murs s'incurvaient, se dérobaient, cédaient la place à de nouveaux murs, dont aucun n'était bâti dans le même matériau que son voisin. À l'intérieur d'une masse gigantesque de pierre, on trouvait de longues briques minces faites d'argile et de roseaux, auxquelles succédait de nouveau la pierre. Un mur arborait des motifs qu'on pouvait mémoriser, mais ces motifs évoluaient rapidement et se transformaient en des messages différents et, semblait-il, en d'autres langues. Ces murs étaient comme les tours d'un magicien captivant votre attention pour vous empêcher de voir ce qu'il fait. L'intrus avait beau s'approcher avec circonspection de l'endroit qu'on l'avait amené à prendre pour son but, il finissait par le perdre de vue et par se retrouver à son point de départ.

Griot n'avait emmené qu'un soldat avec lui, un Oriental, et tous deux suivaient la vieille femme pleurante et reniflante sans jamais la quitter des yeux, tant elle leur paraissait capable d'être aussi fourbe que ces murs au dessein fuyant, inconstant et trompeur. Cet antique architecte – ou cette école d'architectes – excellait à se jouer des intrus. Griot eut beau tenter de retenir leur itinéraire, il arriva un moment où il sut que lui et son soldat s'étaient perdus. Si la vieille femme décidait de les abandonner, il se pourrait qu'on ne les retrouvât jamais. Ils se tenaient sous d'énormes masses de pierre. Griot s'immobilisa, fit arrêter la vieille femme. Il retourna sur ses pas avec elle, jusqu'à un endroit où il reconnut une marque qu'il avait faite sur une pierre. Ensuite seulement ils reprirent leur progression derrière la servante. L'interprète suait abondamment, terrifié. Cette fois, ils arrivèrent à un endroit où deux murs se succédaient avec tant d'art qu'on distinguait à peine entre eux un passage dissimulé par une saillie de vieilles briques. Néanmoins Griot s'y glissa avec son compagnon à la suite de la vieille femme courbée en deux. Il aperçut enfin la partie cachée, mais sans rien comprendre à ce qu'il voyait.

La servante se redressa, en bégayant de terreur. Que craignait-elle ? Une salle assez vaste abritait en son centre une sorte d'abri en verre – mais dès que Griot le toucha il constata que ce n'était pas du verre. Il n'avait jamais vu cette substance dure et transparente. Il était difficile de regarder à travers, car cet abri avait la forme d'une pièce carrée aux parois tapissées intérieurement de sortes de paquets de feuilles empilés.

— Des livres, dit son compagnon.

Il semblait soulagé que cet objet redoutable fût finalement quelque chose qu'il connaissait – mais que Griot ne connaissait pas.

— Ce sont les bibliothèques des sables ? demanda le soldat à la vieille femme.

Mais elle s'agrippait au mur de roc en sanglotant si fort qu'elle était incapable de parler ou même d'entendre.

L'Oriental était intéressé, impressionné, constata Griot. Il se mit à tourner autour de l'abri en regardant l'une après l'autre les pages couvertes de signes.

Il faisait frais – de l'air pur devait entrer par une issue quelconque – mais on sentait aussi une odeur d'humidité.

Au milieu du cube transparent, qui était en fait comme une salle assez vaste, on voyait d'autres piles de ces paquets de feuilles de roseau pressé. Comment tenaient ceux qui semblaient attachés aux parois ? Apparemment, ils étaient fixés à la surface par une sorte d'attache adhérant aux parois des deux côtés, sans doute grâce à une sorte de colle.

Ce spectacle fascinait le soldat venu de l'Est. Il examinait telle feuille sur laquelle on voyait des lettres ou des images, en disant : « Ceci est du... » Ici suivait le nom d'une langue. « Ceci est du... Je ne connais pas celle-là... »

Manifestement, la vieille servante était malade. Elle tremblait des pieds à la tête.

Enfin, ils étaient maintenant deux personnes de plus à connaître le chemin – Griot et l'Oriental, qui s'appelait Sabir. Eux deux et la vieille femme. Ils durent la placer face à l'étroit passage et la pousser vers la sortie. Vu son état, ils craignaient qu'elle ne puisse se rappeler l'itinéraire compliqué, mais ils finirent par se retrouver au grand air. Et les deux hommes avaient mémorisé le chemin.

La servante mourut dans la nuit même. Félissa aussi, sous le choc. Aussitôt, le bruit courut dans le camp qu'elles avaient été victimes de la malédiction. Le soldat Sabir allait-il périr à son tour ? Et Griot ? Non, ils restèrent en bonne santé, indifférents au mauvais sort. Ils avaient découvert le secret du Centre juste à temps, car sans la vieille femme personne n'aurait pu trouver cette entrée dissimulée avec tant d'adresse.

Griot ignorait ce que Sabir racontait à ses camarades du camp. Il tenait simplement à ce qu'il garde le secret sur l'entrée. Toutefois, quand il interrogea Sabir, celui-ci déclara que peu de gens s'intéressaient aux antiques bibliothèques des sables. Il voulait pourtant recommander à Griot un homme très instruit, appelé Ali, qui savait tout sur les livres et les langues du passé.

Une table fut placée dans la grande salle pour Sabir et Ali, assez loin de la table de Griot pour qu'ils puissent parler sans troubler son travail, mais pas trop afin qu'il écoute à sa guise leurs discussions, dont il espérait comprendre quelques bribes. Ils avaient des piles de feuilles en pâte de roseau séché et des bâtonnets de bois brûlé servant à écrire. Chaque jour, ils se rendaient à l'endroit secret, à travers le passage étroit et tortueux. Ils en revenaient excités, les mains pleines de feuilles de notes. S'approchant de Griot, ils lui disaient par exemple : « La plupart de ces textes sont écrits dans des langues disparues depuis très longtemps. » Ou : « Nous pensons que quelqu'un dans le camp connaît... » – suivait l'information dont ils avaient besoin. En les écoutant, Griot se sentait stupide. Il leur disait de conserver toutes ces notes pour le général Dann, qui allait bientôt revenir. Mais où donc était Dann ?

Le flot des réfugiés d'une guerre ne se répand pas sans à-coups, en un déferlement régulier. Plus d'une fois, Griot crut que les conflits étaient terminés, à son grand soulagement car ses ressources étaient mises à rude épreuve. Mais les réfugiés affluaient de nouveau, tous affamés, tous sous le choc de ce qu'ils avaient subi, tous avec une histoire de tueries, de pillages et d'incendies. Leurs habits étaient si disparates que cette variété leur conférait une sorte d'unité. On ne pouvait imaginer une foule plus hétéroclite dans ses formes et ses couleurs. Certains étaient presque nus, car on leur avait volé leurs vêtements. D'autres avaient dérobé ce qu'ils portaient. Et c'était cette masse de gens en haillons, ce bric-à-brac humain, que Griot appelait une armée, qu'il faisait manœuvrer et marcher en sections, en compagnies et en régiments, comme il l'avait vu faire dans l'Armée Agre.

Il se rendit avec plusieurs hommes dans des comptoirs commerciaux de la frontière toundra, et revint avec plusieurs ballots de laine rouge. Le camp se fleurit alors d'une multitude d'écharpes écarlates. Chaque épaule gauche arborait l'emblème de l'armée de Griot, qui lui donnait son unité. Jamais un acte aussi simple n'avait eu un effet aussi instantané. Griot était fier de lui, en secret, et peut-être aussi un peu effrayé. Cette inspiration qu'il avait eue – mais il aurait pu la définir comme un geste de désespoir – avait marqué la naissance de son armée. Quelles autres décisions intelligentes du même genre était-il en train de laisser échapper ?

Lorsque Griot avait fondé son armée à l'écharpe rouge, Dann avait effectué à peu près la moitié de son périple – alors que Griot attendait son retour d'un jour à l'autre.

En observant maintenant les deux hommes à la table voisine, si affairés et concentrés, Griot avait conscience de son ignorance. Il ne savait même pas en quoi consistait cette ignorance. Il ne cessait d'être pris de court par des informations entendues par hasard.

Il avait compris que son armée – sa merveilleuse armée à l'écharpe rouge – comptait dans ses rangs des gens instruits. Certains avaient même été puissants – tel Ali, d'après Sabir. Quelques-uns des soldats parlaient aussi couramment des « bibliothèques des sables » que des rations alimentaires ou des éternelles brumes glacées. Sabir et Ali n'étaient pas compatriotes mais venaient de deux pays voisins, très loin à l'est. Dans le camp, on les surnommait les « mangeurs de sable ». Ils lui dirent que dans leurs pays voués au sable « tout le monde » connaissait, « avait toujours connu », l'existence des bibliothèques de sable du nord de l'Ifrik, où il n'y avait plus de sable depuis... qui le savait ? Des milliers d'années, mettons.

À présent, quand de nouveaux candidats demandaient à être admis dans l'armée de Griot, Ali et Sabir lui disaient s'ils étaient instruits et connaissaient des langues étrangères. Les deux Orientaux s'asseyaient à côté d'eux pour leur demander ce qu'ils savaient des bibliothèques des sables. Mais leur savoir n'allait jamais au-delà de deux faits : ces bibliothèques existaient et il convenait d'en parler avec vénération.

Quant à Griot, il aurait aimé savoir ce qu'avaient de si précieux ces feuilles de... de quoi ? On aurait dit une vieille écorce, ou une pulpe à moitié digérée, séchée et pressée. Il voulait que quelqu'un le lui dise. Ali lui parla en choisissant ses mots avec soin, comme s'il s'adressait à un enfant ou prononçait un charme ou une incantation dont chaque terme devait être parfait à l'oreille – comme si les mots pouvaient être, pour ainsi dire, une clé dans une serrure.

— Les bibliothèques des sables contenaient tous les registres du passé. Elles recelaient des secrets dont certains étaient antérieurs à l'invasion des glaces. Des secrets qu'à certaines époques seuls les rois, leurs épouses et leurs bibliothécaires pouvaient connaître.

Griot se demandait – et il s'étonnait de n'y avoir pas pensé plus tôt – de quelles autres informations les soldats du camp étaient détenteurs. Il institua une règle nouvelle : il fallait interroger chaque arrivant sur ce qu'il savait de plus utile. Quelle connaissance rapportée de son pays pourrait servir ici ?

Les réponses ainsi obtenues étaient comme des éclairs lumineux dans les ténèbres de l'esprit de Griot. Il chargea des scribes du camp, choisis par Sabir et Ali, de consigner ces réponses sur des tablettes ou des feuilles de roseau qu'on conservait dans l'attente du retour de Dann.

Mais Dann ne revenait pas.

Griot nourrissait de plus en plus de gens, les logeait, les habillait. Il avait créé les pêcheries de la mer du Gouffre, les fermes, les ateliers où la laine était transformée en tuniques et en pantalons. Seules les écharpes rouges donnaient une unité à cette foule – les soldats étaient des centaines, désormais.

Pourquoi lui obéissaient-ils ? s'étonnait Griot en lui-même. Qu'est-ce qui les forçait ? Certains étaient tellement plus intelligents que lui, d'autres étaient de vrais savants – et lui, qui était-il ? Un homme sans patrie, un homme qui s'asseyait à sa table dans la grande salle et appelait un ramassis de fuyards une armée.

Griot élaborait ses projets, se livrait à ses réflexions, tout en observant les deux natifs des pays du sable dans la salle immense où des rayons de lumière dessinaient des motifs à travers les hautes fenêtres, par les jours de soleil, et où parfois des oiseaux traversaient les hauteurs à tire-d'aile. Il arriva même que l'un d'eux fît son nid au milieu des carreaux de couleur, que personne ne savait plus fabriquer et dont Ali disait que même dans son pays l'art s'était perdu... Ali, on en revenait si souvent à Ali, ce petit homme brun qui souriait rarement. Il avait perdu tous ses enfants et aussi sa femme, croyait-il, dans la guerre qu'il avait fuie.

Ali était toujours prêt à répondre aux questions que Griot devait poser, dans son ignorance. Mais ce n'était pas un problème, Dann allait arriver et...

Dann n'arrivait pas. Et il n'envoyait aucun message.

À son retour, il aurait tant de nouveautés à apprendre, à propos de cet abri secret et des informations qu'il recelait. Et il trouverait cette armée, l'armée du général Dann – car Griot savait très bien que sans la réputation de Dann, sans la légende de Dann, il ne serait rien. Ce n'était pas pour Griot que les gens restaient ici, dans ce camp précaire aux abords du Centre. Les soldats parlaient du général Dann qui allait arriver... bientôt.

Tant de nouveautés à apprendre à Dann – mais attention, il y avait aussi l'histoire de sa sœur, la mort de Mara. Mara était morte, Dann l'ignorait, et Griot allait devoir le mettre au courant. Il y songeait parfois. Se rappelant le passé, il se disait que ce serait dur pour Dann, car il aimait sa sœur.

Griot n'avait jamais aimé personne – en dehors de Dann, bien sûr, si ce sentiment pouvait être qualifié d'amour.

Tout au long de son attente interminable, Griot pensait à lui-même, à ce qui l'avait fait ce qu'il était, à ce qui l'avait mené en ces lieux où il attendait Dann.

Il tentait de remonter les années dans sa mémoire, mais il était toujours arrêté par une barrière de feu et de fumée, de soldats vociférants et de gens hurlants parmi lesquels se trouvaient ses parents. C'était la limite extrême de ses souvenirs.

Plus tard, il apprit qu'il avait neuf ans, cette nuit-là.

Ensuite, il avait été enrôlé dans une armée sans cesse en mouvement pour razzier, voler et réduire en esclavage des gens qu'on lui avait appris à considérer comme des ennemis. Il était un des nombreux enfants soldats dont les parents avaient disparu. Il avait une lance, avec laquelle il pouvait tuer, un gourdin, dont il faisait grand usage, une fronde, son arme favorite, qui lui permettait d'abattre des oiseaux et d'autres animaux aussi bien que des humains. Il était bien nourri et dormait dans une cabane avec d'autres enfants. Il savait maintenant qu'il était hébété, incapable de penser, réduit à obéir aux ordres et à dormir dès qu'il le pouvait.

Un jour, il s'était retrouvé face à un officier assis, comme lui-même était assis maintenant, et exerçant son autorité sur les soldats qu'on lui présentait un à un. Quand le tour de Griot fut venu, l'officier lui demanda :

— Comment t'appelles-tu ?

— Griot.

— As-tu un autre nom ?

L'enfant prit un air malheureux – il savait qu'il avait eu un autre nom, il le savait…

— Peu importe, Griot suffira. Que faisait ton père ?

Griot secoua la tête.

— Avais-tu des frères et sœurs ?

Il lui semblait bien que oui, mais toutes ses pensées s'achevaient dans les incendies, les cris, les tueries.

L'officier responsable des enfants lui dit avec douceur :

— Griot, te rappelles-tu quoi que ce soit d'avant… cette nuit-là ?

Griot secoua de nouveau la tête.

— Nous avons attaqué ton village. Il y a eu beaucoup de tués. Ton village a été incendié. Mais avant ça, tu ne te rappelles rien ?

— Non, rien, répondit Griot.

Et même s'il savait qu'il était soldat et que les soldats ne pleuraient pas, les larmes lui montèrent aux yeux.

Il vit que les yeux de l'officier étaient humides, eux aussi. Cet homme était désolé pour lui. Saisi d'une inspiration, Griot demanda :

— À quand remonte cette nuit-là ? Je veux dire, la nuit où vous êtes arrivés dans mon village ?

— Cela fait déjà près d'un an. C'était la saison des pluies, tu te souviens ? Quand nous nous sommes éloignés des incendies, il y a eu un énorme orage avec des éclairs.

À présent, après tant d'années, Griot pensait à cette nuit où l'officier lui avait appris qu'il avait dix ans. Dans sa mémoire, il ne vivait que depuis un an.

— Tu es un brave garçon, déclara cet officier dont Griot ne connaissait que le grade.

En entendant ces mots, Griot s'était remis à pleurer de gratitude. Ses sanglots étaient convulsifs, douloureux, car les soldats ne pleuraient pas, et il ne se rappelait plus comment il avait regagné la cabane où il couchait. Le lendemain, ils se remirent en route. Il y eut une embuscade, des combats violents. Griot fut capturé avec d'autres enfants – ceux qui n'avaient pas été tués. L'officier si gentil qui lui avait dit qu'il avait dix ans était mort. Griot était maintenant soldat dans cette autre armée, censée jusqu'alors être celle des ennemis. Il s'était enfui, de nuit, affamé et meurtri de coups, et avait trouvé refuge dans un village dont il ne connaissait ni le nom ni l'emplacement. Il devint le serviteur d'une vieille femme qui le battait. Il s'enfuit de nouveau, se mêlant au flot des réfugiés cherchant à échapper à la guerre ou aux guerres. À cette époque, il ne connaissait de lui-même que son nom, Griot. Il enregistra avec soin le passage de ses années – dix ans, puis onze ans, puis…

Il savait tuer. Il savait se fondre dans son entourage, quand il était au milieu de gens. Il savait courir sans être vu dans la brousse, remplir toutes les tâches d'un serviteur. Il s'y connaissait en cuisine et en ménage. Il avait d'énormes ressources quand il s'agissait de réparer, rapiécer, fabriquer. Mais, durant toute cette période, il ne rencontra personne capable de lui apprendre à lire et à écrire. Quant aux chiffres, il avait appris à calculer à l'aide d'un boulier ou avec des cailloux dans une bourse de cuir servant pour le troc.

Après bien des aventures, il s'était retrouvé dans l'Armée Agre. Il n'avait plus dix mais quinze ans, et derrière lui ses souvenirs se réduisaient à fuir, combattre, éviter les ennuis, tuer… Et à son nom : Griot.

Dans l'Armée Agre, il faisait partie d'une section de jeunes garçons dont l'expérience ressemblait à la sienne : s'enfuir, être esclave (une fois, dans son cas), être soldat, ne jamais se sentir chez soi. Cette section appartenait à un régiment commandé par le capitaine Dann, qui le choisit plusieurs fois pour des missions spéciales : « Tu es un brave garçon, Griot. »

Et il y avait des cours, dans l'Armée Agre. On enseignait toutes sortes de choses aux soldats, et Griot entra dans une classe où l'on apprenait à lire et à écrire l'agre, le mahondi et le charad – ce dernier était parlé dans tout le nord de l'Ifrik, lui dit-on. Aujourd'hui, il avait des rudiments dans une douzaine de langues. Puis l'Armée Agre partit attaquer les Hennes, et Griot participa à l'offensive. Lorsqu'il apprit que le général Dann avait déserté, il le suivit à la trace – ou plutôt il suivit toutes les pistes fournies par les nouvelles qu'il entendait par hasard. Il avait l'impression de traquer un fantôme dans une nuit obscure.

Puis il entendit parler de la Ferme. On racontait que Dann y vivait avec sa sœur. Quand Griot arriva là-bas, on lui posa une foule de questions, mais il se heurtait toujours à cette nuit d'incendie, de fracas et de tuerie.

De tous ses souvenirs, le capitaine Dann était le plus lumineux, et c'était pour lui qu'il était venu ici, au Centre.

Assis à sa table dans la grande salle où la lumière changeait au gré des saisons, Griot attendit Dann.

Et Dann revint enfin. Il était revenu, il avait appris la mort de Mara, et maintenant il gisait sur son lit dans sa chambre. Quand Griot entrait pour voir comment il allait, Dann lui disait : « Tout va bien, Griot. Laisse-moi. Laisse-moi tranquille, Griot. »

Pendant trois ans, Griot était resté assis à attendre le retour de Dann. À présent, il était assis et attendait que Dann se réveille et redevienne lui-même, le général Dann, et prenne sa place dans son armée – l'armée du général Dann, l'armée à l'écharpe rouge, comme disaient les soldats.

Mais Dann ne se levait pas.

Ali, qui avait été médecin dans son pays, dit à Griot qu'il fallait se montrer patient. Quand les gens subissaient un choc grave, quand ils perdaient quelqu'un qu'ils aimaient, il leur fallait parfois beaucoup de temps pour redevenir capables de vivre.

Griot remercia Ali, qu'il admirait et auquel il était toujours reconnaissant, mais il se dit en lui-même qu'il n'y avait personne, dans cette foule qu'il appelait une armée, qui ne pleurât au moins un être cher, qui n'eût perdu femme, enfants, parents, tout ce qu'il chérissait... Toutefois ils ne restaient pas couchés sur leur lit sans bouger, parfois plusieurs heures de suite. Par moments, on avait l'impression que Dann ne respirait plus, tant il était inerte.

Souvent, en constatant que Dann n'avait pas bougé et que le chien des neiges restait là, à attendre patiemment, Griot emmenait Rafale pour qu'il marche un peu et voie ses congénères. Comme Rafale n'était que rarement avec eux, ils se montraient circonspects à son égard et l'entouraient en remuant la queue. Cependant Rafale n'avait pas envie de quitter Dann. Lorsqu'il sortait avec Griot, il se retournait toujours vers le lit en aboyant doucement. Manifestement, il disait à Dann qu'il rentrerait bientôt.

Il arrivait à Griot de s'agenouiller près de Dann, une main sur la tête du chien des neiges pour le retenir. Il disait :

— Dann, mon général...

Et Dann finissait par se secouer et s'asseyait sur le lit.

— Que se passe-t-il, Griot ?

Dann était si maigre, si malade. Griot avait l'impression de l'avoir tiré brutalement d'une réflexion sans fin, ou d'un rêve.

— Mon général, je voudrais que vous sortiez un peu. Pourquoi ne pas faire un tour dehors ? Cela vous ferait du bien. Rester couché ici ne vous vaut rien, c'est évident.

— Mais si, Griot, tout va bien.

Et Dann s'allongeait de nouveau.

Ali conseilla à Griot de parler à Dann, même si celui-ci ne semblait pas l'écouter.

Griot se mit donc à lui parler.

— Peut-être aimeriez-vous savoir ce qui se passe, mon général ?

Même si Dann ne répondait pas, Griot lui racontait ce qu'il faisait, l'organisation de l'approvisionnement, l'installation d'ateliers de tissage et de teinturerie, la possibilité d'apprendre les divers savoirs que possédaient de nombreux réfugiés.

Il mourait d'envie de parler à Dann de l'abri secret et des bibliothèques des sables conservées là-bas, mais il attendait que Dann soit en état d'entendre, voire de s'asseoir et d'écouter.

— Dann, mon général, peut-être pourrions-nous faire une petite promenade le long de la falaise ?

— Oui, nous irons demain. Demain, Griot.

Et, après avoir parlé parfois à en perdre le souffle, Griot le laissait reposer, aussi aplati qu'un poisson des sables, apparemment sans respirer.

Deux soldats étaient toujours assis près de Dann pour le surveiller.

L'un d'eux courut rejoindre Griot sur le seuil.

— Mon capitaine, le général parle, quelquefois. À lui-même et aussi à nous.

— Et de quoi parle-t-il ?
— Il se rappelle toutes sortes de choses. Il y en a certaines dont je n'aimerais vraiment pas me souvenir. Et il parle de Mara. Nous avons entendu dire que c'était sa sœur…
— Oui, elle est morte, et c'est ce qui a tout déclenché.
— Je comprends, mon capitaine.
— Mais ne vous en faites pas, il se remettra.
Pourquoi avait-il dit une chose pareille ? Qu'est-ce qui l'y obligeait ? Dann ne semblait nullement décidé à se remettre.
Et si Dann mourait, que se passerait-il ? Griot resterait-il étendu sur son lit, comme un cadavre inerte ? Mais cette simple pensée le plongeait dans une sorte de panique. Il ne pouvait imaginer de vivre sans Dann. Il vivait pour Dann – *son* général Dann.
C'était inutile, il ne parvenait pas à comprendre. Dann était malade parce qu'il aimait sa sœur. Parce qu'il l'aimait. Bien sûr, Mara était – avait été – une femme charmante.
Si je remonte dans ma vie, au-delà de cette nuit de feux, de meurtres et de combats, j'avais une famille. Je devais en avoir une. Dans la première armée où j'ai été enrôlé, on m'appelait un orphelin. Si l'on m'appelait un orphelin, c'est que je devais avoir eu un père et une mère.
Et aussi une sœur, qui sait.
Il y avait des filles, dans les armées.
Il y en avait dans l'armée de Griot. Il avait déjà un bataillon de jeunes garçons, auquel s'ajouterait bientôt un bataillon de jeunes filles. Qui disait des filles, disait des bébés. Si les choses tournaient ainsi, le camp prendrait des allures de village.

Comment Griot allait-il faire ? Tous ces gens à nourrir et à habiller, et il était temps d'envahir Toundra – mais pour cela, il avait besoin de Dann, lequel gisait sur son lit et refusait de se lever.

« Que faire ? », chuchota-t-il, assis à sa table dans la grande salle. Ali l'entendit et déclara :

— Patience, mon capitaine. Soyez patient. Le chagrin est comme un poison. Il peut vous intoxiquer.

Tous ces gens dehors, dont chacun avait une tragédie à raconter, étaient-ils donc empoisonnés ? Ali lui-même l'était-il ? Griot n'en avait pas l'impression.

Les soldats qui gardaient Dann disaient que le malade parlait d'une dénommée Léta.

Griot confia un message pour Léta à un voyageur, auquel il enjoignit de ne le remettre qu'à Léta en personne ou à Shabis.

Alors que Griot et le chien des neiges marchaient sur la route qu'on empruntait pour se rendre à la ferme, ils virent surgir d'un tournant une silhouette que Griot reconnut aussitôt à ses flots de cheveux clairs. Elle courait en appelant au secours, poursuivie par deux voyous armés de bâtons et criant : « Sale Albaine ! » En voyant le chien des neiges, elle s'arrêta net. Ses deux persécuteurs en firent autant. La femme à la peau blanche et le gros animal blanc brillaient sur le fond terne de la route boueuse, des marais d'un vert sale et du ciel bas et gris. Un rayon de soleil perçant la grisaille fit soudain resplendir la chevelure de la femme. Rafale n'avait pas appris à attaquer et à poursuivre, et il n'avait jamais vu Léta, mais il agit sans hésitation. En quelques bonds, il avait dépassé Léta. Les deux voyous firent volte-face et détalèrent. Sentant que le chien des neiges allait bientôt les rattraper, ils quittèrent la route pour s'enfuir dans les marais. Rafale s'arrêta et les regarda courir – certains marais étaient de dangereux bourbiers. Se retournant, il pataugea tranquillement jusqu'à l'endroit où Léta immobile observait la scène. Il s'assit devant elle. Sa tête intelligente et bien formée, émergeant d'une collerette de poils blancs, arrivait plus haut que la taille de Léta. Elle tendit une main, que Rafale renifla.

Griot s'approcha.

— Voici Rafale, déclara-t-il. Il vient des régions de la glace, du côté nord de la Moyenne-Mer.

Rafale fit le tour de Léta en reniflant ses longs cheveux pâles. Il poussa un petit aboiement, comme pour la saluer.

En ce monde d'eau noire, d'algues et de buissons verdâtres, ces deux créatures d'une blancheur resplendissante semblaient faites l'une pour l'autre, se compléter, former une paire. Alors que Griot avait eu du mal à se faire à l'étrangeté de Léta, il l'acceptait maintenant grâce au chien des neiges.

Léta était chargée de paquets et de paniers. Griot les prit et s'aperçut qu'elle tremblait.

— Vous sentez-vous capable de marcher jusqu'au Centre ?

Malgré son courage, elle hésita. Rafale se plaça alors à son côté, et elle comprit qu'il l'invitait à s'appuyer sur lui. Il se mit en route d'un pas lent, et elle lui emboîta le pas, soutenue par lui.

— Dann est très malade. Il parle de vous.

— Et moi, je pense à lui.

Une fois au Centre, elle se rendit aussitôt auprès de Dann. Rafale attendit qu'elle fût tout près du malade, puis lui-même s'allongea en posant sa tête sur l'épaule de Dann.

Les deux soldats de garde ne pouvaient s'empêcher de fixer Léta et sa chevelure. Les Albains de l'armée pouvaient être considérés comme blancs, comparés aux autres soldats à la peau plus ou moins foncée, mais aucun n'avait la blancheur éblouissante de Léta. Cette chevelure flottant dans son dos – ils n'avaient jamais vu une chose pareille. Elle rassembla ses cheveux en un gros chignon puis murmura :

— Dann, c'est Léta.

Il ouvrit les yeux et sourit.

— Léta, dit-il en levant la main pour caresser le chignon. C'est toi.

Cependant il ne se leva pas. Il resta couché, recroquevillé sur lui-même, et ses yeux parurent sur le point de se fermer de nouveau.

— As-tu mangé aujourd'hui, Dann ?

Dann ne répondit pas, mais l'un des gardes dit :

— Non, il a refusé toute nourriture.

— Je vais faire un brin de toilette et me restaurer un peu, Dann. Ensuite je reviendrai pour te faire manger.

Dann ferma les yeux.

Léta se rendit avec Griot dans une pièce voisine. Elle demanda de l'eau, afin de se débarrasser de la boue de cette longue route détrempée, puis une collation légère, qu'elle puisse prendre rapidement.

Quand elle revint auprès de Dann, elle portait une cruche remplie d'un remède qu'elle avait confectionné avec des simples. S'agenouillant près de lui, elle approcha la cruche de ses lèvres. Il but une gorgée, fit la grimace, mais finit par tout boire tant elle était déterminée.

Elle lui fit avaler ensuite quelques gorgées de nourriture, et se mit à parler. Elle évoqua des épisodes qu'ils avaient vécus ensemble, Mara, Daulis, Shabis, Dann et elle-même. Des voyages et des dangers incroyables. « Tu te souviens ? demandait-elle. Tu te souviens, Dann ? » Il semblait enfin capable de garder les yeux ouverts, et même de répondre par un sourire ou un hochement de tête.

— Tu te souviens de l'auberge, Dann ? Celle où l'eau s'infiltrait par le toit ? Et nous avons tous été malades, sauf toi. Et la femme du fleuve et toi, vous nous avez soignés. Nous serions morts, sans vous – tu te souviens ?

Comme il semblait sur le point de succomber au sommeil, elle se lança dans une histoire qui ne paraissait pas plus extravagante que les précédentes, mais il ouvrit les yeux et déclara :

— Non, Léta, nous n'avons pas fait ça.

Elle raconta alors la véritable histoire. Voyant qu'il semblait de nouveau lâcher prise, elle débita une série de détails invraisemblables – du moins aux yeux de Griot – et Dann lança en souriant :

— Vilaine Léta ! Tu sais que nous n'avons jamais fait ça.

Il s'animait un peu.

— Je vais me servir de certains de mes remèdes pour te laver, Dann.

Comme il avait un mouvement de recul, elle ajouta :

— Quand nous étions malades, à l'auberge de la femme du fleuve, tu m'as lavée. Tu ne t'en souviens pas ?

— Bien sûr que si. Tu m'avais dit quelles herbes utiliser.

— Aujourd'hui, c'est mon tour de te laver.

Elle fit venir un baquet d'eau chaude, où elle versa un liquide exhalant un fort parfum. Puis elle entreprit d'ôter à Dann son maillot et son pantalon. Il s'assit pour les enlever lui-même. Son corps maigre et osseux était un choc. Cette vision fit mal à Griot. C'était donc là le général Dann, le puissant général Dann qui avait été si beau et si fort – un pauvre être émacié. Léta fit asseoir Dann dans le baquet rempli d'eau parfumée. Elle commença à le laver avec une éponge, sans jamais cesser de parler :

— Tu te souviens du jour où nous avons vu cette machine volante qui s'était écrasée voilà si longtemps et que des foules de gens venaient adorer ?

— Oui, bien sûr. Elle datait d'il y a si longtemps, et c'est cela qui nous plaît. N'est-ce pas dégoûtant, Léta ? Ce passé affreusement lointain ?

Léta continuait de l'éponger. Le chien des neiges s'approcha subrepticement pour laper l'eau, par curiosité. Il éternua. Léta éclata de rire et le caressa en disant :

— Ton nouvel ami est merveilleux, Dann.

— C'est vrai. J'ai un ami.

Léta vit que Griot se détournait, blessé par ces paroles. Devant le visage préoccupé de Léta, Dann comprit sa bévue.

— Griot, sans toi, rien ne serait arrivé, lança-t-il. C'est toi le responsable de tout ceci.

Griot trouva de nouveau ces mots chargés de sous-entendus. Il esquissa un sourire plein de reproches et d'ironie. Dann aurait-il préféré que rien ne se fasse en son absence ? Oui, probablement.

— Je me suis rendu compte qu'il fallait parfois qu'un être cher disparaisse pour qu'on sache ce qu'il représentait. Quand Mara est morte…

Elle jeta un coup d'œil à Dann mais poursuivit :

— Quand elle est morte, j'ai su ce qu'elle avait représenté. Pour nous tous.

Dann resta assis dans l'eau, raide et silencieux. Léta continua de parler de Mara, de sa bravoure, puis observa à brûle-pourpoint :

— Dann, que dirait Mara si elle te voyait maintenant ? Y as-tu pensé ?

Dann ferma les yeux, soupira et répliqua après un long silence :

— Mais comme tu le vois, Léta, elle n'est pas ici, elle ne dit rien du tout.

Et il se mit à pleurer.

Griot fit signe aux soldats de s'en aller. Ce qu'ils avaient entendu jusqu'à présent ne pouvait que conforter leur vision du général Dann comme faiseur de miracles, à quoi s'ajoutait désormais Dann le guérisseur, Dann l'infirmier dévoué. Les exploits racontés par Léta allaient faire le tour du camp.

Mais ces pleurs – non.

Le chien des neiges gémit à l'unisson, approcha son museau du visage de Dann.

Dann le caressa et dit à Léta :

— Je n'ai pas envie de vivre, Léta. À quoi bon ?

Comme elle hésitait, car cette pensée ne lui était manifestement pas inconnue, il insista :

— Allons, je veux que tu me répondes, Léta. À quoi bon ?

— D'abord, il y a l'enfant.

— Oh, ce ne sera jamais mon enfant. Kira y veillera.

— C'est vrai, mais je pensais à l'enfant de Mara.

Dann sortit du baquet, se drapa dans une serviette et se coucha en se recroquevillant comme à son habitude, à la façon d'un arc tendu ou d'une baguette pliée.

— Tamar a un père, observa-t-il.

Léta répliqua après un instant d'hésitation :

— Shabis veut retourner à Agre. Il est attendu là-bas. Il lui est impossible d'emmener Tamar dans ce voyage. Tu te souviens quand nous l'avons fait, Dann ? Comme c'était dangereux ?

Dann ne réagit pas, mais ses yeux étaient ouverts.

— Et Daulis veut accompagner Shabis jusqu'à Bilma.

Cette fois, Léta perdit son sang-froid et se mit à gémir.

— Daulis va partir, Dann. Il va partir…

Elle éclata en sanglots.

Dann s'assit et attira Léta contre lui par-dessus le baquet répandant ses effluves aromatiques.

— Oh, Léta, je suis désolé. Je suis tellement désolé, Léta.

Elle sanglota dans ses bras, accompagnée par les plaintes du chien des neiges.

Dommage que les gardes soient partis, songea Griot. *Cette scène aurait fait un excellent effet sur les troupes : le gentil Dann consolant l'Albaine.*

Puis il s'aperçut que les gardes n'étaient pas partis. Ils épiaient la scène de loin – les deux auxquels il avait ordonné de sortir, et deux autres venus pour la relève. Les quatre hommes se tenaient tout contre la porte imposante ouverte sur le terrain de manœuvres. Griot fit comme s'il ne les avait pas vus.

Dann berçait Léta dans ses bras.

— Ç'a été l'unique période de ma vie où je n'ai pas été seule, se lamenta Léta. Avec Daulis.

— Oui, je sais. Pauvre Léta !

— Mais je ne peux pas retourner là-bas avec lui. On m'arrêterait pour me renvoyez chez... Mère. Daulis le sait, mais cela ne l'empêche pas de partir, Dann.

Elle continua de pleurer convulsivement, tandis que Dann la berçait et que le chien des neiges se lovait contre eux de son mieux, avec son museau sur l'épaule de Léta.

— Je veux venir ici, Dann. J'emmènerai la petite fille, pour qu'elle soit en sécurité. Tant qu'elle restera avec Kira, elle sera menacée.

— Je sais.

— Et elle te hait, Dann. Kira te hait.

— Et que dira-t-elle du départ de Shabis ?

— Tu as raison. Elle le désire, elle le veut pour elle. Comme elle n'arrive pas à ses fins, elle va bientôt le prendre en haine, lui aussi. Elle s'est lancée dans une nouvelle entreprise. Elle rassemble des réfugiés pour en faire une armée.

— Et à quel usage destine-t-elle son armée ?

— Elle ne nous dit rien, Dann. Elle nous hait.

— Mais que ferions-nous d'une enfant ici, dans ce lieu de mort ?

Dann s'allongea de nouveau en se couvrant avec la serviette humide. Griot la lui arracha et la remplaça par une couverture.

— Merci, Griot. Ne t'imagine pas que je ne te sois pas reconnaissant.

Griot songea que *reconnaissant* était un mot qui méritait réflexion.

Léta les observa en souriant et fit comprendre à Griot qu'elle compatissait à ses chagrins.

— Je vais me reposer, maintenant, déclara-t-elle enfin. Je reviendrai plus tard. J'ai tellement de choses à te raconter, Dann.

Dann avait fermé les yeux. Il semblait endormi.

Quand elle revint, Léta s'assit à son chevet et parla. « Tu te souviens, Dann ? » S'il restait un long moment sans réagir, elle haussait la voix ou la baissait brusquement. Les souvenirs qu'elle évoquait étaient toujours stupéfiants. Les gardes de la relève arrivaient plus tôt, ceux qui auraient dû partir restaient. Il n'y avait parfois pas moins de six soldats assis contre le mur, à écouter.

Dann paraissait ne rien entendre. Néanmoins, dès que Léta se mettait à inventer pour le mettre à l'épreuve, il s'exclamait :

— Non, Léta, cela n'est jamais arrivé.

Pourtant ce qui était arrivé ne paraissait pas moins improbable que ce qui était inventé.

Lorsqu'elle dit :

— La nuit où Mara et toi avez tué Kulik sur la montagne, dans le brouillard...

Les auditeurs, y compris Griot, s'attendirent à ce que Dann proteste que ce n'était pas vrai. Mais il se contenta d'observer :

— Oui, mais c'est le serpent empoisonné de Mara qui l'a fait mourir. Si du moins il est mort. Savais-tu que pendant mon séjour dans les îles de la mer du Gouffre des hommes sont venus me chercher, et que l'un d'eux avait une cicatrice ?

— Non, je l'ignorais. Mais j'ai eu tellement peur, cette nuit-là. Mara et toi avez toujours été si courageux. Cependant il n'y a plus aucune raison d'avoir peur de Kulik ou d'un autre, car ta tête n'est plus mise à prix, Dann. C'est Shabis qui me l'a dit.

— Mais si Kulik est vivant, le saura-t-il ?

— Comment veux-tu qu'il soit vivant ? Une simple égratignure du serpent de Mara aurait suffi à le tuer. J'avais peur de ce serpent. Mais tout m'effrayait. À présent, j'ai peur de Kira. Elle me déteste à cause de ma peau blanche. Cela lui paraît une raison suffisante. N'est-ce pas étrange, Dann ?

Les gardes adossés au mur étaient mal à l'aise. Les Albains du camp faisaient l'objet de discussions, voire de disputes. Même si certains n'avaient rien contre eux, ils ne passaient jamais inaperçus.

— Il y a aussi ma chevelure. Une nuit, je me suis réveillée et j'ai découvert Kira penchée sur moi avec son couteau. Elle s'apprêtait à me couper les cheveux. Shabis m'a alors conseillé d'avoir moi aussi un couteau et de m'arranger pour qu'elle le sache. Il m'en a donné un en sa présence, en m'enseignant toutes sortes de techniques pour m'en servir. Regarde, le voici...

Elle tira de sa tunique le manche d'un couteau.

— Kira s'est contentée d'en rire. Tu connais son rire.

— Oui, je le connais.

Le ton de Dann était chargé d'une telle amertume que Léta en eut le souffle coupé. Les soldats et Griot découvraient un nouvel aspect chez Dann, et Griot n'en était pas ravi. L'amertume était une faiblesse, et le général Dann ne pouvait pas être faible.

— Mais tu ne devrais pas t'étonner que tes cheveux provoquent de telles réactions, Léta. Pendant tous mes voyages, je n'ai jamais rien vu de pareil. C'est tout bonnement un prodige. Je me demande parfois si ces anciens habitants de l'Eurrop, avant l'invasion des glaces, avaient tous des cheveux comme les tiens. Mais voilà que je recommence. Pourquoi donc se soucier de ce passé ? C'est maladif.

Il s'assit et déclara à Léta :
— Toi aussi, tu es un prodige, Léta, avec tes herbes et tes astuces de guérisseuse. Ce n'est pas la première fois que j'ai été sauvé par une femme comme toi. Ça m'est arrivé avant Bilma, avant que tu ne te sois jointe à nous. À l'époque où j'étais si malade dans les Tours de Chélops. Non, je ne t'en ai jamais parlé, car je déteste y penser. Mais j'étais au plus mal à cause du pavot et de... bien d'autres choses encore. Une guérisseuse nommée Orphné m'a soigné. J'étais presque mort.
Se renversant en arrière, il bâilla, s'étira. Il semblait aller mieux.
— Vois-tu, Léta, j'étais tout simplement allé trop loin pour souhaiter revenir à la vie. Maintenant encore, je ne suis pas sûr d'avoir envie de guérir. Il faut que tu comprennes, Léta. La vie est une telle corvée. Quand je pense à ce que nous avons vécu, Mara et moi, à toutes ces peines et ces efforts, comment avons-nous fait ? Comment faisons-nous pour continuer de vivre, Léta ?
Il leva la tête et s'adressa aux soldats :
— Vous savez ce que je veux dire. Vous avez traversé de telles épreuves, vous avez tout perdu, vous ne connaissez que la guerre et la fuite. Ne vous arrive-t-il jamais de vous demander : à quoi bon ?
Il attendit leur réponse, mais même s'ils l'avaient écouté avec des hochements de tête approbateurs, des sourires contrits ou des regards pleins de compréhension, ils gardèrent le silence.
Laissant retomber sa tête en arrière, il s'endormit.
Léta dit tout bas :
— Il est presque de retour parmi nous, mais il peut encore basculer de l'autre côté. Il faut le

réveiller régulièrement et lui donner des bains dans l'eau aromatique. Et il devra manger et prendre les remèdes que je vais laisser.

Elle sortit et s'assit avec Griot dans la salle, en posant sa tête sur ses bras.

— Il est difficile de ramener à la vie quelqu'un qui a envie de mourir.

Griot n'arrivait pas à imaginer qu'il puisse avoir envie de mourir. Devant lui s'étendait une vie pleine d'efforts et de réalisations, sous l'inspiration de celui sur lequel il comptait comme sur son propre souffle – Dann.

Il se dit qu'il pourrait bien se prendre de sympathie pour Léta, en dépit de sa peau anormalement blanche et de cette chevelure évoquant des milliers de fils d'araignées illuminés par un soleil matinal. Avançant un doigt circonspect, il toucha un brin d'or qui s'était échappé du chignon et gisait sur la table.

— Ne fais pas attention à moi, dit Léta. J'ai l'habitude.

Elle se leva, rassembla les flots étincelants de sa chevelure et la fixa avec une épingle.

— Maintenant, trouve-moi tous les soldats ayant quelques connaissances en médecine et amène-les ici.

Griot se rendit en personne dans le camp de cabanes, dont les toits rouges brillaient d'un éclat pâle rappelant la chevelure de Léta. Il expliqua ce qu'il désirait. Les soldats tentaient d'occuper leur oisiveté avec une multitude de jeux et de tâches insignifiantes. Griot savait combien l'oisiveté pouvait être dangereuse. Quand il repartit vers le bâtiment principal, deux Kharabs accoururent pour lui dire qu'ils voulaient emmener un groupe de soldats la nuit à travers les marais jusqu'aux pâturages toundras, afin d'entraîner avec eux quelques oiseaux de boucherie – ces grosses créatures plus hautes qu'un homme.

— Nous avons faim, déclara l'un d'eux.

— Tout le monde a faim, approuva Griot.

Ce qu'il entendait là lui plaisait.

— Vous pourrez les entraîner dans les marais, à condition d'avoir un guide.

— Nous en avons un.

— Et quand vous aurez conduit les oiseaux ici, nous aurons de quoi offrir un festin à tout le monde, mais pas plus.

Les deux hommes semblaient avoir d'autres tours dans leur sac. Griot leur épargna la peine de parler. C'étaient deux gaillards robustes et capables.

— Ce qu'il nous faut, c'est organiser des expéditions régulières mais pas toujours aux mêmes endroits. Suivant les lieux, les animaux sont différents.

Il vit que les deux hommes prenaient de l'assurance en l'écoutant. Ils allaient faire du bon travail.

— Revenez me voir avec un plan pour lancer des expéditions régulières. Et qu'il ne soit pas question que d'oiseaux de boucherie. Il y a aussi des troupeaux de chèvres. Mais il faut que votre plan soit au point. Nous avons des espions à Toundra mais eux-mêmes en ont ici, qui arrivent avec les réfugiés. Vous devrez donc réserver ces expéditions à quelques personnes de confiance.

Il les regarda s'éloigner. Il était merveilleux de voir des hommes amollis par l'oisiveté retrouver leur force et leur assurance.

Puis il retourna dans la grande salle, où Léta attendait les soldats ayant des connaissances en médecine. Ils entraient peu à peu et s'asseyaient en cercle autour d'elle, à même le sol.

Elle avait avec elle ses paniers de simples. Elle les montra aux assistants, afin qu'ils les reconnaissent et puissent lui dire ce qu'ils savaient à leur sujet.

Assis à sa table, Griot les observait. Quel trésor de talents et de savoirs existait chez les réfugiés ! Ils le surprenaient chaque jour. Et il se demandait toujours, au fond de lui, pourquoi tous ces gens si divers et si intelligents, dont certains savaient lire et écrire ou même avaient occupé de hautes fonctions dans leur pays, étaient ici, prêts à obéir à ses ordres. Qu'est-ce qui les y obligeait ? Ils arrivaient au Centre, plus morts que vifs. Il les nourrissait, leur donnait des écharpes de laine rouge, et ils ne remettaient jamais en question son autorité. Qui était aussi celle de Dann.

Griot regarda Léta. Elle parlait de ses connaissances et interrogeait les assistants sur leur propre savoir. Il y avait là une soixantaine d'hommes et de femmes provenant de tant de contrées différentes le long de la côte et au-delà. On aurait cru qu'ils se connaissaient depuis toujours. Quel spectacle il avait devant les yeux : la foule des soldats, auxquels leur écharpe rouge donnait une unité, la lumière ruisselant des hauteurs du plafond et faisant resplendir la chevelure de Léta. Ses cheveux et sa peau blanche en faisaient le centre de l'assemblée. Certains des soldats avaient été médecins dans leur pays, et Léta s'en remettait à leur science.

— Oh, non, non, je ne suis pas médecin. Je ne suis qu'une guérisseuse. Mon savoir se réduit à ce que j'ai glané çà et là.

La séance continua si longtemps que la lumière cessa de se déverser par les fenêtres et que des soldats apportèrent les chandelles et les lampes à huile. Quand sonna l'heure du repas du soir, les discussions s'achevèrent.

Griot retourna dans la chambre de Dann et le trouva endormi. Toutefois il n'avait plus l'air aussi inerte, plongé dans un sommeil si profond qu'on aurait pu le croire mort ou proche de la mort.

Léta déclara qu'elle pouvait rester encore quelques jours. Elle passait le plus clair de son temps avec Dann. Il était maintenant toujours assis et réveillé, en sa présence.

Deux soldats vinrent présenter à Griot une requête qui n'entrait pas dans le cadre ordinaire des permissions à se servir du terrain de manœuvres pour un festin, ou de visiter telle ou telle partie du Centre, dont les salles antiques et leurs trésors fascinaient certains. Les deux hommes étaient embarrassés. Après avoir parlé, ils ajoutèrent :

— Nous n'avons aucune mauvaise intention. Nous espérons que la guérisseuse comprendra l'esprit de notre requête.

Ils demandaient la permission de toucher les cheveux de Léta. Comment Griot aurait-il pu s'en étonner, lui dont la main avait semblé se tendre vers ces boucles sous l'effet d'une impulsion irrésistible ?

Il alla voir Dann, lequel était couché mais semblait moins perdu dans ses rêveries.

— Mon général, déclara-t-il, certains soldats ont demandé à pouvoir toucher les cheveux de Léta. Ils n'entendaient nullement se montrer impertinents.

Léta était là, mais Griot aurait trouvé gênant de lui soumettre directement cette requête.

Il aurait dû être plus gêné encore. Le visage d'une pâleur éternelle de Léta se figea et devint livide, ses lèvres se mirent à trembler. Dann se redressa d'un air inquiet et lança :

— Ce n'est rien, Léta, ils ne se rendent pas compte...

Il continua en mahondi, langue que Léta maîtrisait aussi bien qu'une multitude d'autres idiomes. S'ensuivit un échange passionné, que le mahondi rudimentaire de Griot ne lui permit pas de suivre. Pourquoi réagissait-elle si violemment ? Il saisit au vol quelques mots : « bordel », « la maison de Mère ».

Griot se rappela qu'à la Ferme Kira couvrait Léta de sarcasmes à propos du bordel et de son don pour les langues. « C'est utile pour ton métier, Léta », persiflait-elle. Et elle avait lancé à Griot : « Tu ne savais pas que Léta était une putain, à Bilma ? »

Non seulement Griot l'ignorait, mais il ignorait ce qu'étaient une putain ou un bordel. En fouillant dans sa mémoire, il se rappela que l'enfant soldat qu'il était avait fait des commissions pour une maison où les filles monnayaient leurs charmes en échange de nourriture. Mais il ne comprenait que maintenant de quoi il retournait. À l'époque, il pensait simplement qu'elles étaient gentilles, que leur maison était accueillante et qu'il y trouvait toujours de bons repas.

Cela n'avait pas duré : il avait dû s'enfuir de nouveau. Il avait assisté à des viols, et n'y avait guère vu qu'une péripétie des violences accompagnant les combats et les pillages. Puis des bébés étaient nés, et il avait compris à quoi menaient les viols, à quoi servait le sexe. Il n'avait jamais entendu le mot putain avant que Kira ne l'emploie. Et le bordel ? Il fallait que l'ordre social atteigne un certain niveau pour que ce mot fasse sens. Quand il était un jeune soldat, à Agre, il avait eu des relations sexuelles avec une femme soldat, mais il les considérait simplement comme l'assouvissement de besoins physiques et c'était aussi le point de vue de sa partenaire, croyait-il. À présent, il lui arrivait de faire l'amour avec une femme soldat venue de Kharab quand ils pouvaient trouver un coin tranquille, ce qui n'était pas facile dans ce camp surpeuplé. La question de la sexualité, considérée comme un bien à se procurer au même titre que la nourriture ou les vêtements, ne s'était pas présentée à lui avant les scènes où Kira accablait Léta de son mépris. Mais en y réfléchissant, il trouvait qu'un bordel avait son utilité. C'était certainement une bonne idée. Pourtant il suffisait que Kira en parle pour que Léta se décompose, et en cet instant même elle était en larmes. Elle et Dann étaient passés au charad, que Griot comprenait sans peine.

— Ils ont dû en entendre parler, autrement ils ne me traiteraient pas ainsi.

— Ils ne voient pas les choses de cette façon, Léta. J'en suis sûr. Tu dois bien te rendre compte toi-même que ton aspect tient du prodige ?

Elle continuait de secouer la tête en l'implorant de ses grands yeux bleu-vert, qui changeaient avec la lumière. Il n'avait jamais vu quelqu'un possédant de tels yeux.

Dann reprit :

— Le bruit court dans le camp que tu as des pouvoirs magiques, et qu'ils résident dans ta chevelure.

Ce détail la fit réfléchir et elle dit :

— Je vois. D'accord. Mais je veux que cela se passe dans cette pièce, en ta présence. Et reste aussi, Griot, s'il te plaît.

Les deux gardes sortirent, après avoir reçu les ordres de Dann, et revinrent avec une demi-douzaine de soldats. Assise sur une pile de coussins, Léta les regarda avec une expression blessée.

— Allez-y, lança-t-elle.

Un jeune homme s'avança avec un sourire à la fois avide et intimidé. Il semblait aussi légèrement effrayé. Il effleura les mèches étincelantes sur l'épaule de Léta, serra entre ses doigts la masse dorée. Cessant de retenir son souffle, il poussa un soupir émerveillé puis recula. Un autre soldat lui succéda. Un cheveu d'or était resté fixé à l'écharpe rouge du premier soldat, qui le détacha pour l'admirer. Son successeur toucha la chevelure de Léta d'un air tendu, comme s'il passait une épreuve.

Léta gardait la tête baissée et ne les regardait pas.

Le troisième soldat était hardi. Il caressa les cheveux en murmurant : « Que c'est joli ! » Puis il battit en retraite. Les trois hommes souriaient avec une timidité ravie, comme des enfants. Griot souriait aussi, car il savait qu'ils allaient tous trois raconter qu'ils avaient touché la chevelure magique et n'en étaient pas morts. Dann se sentait triste et inquiet pour Léta. Un quatrième soldat se présenta, un cinquième. Une foule de soldats faisaient la queue devant la porte, d'un bout à l'autre du terrain de manœuvres, et une seconde file commença à se former à côté. Léta ne pouvait les voir de l'endroit où elle était assise, la tête baissée.

Les soldats suivants entrèrent en souriant, car les quatre qui venaient de sortir souriaient. Il flottait dans l'air comme une gaieté légère. Un voile lugubre semblait enfin s'écarter.

Ces hommes vivaient dans une grisaille que certains n'avaient jamais connue avant d'arriver ici, de sorte qu'elle était pour eux comme l'atmosphère même de leur exil. Tout au long de la côte et dans les marais, brumes et brouillards se succédaient. Quand il faisait plus clair, des gouttelettes d'humidité semblaient danser comme des perles nacrées devant la rétine. Si jamais un rayon de soleil perçait les nuages bas, il éclairait soudain des couleurs, et les soldats s'immobilisaient à cette vue, souriants, en abandonnant leurs tâches, comme s'ils avaient sous les yeux une apparition leur promettant la fin de ce séjour forcé loin de leur patrie. À l'intérieur de leurs cabanes, l'air semblait aussi dense que de l'eau. Il arrivait souvent qu'ils allumassent des lampes en plein jour, pour essayer de vaincre les ténèbres. Cette lumière dorée était précieuse, elle leur rappelait qu'ils n'étaient pas nés dans ce pays de nuées grises et de vents gémissants.

Tel était aussi l'effet que Léta produisait sur les soldats. L'éclat de sa chevelure était comme un symbole, une lumière dans un univers d'ombre, un rayon de soleil éclairant une sombre journée. Ses cheveux étaient pareils à un concentré de lumière s'ajoutant à sa peau si blanche – la première fois qu'on voyait un Albain, il était impossible de ne pas penser qu'il devait avoir une maladie de peau. Toutefois cette femme était porteuse de guérison, et tous les médecins du camp faisaient son éloge en déclarant qu'elle leur avait beaucoup appris.

Ses cheveux clairs et brillants provoquaient des émotions contradictoires. Les visages des soldats commençaient à exprimer non seulement la gaieté, mais cette curiosité qui n'est guère éloignée de la cruauté. L'un d'eux éclata de rire. Léta se figea. Encore des rires. Elle se mit à trembler.

— Ceux qui ont terminé doivent sortir, ordonna Dann.

Léta leva les yeux et vit ce qui lui parut des centaines de soldats aux visages excités. Poussant un cri, elle se leva.

— Ça suffit, dit Dann.

Cet ordre parvint à l'extérieur, où les soldats se mirent à marmonner, à maugréer puis à crier leur déception. Léta resta figée sur place, comme une bête traquée par ces rires qu'elle entendait.

— Léta, tu as fait ce qu'il fallait, déclara Dann.

Griot fit entrer les deux nouveaux gardes puis ferma la porte.

Léta pleurait. Griot ne comprenait pas, mais Dann la rejoignit et la serra dans ses bras.

— Pauvre Léta ! Tu ne vois donc pas combien tu leur parais étrange ?

— Je suppose que mes cheveux attireront toujours l'attention sur moi. Mais je finirai par grisonner et je serai comme tout le monde, à ce moment-là.

Dehors, les soldats désappointés retournaient dans leurs cabanes. Léta dit aux deux gardes debout contre le mur :

— Et vous, avez-vous envie de toucher mes cheveux ?

Ils répondirent par des sourires timides mais enthousiastes. S'avançant gauchement, comme des enfants, ils touchèrent sa chevelure, mais avec douceur. Ils semblaient heureux et reconnaissants, et pour la première fois Léta sourit.

— Vous êtes de braves garçons, leur dit-elle. Tout va bien.

Léta resta encore quelques jours, en passant presque tout son temps avec Dann.

À présent, c'était lui qui lui disait : « Tu te souviens... » Et les auditeurs se demandaient si ce qu'ils entendaient était la vérité ou une invention extravagante.

— Tu te souviens du jour où tu t'es servie de ton petit couteau si efficace pour extraire les pièces d'or que je gardais sous ma peau ?

— Oui, elles étaient tout près de la surface, juste sous la peau.

— Et tu te souviens de cette nuit où nous avons découvert la montagne enneigée ? C'était la première fois que nous voyions de la neige, et nous avons couru en tous sens à la clarté de la lune. Kulik aurait pu nous tuer à tout instant.

Quand Léta s'en alla, Dann la serra contre lui. Debout, il apparaissait toujours terriblement maigre, mais il ne tremblait plus de faiblesse.

— Cher Dann...

— Chère Léta...

— Si la situation se gâte encore, pourrai-je mettre l'enfant en sûreté en l'amenant ici ?

— L'enfant de Mara ?

— Oui, sa fille, la petite Tamar.

— Je suppose que oui.

Griot donna une escorte de soldats à Léta, en leur ordonnant de ne pas la quitter avant qu'elle soit sous la protection de Shabis.

Assis à sa table dans la grande salle, Griot songea à sa solitude. Sa tâche le dépassait, il ne pouvait pas tout faire à lui seul. À cet instant, Dann sortit de sa chambre et s'assit en face de lui.

— Eh bien, Griot, me voici, dit-il.

Cela n'était pas arrivé depuis bien longtemps.

Griot entreprit de tout lui raconter. Lorsqu'il en vint à ses projets d'expéditions pour capturer des oiseaux de boucherie et d'autres animaux, Dann observa :

— Nous allons donc attaquer Toundra ?

— Comment puis-je nourrir tous ces gens ? Il en est arrivé neuf de plus hier. On dit qu'une nouvelle guerre a éclaté. Les forêts de roseaux du Nilus sont en feu, et il y a déjà beaucoup de morts.

Dann plongea la tête dans ses mains, puis la releva pour regarder Griot avec une expression si étrange que celui-ci s'exclama :

— Qu'y a-t-il, mon général ? Je ne comprends pas.

— Non, Griot, tu ne comprends pas. Ces forêts de roseaux risquent de brûler pendant des années. Et les villes là-bas… Et cela n'arrête jamais, jamais…

— J'espère qu'ils ne vont pas tous venir ici. Il faudra bien que quelqu'un leur donne de quoi manger et s'habiller.

— Et imagine que tu n'en fasses rien ? Que tu les abandonnes à leur sort, tout simplement ?

— Comment ça ? Dann, mon général !

— Laisse tomber. D'ailleurs, il vaut mieux que mes pensées te restent étrangères, car j'ai bien l'impression qu'elles sont comme un poison.

— C'est ce que dit Ali, mon général.

— Ali ?

Un petit homme brun, qui travaillait seul un peu plus loin, redressa la tête en entendant son nom et se leva.

Dann le regarda négligemment, puis avec attention.

Ali s'avança lentement vers lui, les mains jointes sur sa poitrine, un sourire sur les lèvres.

— Vous souvenez-vous de moi, mon général ?

Dann sourit à son tour.

— Oui, c'était sur la route. Nous avons parlé et je vous ai conseillé de venir ici.

Debout devant lui, Ali s'inclina. Il souleva la main gauche de Dann, l'effleura du front puis l'embrassa.

— Mon général, nous attendions avec impatience votre rétablissement.

Ses yeux étaient humides. Non sans surprise, Griot s'aperçut que Dann était lui aussi au bord des larmes.

— Mon roi est mort, déclara Ali. Mon cœur est libre. Dorénavant, je serai à votre service, mon général. Jusqu'à ma mort ou la vôtre.

— Jusqu'à ma mort ou la vôtre, répéta Dann sans paraître s'étonner de ce qui était manifestement une formule toute faite.

En jurant fidélité à Dann, Ali employa ainsi une série de phrases prévues pour l'occasion. Mais il y avait autre chose derrière ce cérémonial. Les deux hommes semblaient en quelque sorte se reconnaître, comme s'ils s'étaient rencontrés voilà bien longtemps – c'était pourtant impossible. Il n'était pas question ici simplement de quelques mots échangés sur une route. Griot sentit ses cheveux se dresser sur sa nuque. *Qu'est-ce que ça veut dire ?* songea-t-il. *Que se passe-t-il ?*

— Mon général, continua Ali, nous avons découvert ici des merveilles, pendant votre absence. Griot vous racontera. Lorsque vous serez prêt, vous pourrez voir des choses étonnantes.

Il désigna d'un geste les tables installées tout le long de la salle, près des colonnes, avec devant chacune un soldat travaillant à déchiffrer des textes. Si jamais Dann avait déjà remarqué toute cette activité, il n'avait pas été assez curieux pour s'en informer.

Ali fit un salut militaire puis retourna à sa table. Dann s'assit de nouveau.

— Et maintenant, Griot, raconte.

Griot lui parla de l'abri secret, de ce qu'on y avait découvert, d'Ali et des autres érudits connaissant des langues antiques. Tandis qu'il parlait, Dann écoutait en appuyant sa tête sur une main et en la hochant d'un air approbateur. Puis il lança :

— Voilà que ça recommence, Griot. Nous revenons encore et encore à ces temps passés depuis tellement longtemps, nous n'en sortirons jamais...

— Mon général, tout ce que je sais, c'est que, si nous commençons à penser comme ça, nous ferions aussi bien de cacher nos têtes sous nos couvertures et d'en rester là.

— C'est vrai, Griot.

— Mais nous avons tous ces gens à nourrir, mon général.

Dann renversa la tête en arrière et éclata de rire. Cela faisait si longtemps qu'il n'avait pas ri. Griot en eut les larmes aux yeux et balbutia :

— Dann, mon général, quand je vois comme vous allez mieux...

Dann se leva avec précaution, en gardant une main sur la table pour ne pas tomber.

— Griot, lorsque j'étais couché et regrettais de ne pas être mort, je me disais : *Au moins, j'ai Griot. Je peux compter sur lui.* Laisse-moi donc te dire merci, Griot.

Puis il se dirigea vers la table d'Ali et s'assit à côté de lui.

Ali parla, et Dann l'écouta. Plus tard, Griot les suivit quand Ali conduisit Dann par les chemins détournés menant à la salle secrète où brillait l'abri fait de cette matière qui n'était pas du verre. Ali se remit à discourir tandis qu'il tournait avec Dann autour de la cage transparente où étaient exposées des pages qu'on pouvait voir mais non toucher. Quand Dann en eut assez, les trois hommes retournèrent dans les brumes du dehors. Dann reprit sa place près d'Ali, et Griot s'assit à sa propre table, d'où il pouvait les entendre lorsqu'il n'était pas distrait par les requêtes des soldats.

Griot comprenait la plupart de leurs propos, mais il constata une nouvelle fois combien il était ignorant, combien son vocabulaire était pauvre, car ils employaient sans cesse des mots inconnus de lui.

Au temps où il était un adolescent enrôlé dans l'Armée Agre, il avait suivi des cours. Cependant il les manquait souvent tant il était occupé, de tout son être, à observer et à admirer le jeune capitaine Dann.

Dann, lui, n'avait jamais manqué un cours. Et pourtant, comme Griot, il comprenait maintenant combien il savait peu de choses comparé à un homme vraiment instruit, ayant été éduqué dans une école royale destinée aux scribes et aux traducteurs. Ali connaissait des pays dont Dann n'avait jamais entendu parler. Il en parlait même souvent la langue.

Ali dit à Dann que l'abri transparent contenait des livres rédigés dans de nombreux idiomes, et qu'au début il avait désespéré d'en trouver un qu'il connût assez bien pour le comprendre, tant les textes étaient antiques et leur écriture peu lisible. Parfois il distinguait des mots dont il sentait qu'ils avaient cheminé jusqu'à lui à travers le labyrinthe du temps, mais leur forme originelle était si éloignée qu'elle lui demeurait inaccessible. Il arrivait même qu'ils soient rebelles aux efforts de tous les érudits qu'il avait recrutés pour déchiffrer les livres. Ali croyait que les créateurs de cette bibliothèque parfaitement close avaient voulu préserver pour l'avenir des spécimens de ce qu'on avait pensé et écrit en leur temps. Toutefois ce temps était si lointain qu'Ali savait seulement qu'il avait existé.

En ce passé reculé, avant que l'ensemble du nord de l'Ifrik se désagrège dans l'eau et les marais, bien avant, alors même que les glaces recouvraient l'Eurrop, le sable était partout dans cette région du monde. Quand les glaces s'étaient faites menaçantes, les habitants à la peau pâle avaient fui vers le sud en emportant des livres écrits en diverses langues, dont certaines étaient anciennes même pour eux à l'époque. Au début, ces livres se trouvaient dans les villes qu'ils avaient construites en reproduisant les cités de l'Eurrop désormais sous la glace. Puis il y avait eu des guerres, des invasions, des périls, et les livres avaient été enfouis dans le sable. Plus tard, par un hasard miraculeux – car tous ceux qui connaissaient les antiques librairies des sables étaient morts et oubliés –, des gens creusant le sol pour établir des fondations, à une période précédant la fonte des glaces et la formation des marais, avaient découvert d'énormes fosses remplies de livres que le sable sec avait gardé intacts. Ces gens, quels qu'ils fussent, avaient tenté de sauver leur découverte.

Ali prétendait que c'était le besoin de préserver ces archives du passé – n'oublions pas qu'il ne restait rien d'autre de ce passé – qui avait sans doute été à l'origine de la construction du Centre. Car on n'avait pas trouvé seulement des livres et des documents dans les fosses de sable, mais toutes sortes d'objets et de machines. Tous furent installés dans le Centre, qui s'étendait alors beaucoup plus loin qu'à l'époque actuelle, où les bâtiments le bordant au nord et à l'ouest avaient sombré dans les marais. Mais les livres, les archives, avaient pris place dans l'abri secret, au cœur du Centre. Il fallait supposer que des gens comprenaient encore au moins en partie les langues antiques, car les ouvrages n'étaient pas rangés au hasard mais classés par catégories. Et leur travail avait été si bien fait que, pendant tout ce temps – on ne pouvait en calculer la durée, ni même l'estimer, sinon en disant : « L'Eurrop n'était pas recouverte par les glaces, puis elles l'ont envahie entièrement et maintenant elles commencent à reculer » –, l'abri façonné dans une matière transparente différente du verre était resté intact tandis qu'autour de lui le Centre tombait en ruine. Livres et registres étaient en sûreté dans cette coquille où aucun air ne devait pénétrer, sans quoi ils se seraient décomposés depuis longtemps.

Et de quoi était faite cette muraille transparente ? Le Centre abritait d'autres objets façonnés dans la même matière – des boîtes, des récipients, toutes sortes de choses –, et pendant des générations les gens les avaient volés. Ali raconta que dans sa propre ville, très loin à l'est de Kharab, on trouvait des bols et des cruches dans cette matière presque indestructible. Il croyait même qu'il avait existé un royaume où les souverains s'étaient servis de tels objets volés pour s'assurer la soumission du peuple, en déclarant qu'ils étaient l'œuvre des dieux et ne devaient être confiés qu'à eux-mêmes car ils porteraient malheur aux profanes.

Griot écoutait ces récits entre deux requêtes présentées par des soldats. Son siège était à moitié tourné vers cette autre table où Dann et Ali discutaient avec une telle concentration qu'ils ne semblaient pas entendre ce qui se disait du côté de Griot. Peut-être ne voyaient-ils même pas Griot, assis à sa propre table et observant le seuil où une lueur rouge foncé brillant dans la pénombre allait s'avancer et devenir sous ses yeux un soldat muni de son écharpe.

Les jours passèrent ainsi, et Ali et Dann, assis côte à côte, en arrivaient toujours à la même perplexité face aux langues antiques, mortes à jamais, écrites dans des écritures que ni Ali ni aucun des autres scribes ne connaissaient. Que contenaient ces livres, désormais hors de portée ? Les deux hommes avaient entre eux les feuilles de roseau pressé – l'inconnaissable, l'inaccessible. Ils finissaient par les abandonner pour des langues plus tardives et compréhensibles. Tous les scribes connaissaient le mahondi, qui était si récemment encore la *lingua franca* de l'Ifrik entière. Mais ce mahondi avait été précédé par un autre idiome, auquel il était apparenté et qui était familier à Ali, mais non à Dann. Cet ancien mahondi était parent d'une langue qui était elle-même l'ancêtre de celle que parlait Ali, à savoir une variété de kharab. Pressées contre les parois transparentes de l'abri aussi hermétique qu'une bulle, on voyait des pages de livres rédigés dans ce très ancien mahondi et ce très ancien kharab. Cette dizaine de pages était tout ce qui restait de ces peuples lointains dont on entendait presque les voix, qui avaient prononcé des mots proches de ceux d'aujourd'hui.

Les deux hommes conféraient à la table, et Griot écoutait. Souvent, ils avaient entre eux une feuille sur laquelle étaient recopiées des lignes d'une des pages pressées contre la paroi transparente. Un jour, Ali montra à Dann une ligne qu'il traduisit ainsi : « Voici la formule pour fabriquer les vitres. »

— J'ai mis longtemps à comprendre cette phrase, mon général, déclara Ali. Mais ce qu'il nous faudrait, c'est la formule, or elle consiste non pas en mots, mais en chiffres, et ce ne sont pas les mêmes que les nôtres.

Dann étala ses doigts sur la table.

— Un, deux, trois, quatre, cinq... compta-t-il. Ces chiffres devraient être les mêmes pour tout le monde.

— Oui, les chiffres simples, dit Ali. Et voici six, sept, huit, neuf et dix. Mais ce n'est qu'une partie de ce qui compose cette formule. Regardez ces signes... Personne ne les connaît.

— On croirait des traces d'oiseaux sur le sable. Ou l'empreinte des griffes d'un grand lézard dans la boue.

Ali posa devant Dann une feuille portant l'ensemble des chiffres et des signes.

— Une femme qui vient d'arriver dans le camp prétend avoir vu les mêmes sur une paroi rocheuse près de son village. C'est très loin à l'est de l'Ifrik, sur la côte. Ils sont tous en guerre, mon général. On croirait que le monde entier – du moins celui que nous connaissons – est en guerre.

Dann répliqua avec colère, comme toujours dans ces cas-là :

— Évidemment. Et à quoi bon, Ali ? À quoi cela rime-t-il ?

Ali répondit avec douceur :

— C'est votre chagrin qui parle, mon général.

— Vraiment, Ali ? Et pourquoi devrait-il se taire ?

— Parce que c'est dangereux pour vous. J'ai été médecin et je sais que certaines pensées sont néfastes. Elles vous font du mal.

Dann appuya sa tête sur sa main et garda le silence. Observant la feuille couverte de ces signes indéchiffrables, il demanda :

— N'y a-t-il vraiment personne dans le camp qui en comprenne au moins une partie ?

— Pour l'instant, ce genre de connaissance nous dépasse. Notre savoir ne va pas jusque-là.

Dann sortit de sa tunique un objet qu'il avait trouvé dans un des musées. À peu près long comme sa main et large comme quatre doigts, c'était un bloc d'une substance noire, dure et compacte. Sa surface terne et lisse, parfaitement intacte, portait dix chiffres.

— Un, deux, trois, quatre, cinq, six, sept, huit, neuf, zéro, compta Dann sur ses doigts. Ces gens du passé avaient donc dix doigts et dix orteils, exactement comme nous. Et jusqu'à quel temps reculé remonte-t-on ainsi ? J'ai vu un singe ouvrir sa main et la regarder. Peut-être se demandait-il combien il avait de doigts ?

— Peut-être le saura-t-il un jour, répliqua doucement Ali.

— Ils savaient tout ça, ces gens du passé. Mais nous, nous ne savons rien. Cette idée m'est insupportable, Ali…

Sa voix se fit plaintive, enfantine.

— Comment peux-tu le supporter, Ali ? Nous sommes aussi ignorants que… que des singes.

— Si c'était vrai, je réagirais comme vous, mon général, répondit Ali avec fermeté, comme si Dann n'était qu'un enfant.

Griot les observait, en proie à une émotion qui ressemblait fort à du désespoir. Jamais il n'aurait pu parler à Dann sur ce ton. Les deux hommes étaient assis dans une zone où une lumière éclatante se déversait du haut du plafond. Ils étaient si différents l'un de l'autre. Ali avait la peau d'un brun plus doré que celui de Griot, et des traits fins, des yeux enfoncés sous les sourcils. Il était maigre, mais c'était parce qu'aucun d'entre eux ne mangeait à sa faim. Il semblait plein de fierté et de sang-froid – comme Dann. Griot n'était pas ainsi. Il avait conscience de n'être qu'un lourdaud, à côté de ce petit homme élégant au visage doux et pensif.

— Dites à la femme qui reconnaît les chiffres de les noter par écrit.

— Elle l'a déjà fait.

Dann se leva et alla s'asseoir à la table de Griot.

— Griot, toute personne arrivant ici doit être interrogée sur son savoir.

— C'est ce que nous faisons, mon général.

— Étiez-vous au courant, pour cette femme et les chiffres ?

— Non, nous n'avions pas pensé aux chiffres, en dehors de ce qu'il nous faut pour calculer l'approvisionnement et les réserves.

— Voilà, c'est le problème. Nous ne savons même pas quelles questions poser. Il faut que nous élaborions un questionnaire. Tous les occupants du camp sont susceptibles de posséder un savoir qui risque de disparaître avec eux. Mara et moi, nous sommes venus à Agre dans un bateau sur lequel se trouvait un appareil qui captait le soleil. La batelière savait comment il fonctionnait. Autrefois, il y avait des pièges à soleil partout dans le Centre, mais personne ne savait à quoi ils servaient. La batelière fut tuée et emporta ce savoir avec elle. Ce genre de chose doit se produire continuellement. Quand nous sommes arrivés ici, personne n'était capable de faire marcher les pièges à soleil. Ils gisent çà et là, et les gens les prennent pour des pièges à oiseaux.

Il se tut, perdu dans ses souvenirs. Griot et Ali attendirent.

— Mon général ! lança enfin Ali.

— Quand ma sœur rencontra Shabis, elle lui raconta des choses qu'elle savait mais dont il n'avait jamais entendu parler. Et il lui apprit des choses qu'elle ignorait. On trouve partout des gens possédant un savoir, mais ils n'ont pas conscience de sa valeur. Si nous pouvions réunir toutes les connaissances des gens, elles se compléteraient et nous obtiendrions un savoir immense.

Ali répliqua :

— Mais je ne suis pas sûr qu'il existe actuellement quelqu'un capable d'élucider cette... formule, pour employer le nom qui lui est donné dans le livre.

— Qu'en savons-nous ?

— Si le secret de cette matière pareille à du verre était connu, on en fabriquerait encore. De même pour cet objet…

Il effleura la surface lisse et noire de l'objet qui ressemblait à une pierre mais n'en était pas une, et que Dann avait posé sur la table.

— Et aussi pour toutes ces machines du Centre.

— Nous sommes donc condamnés à l'ignorance, s'exclama Dann. Ces gens du passé avaient un tel savoir. Ils étaient si intelligents.

— S'ils étaient si intelligents, pourquoi ont-ils disparu ?

Cette pensée était nouvelle pour Dann. Dans sa surprise, il resta coi, puis éclata de rire. Ali se joignit à lui. Griot, lui, ne rit pas. Qu'est-ce que cela avait de drôle… Il se leva et déclara :

— Dann, mon général, je voudrais que vous veniez inspecter le camp avec moi. Ce serait bien pour les soldats.

— Mais, Griot, répliqua Dann avec une légère ironie, tu n'as pas besoin de moi pour ça. Tu te débrouilles tellement bien. Tu es merveilleux, Griot. Ce n'est pas vrai, Déchiffreur Ali ?

— Bien sûr que oui, dit Ali avec conviction. Nous le pensons tous. Mais Griot a raison. Les soldats ont besoin de vous voir, mon général.

Il ajouta après un silence :

— Vous ignorez peut-être, mon général, que vingt nouveaux réfugiés sont arrivés ce matin.

— Très bien, je vais y aller. Demain, par exemple ?

— Mon général, je voudrais que vous veniez dès maintenant.

Si Griot insistait avec tant d'opiniâtreté, c'était en partie parce qu'il voulait éloigner Dann. Il était blessé de voir à quel point Ali et lui étaient proches. Toutefois il savait aussi qu'il était temps que Dann se montre dans le camp. Il l'avait devant lui, son général, affaibli par la maladie, trop mince, mais avec un tel air de… Griot aurait donné cher pour pouvoir entrer dans Dann et apprendre ce secret en lui qui faisait que les gens l'aimaient. Comme Ali. Comme lui-même. Tous avaient vu et entendu Dann s'humilier devant eux, mais ils ne l'en aimaient pas moins.

À cet instant, Ali surprit Griot en se levant et en disant à Dann :

— Si nous y allions tous les trois, mon général ?

Il se faisait l'allié de Griot.

— D'accord, dit Dann.

Il se plaça entre Ali et Griot, et les trois hommes sortirent sur le terrain de manœuvres, sur lequel ils pénétrèrent en même temps qu'un nouveau groupe de réfugiés. Ces gens étaient si petits et graciles qu'on aurait pu aisément les prendre pour des adolescents, voire des enfants. À côté des soldats qui leur donnaient des ordres, ils avaient l'air de pauvres hères. Cependant les soldats n'étaient pas en meilleur état qu'eux à leur arrivée.

— Demandez-leur d'où ils viennent, ordonna Dann.

Les soldats essayèrent de leur parler en diverses langues, puis Ali mit son propre répertoire à contribution. Un homme répondit enfin, avec ce qui semblait être sa dernière réserve de souffle.

— Ils viennent de très loin en amont du grand fleuve. Il y a la guerre, là-bas.

— Où n'y a-t-il pas la guerre ? observa Dann.

Deux femmes soldats sortirent des cabanes en portant une marmite de soupe à l'aide d'une palanche. S'agenouillant près des nouveaux arrivants, elles trempèrent des bols dans la soupe et les approchèrent des bouches se tendant vers eux avec avidité.

— Détachez-leur les mains, lança Griot.

Après quoi, ils purent tenir leur bol.

— Donnez-leur à chacun une écharpe, reprit Griot.

— Mon capitaine, dit l'un des soldats, nos stocks d'écharpes s'épuisent.

— Alors fabriquez-en d'autres.

— Il va falloir faire une nouvelle expédition, mon capitaine. Nous n'avons plus assez de laine.

Dann s'avançait déjà vers les cabanes. Ali et Griot lui emboîtèrent le pas.

Il s'agissait des premières constructions, élevées à une époque où l'on ne prévoyait pas un tel surpeuplement. Elles étaient bien espacées, avec de larges fenêtres. Plus tard, comme les réfugiés continuaient d'affluer, on établit les cabanes plus près les unes des autres. Dans le quartier le plus récent, des deux côtés de la route conduisant vers l'est entre la falaise et les marais, les cabanes individuelles avaient cédé la place à des alignements percés de portes à intervalles rapprochés. À l'intérieur, il faisait sombre. L'air était malsain. Bien qu'il fût midi, les lampes à huile répandaient leur clarté tremblante. Les soldats étaient couchés sur leur lit ou assis en cercle pour jouer aux dés. Au-delà des alignements, des groupes de nouveaux arrivants étaient assis à même la terre humide, sous des écharpes rouges tendues sur des cadres de roseau.

Dann observa la scène en silence. Griot avait tellement honte qu'il ne dit rien. Il avait cru que tout le monde aurait trouvé une place au moins dans les alignements. Ali s'approcha du bord de la falaise et regarda en bas avec stupeur. Dann et Rafale le rejoignirent.

Griot savait ce qu'ils voyaient. On avait édifié sur le versant de la falaise des plates-formes de pierre et de terre, sur lesquelles s'élevaient des abris en roseaux.

Griot connaissait ces tentatives ingénieuses pour se loger, mais il avait fermé les yeux. Dann était en colère et lui lança :

— Ceci est intolérable, capitaine.

— Oui, je sais.

— Griot, nous allons cesser d'accueillir des réfugiés.

— Mais, mon général, où vont-ils aller ?

— Ils pourront marcher jusqu'à Toundra et gagner la frontière de Bilma, ou se rendre à la Ferme.

— S'ils vont là-bas, Kira les enrôlera dans son armée.

— Oui, Griot, c'est probable. Et elle les nourrira, et veillera sur eux.

— Mon général, vous ne craignez pas que Kira envoie son armée contre le Centre – contre vous ?

— C'est sans doute ce qu'elle fera, effectivement.

— Mon général, tous ces gens posent la même question. Pourquoi doivent-ils rester dehors, exposés au vent et à la pluie, alors qu'il y a des salles vides dans le Centre ?

— Vraiment, Griot ? J'espère que tu leur expliques pourquoi. Si certains d'entre eux logent dans le Centre et d'autres à l'extérieur, ceux de l'intérieur vont se croire supérieurs et ils auront tous vite fait de se battre entre eux. N'est-ce pas vrai, Ali ?

— Si, je le pense aussi.

— La nature humaine... marmonna Dann d'un ton lugubre mais avec une mine réjouie. Nous nous heurtons à la nature humaine, Griot.

— Oui, mon général.

— N'est-ce pas, Ali ?

— Oui, mon général.

— Et maintenant, Griot, tu vas poster des gardes à l'extrémité du camp et refouler tous les réfugiés qui se présenteront à l'avenir. Refuse de les héberger, mais dis-leur qu'en continuant de marcher quelques jours en direction de l'ouest ils arriveront chez une femme charmante, appelée Kira, qui fera d'eux ses soldats.

Il semblait amusé et se mit à rire, tandis que ses deux compagnons l'observaient d'un air sérieux.

Dann s'éloigna et lança sans se retourner :

— Il s'agit d'un ordre, capitaine Griot. C'est bien compris ? Dorénavant, aucun réfugié ne doit être admis. Pas un seul.

Comme il allait retourner dans le Centre, Ali le rejoignit et les deux hommes entrèrent ensemble.

Immobile au bord de l'énorme falaise, Griot contempla les pitoyables abris improvisés et écouta un bébé pleurer. Il se dit que Dann ne lui avait jamais donné aucun ordre, quand il s'agissait d'organiser son armée. Cette pensée éveillait en lui des sentiments mêlés. Il trouvait que Dann s'intéressait un peu tard à ses efforts. Et la critique qu'il avait essuyée était si sévère qu'il s'apitoya sur lui-même. Tout ça est bien beau, pensait-il, mais il me laisse me débrouiller seul... En se retournant, il aperçut les misérables fraîchement arrivés, sous leurs abris précaires d'écharpes rouges déjà assombries par l'humidité. Il s'avança en demandant à quelques soldats de l'accompagner.

Il fallait qu'il donne des ordres. Se concentrant sur sa tâche, il instruisit les soldats, ce qui revenait à dire que les abris seraient détruits, et leurs occupants, renvoyés sur les routes.

En retournant au Centre, il traversa le terrain de manœuvres et aperçut les réfugiés du matin en train de bavarder avec les gardes. Ils avaient déjà meilleure mine. On aurait dit des plantes qu'on vient d'arroser.

Il dit aux soldats d'établir à l'extrémité du camp une cantine où l'on servirait du pain et de la soupe. À mesure qu'arriveraient les réfugiés devant être renvoyés, ils recevraient chacun un bol de soupe et une miche de pain.

Griot songeait aux nombreuses occasions dans sa vie où il avait marché, couru, voire titubé sur les chemins, affamé, assoiffé... au moins, dans cette région, personne ne manquait d'eau. Il allait forcer à repartir des gens qui étaient sur leurs pieds depuis... parfois, il n'aurait su dire lui-même pendant combien de temps il avait cheminé, chancelé. À force d'avoir le ventre vide, il avait oublié ce que pouvait vouloir dire ne pas avoir faim. Si Dann avait raison – et comment aurait-il pu avoir tort ? –, Griot allait renvoyer des gens qui risquaient de mourir par sa faute. Toutefois Griot entendait comme en écho les pleurs du bébé dans son abri de roseaux qu'un souffle de vent ou une chute de pierres pouvait à tout instant faire basculer dans le vide... un enfant en pleurs... oui, en cette nuit lointaine de combats et d'incendies, des bébés avaient crié et n'avaient plus cessé de le faire dans cette guerre et dans toutes les autres. Une voix semblait implorer son attention : « Souviens-toi de moi, souviens-toi de moi... »

Griot était assis à sa table dans la grande salle, à quelques pas de Dann et Ali absorbés comme toujours dans leur conversation, avec entre eux des piles de pages de roseau pressé. Les deux hommes étudiaient ces textes indéchiffrables – pour Griot. Souvent, un soldat se levait d'une table et s'approchait avec une autre page qu'il posait devant eux, en souriant ou en se penchant pour leur indiquer une découverte qu'il venait de faire.

Il y avait maintenant vingt tables voire davantage – leur nombre ne cessait d'augmenter – alignées le long de cette salle immense. À chaque table étaient assis un ou deux érudits, hommes ou femmes pleins de sagesse, qui avaient été pareils aux misérables que Griot pouvait se représenter pleurant et trébuchant en cet instant même tandis qu'ils longeaient ou traversaient les dangereux marais.

Chacun de ces savants avait accompagné Ali dans l'abri secret, avait recopié à travers la paroi transparente une page d'un texte antique et était revenu avec elle. Devant l'entrée de l'abri, des soldats montaient la garde. Personne ne pouvait entrer sans Ali. Griot avait découvert, avec une surprise mêlée de honte, qu'il n'était pas exempté de cette règle. Qui avait donné un tel ordre ? Dann. Néanmoins, si Griot se trouvait près de la table de Dann et d'Ali au moment où ils projetaient une visite, il était en droit de les suivre. Dann parlait à Ali et lui des problèmes du camp. Pour évoquer les vieux livres, il se tournait vers Ali. Dann n'avait pas réfléchi : c'était ainsi, et voilà tout.

Sabir était chargé de distribuer les tables. Il allait de l'une à l'autre en regardant, en s'arrêtant pour parler ou plaisanter. C'était une scène agréable et tranquille, dans la vaste salle où la lumière changeait au gré des vents tièdes ou glacés, des nuages légers ou menaçants courant dans le ciel. Il arrivait même que des rayons de soleil éclairassent çà et là les tablées d'érudits affairés.

Dann laissait fréquemment Ali travailler à ses transcriptions et allait faire un tour dans la salle. Il s'arrêtait à chaque table. S'il ne connaissait pas la langue de l'érudit à l'œuvre à cette place, Sabir faisait approcher quelqu'un qui la parlait. Dann s'asseyait pour rire, plaisanter et surtout écouter. Griot saisissait un prétexte pour passer à proximité et constatait que l'homme racontait à Dann son histoire, l'histoire de ses misères – car quel que fût le nombre de langues présentes et passées qu'il connût, il avait dû fuir sa propre nuit de combats et d'incendies, où il avait tout perdu. Dann écoutait avec attention, la tête baissée ou appuyée sur une main. Il faisait des signes d'approbation et une fois, en passant devant lui, Griot vit des larmes sur ses joues. Il était si doux, ce Dann, si courtois dans sa compassion. Ali aussi, quand c'était lui qui connaissait la langue de l'érudit et venait s'asseoir à sa table, écoutait avec douceur, avec une attention inlassable... Griot songea que Dann ne l'avait jamais interrogé sur sa nuit de flammes, de hurlements – et aussi, oui, de pleurs d'enfants. Mais c'était trop tard, maintenant, il fallait l'instant propice, et pour ces pauvres hommes – et une ou deux femmes – l'instant était venu à cette table de parler, parler, avec des mots qui brûlaient leurs lèvres et leur faisaient aussi les yeux brûlants. Dann pouvait passer une journée entière à une table, et à une autre le lendemain. Une femme scribe, fille d'un homme sage qui avait tenu à ce qu'elle apprenne ce que savaient ses frères, raconta qu'elle avait sauvé ses enfants et pris la fuite avec eux. Elle était forte, mais eux étaient petits et avaient succombé à la chaleur et à la faim. Cela s'était passé très loin à l'est. Elle était une mangeuse de sable, tenta-t-elle de plaisanter. Comme Ali et Sabir.

Il arrivait que Dann restât assis avec Ali. Griot espérait qu'aucun soldat n'allait venir lui demander conseil, car il écoutait les deux hommes.

— Ces pages qu'on a pressées contre la paroi transparente... dit Ali. Elles ont été choisies pour leur importance. Mais chacune provient d'un livre complet. C'est ce livre tout entier qui est important.

— Cependant nous ne saurons jamais ce que contenait le livre entier, dit Dann. Nous n'en lirons que cette unique page.

— Et pas dans son intégralité, car ces langues sont si anciennes... dit Ali. En les lisant, nous entrons dans le monde des fantômes – des fantômes de fantômes. Leur signification est aussi indistincte que des mots prononcés en plein vent, dispersés par les rafales. Nous regardons des mots recopiés par des gens vivant bien après ceux qui les avaient écrits. Ce sont des abîmes de temps, mon général. Des abîmes insondables.

— Oui.

— Et, si ce sont des fantômes, ils ne sont certainement plus très frais.

Dann éclata de rire.

— Probablement ! Quand nous plongeons nos regards derrière ces parois transparentes, c'est comme si nous regardions dans le temps. Nos yeux ne sont pas faits pour ça.

Si je pouvais parler comme lui ou comme Ali, se dit Griot. *Si je pouvais lire toutes ces langues, si seulement je pouvais…*

Dann montra une nouvelle feuille luisante de roseau pressé et déclara :

— Qu'en est-il de ce texte ? Il semble moins abîmé que les autres.

— C'est une chronique historique, mon général.

— De quel temps ? De quel pays ? À quel sujet ?

— Cette page ne nous fournit pas ces renseignements. Ils doivent se trouver dans la partie cachée du livre.

Dann poussa bel et bien un gémissement, en se tenant la tête dans ses mains tremblantes d'impatience.

— Je vais vous lire ce que nous avons, dit Ali. Mais ce n'est qu'une approximation.

Il se mit à lire avec lenteur, en faisant par moments des pauses interminables dans son hésitation :

— *Quand il apparut que les glaces allaient s'étendre à partir du nord…* un fragment que je ne comprends pas… *des lamentations, à cause de tout ce qui allait se perdre. La plus grande civilisation dans toute l'histoire…* ici, il y a une lacune importante. *On décida de reproduire certaines villes, afin de préserver le souvenir d'une partie au moins de notre civilisation. Des conflits éclatèrent quand il s'agit de déterminer quelles villes devraient…*

— Et voilà ! s'exclama Dann. Des conflits, évidemment. Comment en irait-il autrement ? Cela, du moins, n'a pas changé.

— ... *tant de villes. Chaque ville voulait être reconstruite dans le nord de l'Afriqa...* On n'écrit plus ce mot ainsi. *Certaines étaient plus riches que d'autres, et ce furent elles qui réussirent. Les glaces progressant plus vite que... Les gens se battaient pour s'enfuir devant elles... vers le sud... Des millions...* Nous ignorons ce que représentait un million... *Les villes nouvelles s'étendaient dans tout le nord de l'Afriqa... bâties sur du sable, pour l'essentiel. Les vieilles cités de l'Erop étaient très vastes. Chaque... centre... habituellement plus ancien que la périphérie, mais on ne tenta nulle part de reproduire les banlieues car on les trouvait laides et... les matériaux de construction manquaient. Quand on raconta à une nouvelle génération que telle ville était une réplique de Rome, ou de Paris, on oubliait qu'il ne s'agissait que d'une petite partie de l'ancienne cité... on oubliait combien les villes antiques étaient immenses.*

« *Les habitants de l'Afriqa combattirent les réfugiés venus d'Erop, et il y eut de nombreuses guerres. Les villes étaient encore prodigieuses, mais elles commencèrent à se vider. Les techniques qui leur permettaient de fonctionner avaient disparu. Ces cités bâties pour préserver le nom, l'idéal et la gloire de la vieille Erop restèrent désertes pendant des centaines d'années et commencèrent à tomber en ruine. Plus tard – mais longtemps après – le pergélisol commença à fondre et les villes s'enfoncèrent dans l'eau.* Et nous ne saurons jamais ce que contenait le reste du livre.

— Si nous brisions la paroi...

— Toute cette masse d'ouvrages antiques se décomposera aussitôt.

— Comment ont-ils fait pour enlever l'air ?

Ali haussa les épaules.

— Nous l'ignorons.

— Ils ont dû le pomper ou l'aspirer…

Ali haussa les épaules.

— Qui a fait ça ? Qui étaient ces gens ?

Ali haussa les épaules.

— Ils voulaient qu'on les connaisse. Ils voulaient que nous les connaissions.

— Je crois qu'ils ne nous imaginaient même pas… à une telle distance. Peut-être songeaient-ils à des descendants plus proches… ils vivaient à une époque tellement éloignée… dans notre pays, il existe une légende à propos du Centre…

— À propos du Centre ?

— On trouve partout des légendes autour du Centre, intervint Griot. À mesure que les réfugiés arrivent, nous recueillons leurs récits.

— Voici en quoi consiste notre fragment. Il fait partie d'un conte pour enfants :

Le lieu où les princes ignorent
Les secrets de leurs serviteurs.
On voit sous les vitres cachées
Le savoir perdu du passé.

Ne cherche pas à le connaître
À moins…

— À moins que quoi ? demanda Griot.

— Qui peut le savoir, désormais ? répliqua Ali.

— Les serviteurs ! s'exclama Dann. Ces vieux vautours malfaisants qui étaient là quand Mara et moi…

Le nom de sa sœur sembla entraîner son attention très loin des deux hommes à son côté. Le souffle court, il fixa le vide.

Ali et Griot attendirent en silence. Dann revint à lui et poursuivit :

— Ils étaient au courant de tout. Ils connaissaient l'abri secret.

Il éclata d'un rire qui n'avait rien d'aimable.

— Et pourquoi donc ces deux charognards gardaient-ils leurs secrets ?

— Pour vous, probablement, hasarda Griot. Si vous aviez accepté de seconder les projets du vieux prince et de la vieille princesse.

— De toute façon, nous avons trouvé l'abri. Et c'est toi, Griot, qui l'as trouvé. Sans que Mara et moi ayons à passer par leurs conditions.

Griot regarda les mains de Dann sur la table. Dann avait les poings serrés. Puis il se mit à ouvrir et refermer ces mains longues et fines, dont les doigts tremblaient légèrement. S'en rendant compte brusquement, il serra de nouveau les poings.

Les mains jointes d'Ali, maigres, intelligentes, exprimaient une attention soutenue.

Les mains de Griot reposaient à plat sur la table. Larges, fortes, solides, elles respiraient l'énergie. On n'imaginait pas dans ces doigts la fine plume de roseau qu'Ali avait posée à côté du petit encrier d'argile.

— Mon général, lança Ali en haussant la voix. Mon général !

Dann revint à la réalité.

— Mon général, le Centre contient des bateaux dont nous n'avons pas l'équivalent. J'ai chargé des scribes de noter leurs dimensions et leurs autres caractéristiques. Si jamais je retourne dans ma patrie, j'emporterai ces plans avec moi.

— Très bien ! approuva Dann. Au moins, ce ne sont pas des armes. On trouve dans toute l'Ifrik des copies des fusils du Centre.

— Mais, chez nous, on dispose déjà de toutes sortes d'objets pareils à ceux exposés au Centre.

— Cela signifie que vous êtes très en avance sur nous.

— Encore bien plus que vous ne pouvez l'imaginer, mon général. D'après nos chroniques, qui font aujourd'hui partie de nos légendes, nous avons eu une brillante civilisation bien avant l'Eurrop. Les habitants de l'Eurrop, à cette époque, vivaient dans la crasse, comme des sauvages, et ne se lavaient jamais.

— Mais, alors, que s'est-il passé ?

— L'Eurrop est sortie de la sauvagerie. Ses habitants ont acquis un grand savoir, comme vous pouvez le constater dans le Centre… Lorsque les glaces ont commencé à avancer, ils ont fui l'Eurrop comme des rats, nous ont envahis et ont détruit tout ce que nous avions. Il ne nous reste que les chroniques conservées dans nos légendes, dont nous nous servons pour recommencer. Nous repartons de zéro, mon général.

Dann sourit sans rien dire, mais avec une ironie ostentatoire.

— Donc, vous recommencez. Dites-moi, Ali, vous ne vous en lassez jamais ?

Griot écouta avec plus d'attention que jamais. Il sentait qu'il approchait de ces profondeurs en Dann qu'il ne pouvait atteindre, ni même imaginer.

— Je sais ce que vous pensez, mon général, dit Ali. Oui, je connais cette pensée.

— Recommencer encore et encore, dit Dann. Peu importent les glaces, nous n'avons même pas besoin d'elles. Nous sommes capables de tout détruire sans elles. Encore et encore.

— Mon général, lança Ali d'un ton ferme, si vous laissez cette pensée prendre possession de vous, autant cacher votre tête sous une écharpe rouge et tourner vos regards vers les ténèbres.

— C'est exactement ça. Vous avez tout compris, Ali.

Griot ne parvint pas à se contenir.

— Dann… mon général… non. Vous ne pouvez pas. Vous ne voyez donc pas…

Sa voix se troubla, il s'interrompit.

— Qu'est-ce que je ne vois pas, Griot ?

Dann souriait. Ce n'était pas son sourire redoutable mais celui qu'il arborait en écoutant les histoires de famine, de deuil, d'incendies et de combats.

— Pauvre Griot… dit-il.

Il tendit sa main élégante et la posa sur le bras de Griot, qui sentit comme elle tremblait. Dann ne lui avait jamais parlé sur ce ton gentil, presque tendre. Ali sourit lui aussi à Griot avec gentillesse.

— Pauvre Griot. Enfin… que dire ?

Dann se tourna vers Ali, en retirant sa main froide et tremblante.

— Voici un homme qui n'a jamais eu cette pensée, dit-il. Si jamais elle s'insinuait dans son esprit, il ne saurait même pas de quoi il est question.

— Dans ce cas, heureux le capitaine Griot ! répliqua Ali.

— Certes. Griot, si un jour cette pensée se présente à toi, souviens-toi que je l'avais prévu et que j'étais désolé pour toi.

— Oui, mon général, dit Griot.

Griot dormait dans une chambre située entre celle de Dann et la grande salle. Il fut réveillé par les aboiements du chien des neiges, lesquels provenaient non de la chambre de Dann mais de quelque part dans le Centre. Il regarda dans la chambre, mais Dann n'y était pas. Griot sortit en hâte, traversa la grande salle où une lumière grisâtre remplissait les fenêtres en haut des murs. Pour une fois, le clair de lune n'était pas voilé de nuages. Griot courait quand Rafale aboyait, et s'arrêtait pour écouter lorsqu'il s'interrompait. L'animal devait se trouver aux abords des chemins détournés menant à l'abri secret. Griot aperçut devant lui la masse blanche du chien des neiges, à l'endroit où s'ouvrait le passage permettant d'entrer dans l'abri. Rafale était trop gros pour s'y glisser. Il montait la garde et se tourna vers Griot d'un air menaçant, puis il le reconnut, s'approcha et le prit par le bras avec ses mâchoires. Il voulait que Griot l'emmène dans la cachette. Quand Griot dut le quitter, il sentit son cœur battre péniblement en entendant l'aboiement affligé du chien.

— Attends ! lui lança-t-il. Attends, Rafale !

Il s'enfonça dans l'étroit boyau. À l'entrée de la cachette, il vit briller une lampe. Dann était assis par terre, les bras serrés autour de l'abri transparent, comme s'il tentait de l'étreindre. Il semblait chanter ou fredonner quelque chose, mais Griot ne distinguait pas les mots. C'était comme une complainte sans paroles, aussi triste que les gémissements étouffés du chien des neiges resté dehors.

Dann ne tourna pas la tête mais interrompit sa chanson et lança :

— Griot, que fabriques-tu ici ?

— Je suis venu voir si vous alliez bien.

— Mais j'ai déjà un chien de garde, Griot.

Dann se mit debout et leva sa petite lampe, dont la clarté rougeoyante fit briller une page pressée contre la paroi transparente. Quand il se retourna, Griot vit son visage : il avait un regard fou et paraissait malade.

Dann passa devant lui pour rejoindre l'entrée. Il se glissa dans le passage, et Griot se retrouva dans l'obscurité. La peur l'envahit. Il lui parut soudain possible que ce lieu soit gardé par des fantômes dans la nuit. S'introduisant en hâte dans le boyau, il aperçut devant lui Dann qui l'attendait avec sa lanterne.

— Cet endroit sent mauvais. Quelle puanteur ! Griot.

— J'imagine que nous nous y sommes habitués.

— Pas moi.

— Mon général, il est temps de sortir d'ici.

— Oui, tu as sans doute raison. Mais nous n'en avons pas terminé avec ce que nous pouvons apprendre de… cet endroit.

La lune disparut derrière les nuages. La lanterne de Dann était comme un petit œil rouge dans les ténèbres. La lune brilla de nouveau. Des spectres de brume flottaient à travers les toits et les cours.

— Crois-tu aux fantômes, Griot ?

— Je n'en ai jamais vu.

— Évidemment. C'est une réponse rassurante. Mais si tu sentais leur présence, tu n'aurais pas besoin de les voir, non ?

— Je n'ai pas non plus senti leur présence. Mon général…

Griot essaya de plaisanter.

— Je préférerais ne pas parler de fantômes ici, si cela ne vous ennuie pas.

— Tu es toujours plein de bon sens, Griot. Allons-y.

Dann se dirigea vers sa chambre, avec Rafale à son côté. Il s'assit sur son lit – le chien resta près de lui.

Dann lança par-dessus la tête de l'animal :

— Griot, je ne me sens pas bien.

— Je m'en rends compte, mon général.

Pendant un moment, Dann se contenta de plonger ses doigts dans la crinière du chien.

— Mon général ?

— Oui, Griot ?

— Pourriez-vous me dire pourquoi vous vous sentez mal ?

— C'est à cause de l'Autre, Griot. Il veut s'emparer de moi.

— Je vois... *Mon général ?*

— Eh bien, tu devrais comprendre. Tu as vu l'Autre, n'est-ce pas ? De tes propres yeux.

— Oui, c'est vrai. Mais il me semble qu'il n'est pas ici en cet instant.

— Bien sûr que si ! Je suis ici, pas vrai ?

Griot ne répondit pas.

Le chien gémit doucement. Griot était fatigué. Le matin approchait. Il avait envie d'aller dans sa chambre, de se coucher et de dormir.

— Le problème, Griot, c'est qu'il est plus facile d'être *lui* que d'être moi. Si j'acceptais de devenir *lui*, je n'aurais plus jamais à penser. Ce serait merveilleux, Griot.

Griot s'assit machinalement sur un siège bas, à côté de Dann et de Rafale. Il bâilla.

— Pauvre Griot, dit Dann. Je sais que je suis une déception pour toi.

— Oh, non ! s'exclama Griot, choqué. Comment serait-ce possible ?

— C'est dans cette chambre même que j'ai compris pour la première fois. J'ai pris conscience de la présence de l'Autre. Auparavant, je ne m'en rendais pas compte. Vois-tu, j'ai failli trahir Mara. Enfin, c'était déjà arrivé. Un jour, je l'ai perdue au jeu, lors d'une partie avec des marchands d'esclaves. Tu le savais, Griot ?

— Non, comment pourrais-je le savoir ?

— On aurait pu te le raconter, à la Ferme. Je suis sûr que Kira ne manquait aucune occasion de me présenter sous un jour... intéressant.

— Mais Mara était là. Et Shabis. Il n'aurait jamais permis à Kira de dire du mal de vous. Il l'interrompait toujours.

— Oh, oui, Shabis...

Dann se laissa tomber en arrière. D'un seul coup, il fut endormi. Griot osa s'approcher doucement de lui, se pencher et regarder ce visage si triste, si tendu même dans le sommeil. Couché près de Dann, le chien des neiges lécha la main de Griot.

Les yeux de Griot se remplirent de larmes. *C'est donc cela, l'amour*, se dit-il. *Mais le chien l'aime. Et il m'aime bien. Dann m'a appelé son chien – aurais-je honte d'être comme Rafale ?*

Il retourna dans sa chambre, se coucha et s'endormit aussitôt.

La nuit suivante, il fut de nouveau réveillé par le chien des neiges, mais cette fois les aboiements s'élevaient devant le Centre. Il sortit et découvrit Dann, avec Rafale à son côté.

— Te voilà, Griot.

— Oui, mon général.

— J'ai réfléchi, Griot, mais j'ai beau réfléchir je n'arrive pas à mettre les choses au clair. La première fois que Mara et moi sommes arrivés au Centre, nous avons emprunté cette route. C'est par elle que nous sommes venus. Mais nous ne sommes plus en train d'y marcher. Tu comprends ?

— Non, mon général.

Griot songea que l'état de Dann avait empiré depuis la veille.

— Plus tard, Mara et moi avons pris cette même route en direction de la Ferme. Nous étions ensemble, elle et moi. Mais elle n'est plus là.

— Non, mon général.

— As-tu jamais perdu quelqu'un, Griot ? Quelqu'un est-il mort dans ton entourage ?

Cette question était si absurde que Griot ne savait comment répondre. Dann connaissait pourtant son histoire.

Après un long silence, où il tenta de trouver une réponse convenable, il déclara :

— Non, je n'ai perdu personne. Pas dans le sens où vous l'entendez. Rien qui ressemble à ce qu'est la mort de Mara pour vous.

— Tu vois, dit Dann d'un ton tranquille et raisonnable. C'est bien ça. C'est tout le problème. Quelqu'un est là. Elle était là. Puis, il n'y a plus personne. *Elle n'est plus là*. Tout repose là-dessus, tu comprends, Griot ?

Les deux hommes étaient immobiles sur la route, côte à côte, dans la clarté humide de l'aube. Au-dessus des marais, des lueurs commençaient à briller. La brume se levait. Dann scrutait le visage de Griot. Sa main était crispée sur la crinière de Rafale. Trop fort : le chien poussa un gémissement.

— Pardon, Rafale, dit Dann.

Puis il lança à Griot :

— Je n'arrive tout simplement pas à l'admettre, tu comprends, Griot ?

Dann semblait l'implorer, penché en avant, les yeux fixés sur son visage.

— Dann... mon général, nous savons bien que les gens ne sont plus là quand ils sont morts.

— Exactement. Voilà, tu as compris. Viens, Rafale.

Il repartit vers sa chambre, la main sur la tête du chien des neiges.

Quelques nuits plus tard, un soldat vint réveiller Griot en s'excusant d'un air inquiet.

— Je suis désolé, mon capitaine, répéta-t-il, mais nous ne savons que faire.

Une nouvelle fois, Dann était debout dans la lumière matinale avec Rafale à son côté. Cependant deux soldats lui tenaient les bras. Le chien poussait des aboiements.

— Griot, dit Dann. Ils veulent m'arrêter. Ils pensent que j'ai pris du pavot.

Griot s'avança vers lui. Il n'avait pas pensé au pavot, et il avait raison. Le regard de Dann était triste et tendu, mais il n'avait pas l'éclat dément dû au pavot.

— Le général se comportait bizarrement, mon capitaine. Il semblait hors de lui.

— Tout va bien, assura Griot.

Les soldats lâchèrent Dann. Manifestement, il s'était débattu et les avait peut-être frappés.

— Vous avez reçu l'ordre de m'arrêter si vous croyez que j'ai pris du pavot, observa Dann.

— Oui, mon général. Vous poussiez des hurlements. Les sentinelles vous ont entendu et sont venues nous réveiller.

— Qui vous dit que je ne hurlais pas pour… faire apparaître des fantômes ?

Il éclata de rire.

— Tout va bien, répéta Griot aux soldats.

— Le capitaine vous dit que tout va bien, lança Dann aux soldats.

Ils se dirigèrent vers la sortie.

— Retournez dormir, dit Griot.

— Le capitaine vous demande de retourner vous coucher, dit Dann qui s'amusait énormément.

— Oui, mon général. Bonne nuit, mon général.

Les soldats disparurent dans les ténèbres du terrain de manœuvres.

— Viens, Griot. Toi aussi, Rafale.

Ils marchèrent tous trois vers la chambre de Dann, lequel dit sur le seuil :

— Bonne nuit. Et merci, Griot.

En fermant la porte, Griot vit que Dann s'était assis au pied de son lit, les bras serrés autour du chien des neiges. « Que faire, Rafale ? Que faire ? »

Et, dans sa propre chambre, Griot s'assit et plongea la tête dans ses mains : « Que faire ? »

Cette silhouette fantomatique errant à travers le Centre ou apparaissant la nuit sur les routes alentour, c'était Dann, le grand général dont tout dépendait. Ce n'était pas le nom de Griot que les soldats répétaient comme un talisman pour l'avenir. Et les habitants de Toundra ne parlaient que du général Dann, dans l'attente de l'invasion qui non seulement les sauverait, mais marquerait le début d'une vie nouvelle et merveilleuse. (Ces espoirs n'éveillaient aucune ironie en Griot. Il envisageait cette vie nouvelle à l'image de l'organisation de l'Armée Agre, sous l'égide de la justice, l'ordre, l'honnêteté et la bienveillance.) Pour une raison ou pour une autre, c'était le nom de Dann qui était magique. Griot passait des heures à se demander ce qu'était cette raison, tandis qu'il observait Dann en tâchant de ne pas se faire remarquer. Et si les soldats dans son camp, et les réfugiés destinés à devenir des soldats, et ceux qui, malgré les efforts de Griot, entraient subrepticement et se cachaient dans ses coins, si tous ces gens cessaient de dire en baissant la voix, à cause des idées sublimes qu'évoquait le nom du général Dann : « Le général Dann est là. Oui, il est là… »

Griot ne pouvait que supposer qu'ils ne voyaient pas, comme lui, un homme squelettique se traînant partout en s'arrêtant pour regarder fixement – eh bien, oui, des fantômes, ou plutôt un fantôme en particulier. Il faisait peine à voir, cet homme malheureux. Mais dans les camps, on disait : « Il y a le général » – et on voyait l'avenir.

L'avenir avait intérêt à commencer bientôt, avant que toute cette organisation précaire ne s'effondre.

Avant que les eaux ne finissent par inonder bel et bien le Centre – c'était là une nouvelle urgence. Sur un haut mur blanc, en plein cœur du Centre, Griot avait vu une couche de moisissure noire s'élever de la base, qui paraissait pourtant reposer fermement sur une fondation de pierre. Cette dernière devait être plongée dans l'eau. Griot emmena Dann voir le voile noir et duveteux recouvrant le mur.

— D'accord, Griot. Je comprends. Il faut nous dépêcher.

— Oui, mon général, il le faut.

— Je vais agir, mais d'abord…

Griot prit la route de l'ouest, en direction de la Ferme. Il voulait que Shabis intervienne. S'arrêtant pour la nuit dans l'auberge au pied de la montagne, il y trouva Shabis et la petite Tamar. Le temps avait passé : elle n'était plus si petite que ça. Elle devait avoir six ans, mais elle était grande pour son âge. Ce n'était qu'une enfant, mais réfléchie, observatrice.

Griot, Shabis et Tamar se réunirent dans une chambre isolée, loin des allées et venues de l'auberge. Ils surveillaient la porte. Des soldats arborant en guise d'uniforme une écharpe noire attestaient que l'idée de Griot avait été copiée par quelqu'un – Kira. La salle commune était pleine de soldats à l'écharpe noire. L'arrivée de Griot avait certainement été remarquée, et des messagers devaient déjà être en route pour la Ferme.

— Il faut que tu rentres au Centre, dit Shabis. Pars tout de suite. Non, nous ne pouvons pas venir avec toi. Personne ne nous a reconnus, ici. Je connais un chemin à travers les marais. Je peux emmener Tamar, mais à trois, nous serions trop nombreux.

— Vous vous êtes...

Griot s'arrêta avant de dire : « enfuis », mais Shabis l'entendit.

— Oui, nous nous sommes enfuis. Si je veux que mon enfant reste en vie, il faut qu'elle soit hors de portée de Kira. Mais nous n'avons pas le temps de parler maintenant. Nous allons nous rendre au Centre. Dis à Dann que nous arriverons dans un jour ou deux. Quant à toi, Griot, tu dois partir sur-le-champ.

Il tapa sur la table et l'aubergiste entra.

— Montrez à Griot la sortie secrète, dit Shabis. Il partira par là dès qu'il aura mangé.

Il posa plusieurs pièces sur la table.

— Il y a tant de soldats, dit l'aubergiste. C'est bon pour les affaires, mais pas pour la tranquillité.

Shabis et Tamar se levèrent, fourrèrent des provisions dans leurs ballots, écoutèrent à la porte puis sortirent sans bruit. L'aubergiste et Griot restèrent aux aguets. Deux ombres traversèrent la route et disparurent dans les marais. À la clarté intermittente de la lune, on voyait luire l'eau et la brume. Deux silhouettes s'avançaient au milieu, l'une grande, l'autre petite, ombres parmi les ombres.

L'aubergiste apporta à Griot un ballot de vivres et déclara qu'il serait imprudent d'être sur les routes la nuit avec cette écharpe rouge. Il fournit à Griot une tunique brune comme on en portait ordinairement à Toundra.

— Je vous l'échange contre votre écharpe rouge. On ne sait jamais, elle pourrait m'être utile un jour.

Une heure plus tard, Griot sortit furtivement de l'auberge, habillé comme un ouvrier toundra, et se mit en route pour le Centre. Quand il arriva, il faisait jour. La sentinelle l'arrêta et eut quelque peine à reconnaître le capitaine Griot.

Griot prit son temps pour dire à Dann qui allait arriver au camp, encore qu'il ne connût aucun détail.

— En tout cas, je sais que l'armée de Kira devient puissante. Je m'en suis rendu compte en parlant avec des gens sur la route. Elle projette d'attaquer Toundra et de s'emparer de tout ce qu'elle pourra.

— Mais si j'ai bien compris, tu as déjà installé nos gens en si grand nombre aux endroits stratégiques qu'elle aura sans doute du mal à réussir. Pas vrai, Griot ?

— Oui, nous avons beaucoup d'espions et d'informateurs. Mais elle en a aussi. Elle compte se rendre maîtresse de Toundra et faire du Centre son quartier général.

— Et Tamar va se réfugier auprès de moi pour plus de sûreté ?

— Oui, mon général. La fille de Mara.

Dann et son fidèle suivant, Rafale, prirent place à une table de la grande salle d'où ils pouvaient voir l'entrée du Centre. Ali était avec eux. Griot, plein d'une anxiété fébrile, fit les cent pas entre les tables des scribes attentifs, jusqu'au moment où Dann lui dit de venir s'asseoir. « Soit ils s'en sortent, soit ils ne s'en sortent pas », déclara-t-il à Griot – ou à lui-même ? Il démentit aussitôt ce constat assuré en plongeant la tête dans ses mains d'un air accablé. Alors que les hauteurs de la salle s'emplissaient d'une pâle lumière dorée à l'approche du soir, on entendit frapper aux portes extérieures. Deux silhouettes apparurent et semblèrent flotter vers eux dans des vêtements changeant sans cesse sous les regards, comme l'eau d'une rivière, en passant d'un blanc clair à un noir intense où scintillaient des éclairs d'or et de bronze. Dann parut cesser de respirer. Il leva la main pour saluer Shabis, puis la laissa retomber inerte sur le dos du chien des neiges. Il regardait par en dessous cette enfant déjà grande, en détournant légèrement la tête, comme s'il avait devant lui une apparition pouvant se dissiper à tout instant.

L'enfant s'arrêta juste hors de portée de son bras et l'observa avec gravité.

Griot, qui avait connu Mara, savait pourquoi Dann restait assis, muet de stupeur. Tamar ressemblait à Mara – et aussi à Dann. Shabis lui-même, affalé sur son siège dans son épuisement, en soutenant sa tête avec sa main, appartenait à la même espèce, partageait leur ressemblance et leurs sentiments. Ali comprenait simplement que les destinées de ces êtres se rejoignaient en cette rencontre. Il tendit la main pour calmer le chien des neiges, qui s'était mis à gémir tant la tension était grande.

Il semblait à Griot qu'un observateur extérieur aurait pu s'émerveiller des différences entre les gens autour de cette table. Ayant eu souvent l'occasion de se comparer aux types physiques si variés des soldats du camp, Griot était conscient de son propre aspect – un homme robuste, des yeux bleu-vert au regard franc dans un visage énergique, un corps aux muscles de lutteur. De l'autre côté de la table, Ali était brun, maigre, frêle, d'une taille médiocre, aussi vif et insaisissable qu'un oiseau des marais. Les trois Mahondis, eux, étaient grands, minces et harmonieux, avec leurs longues mains, leurs yeux sombres et leurs longs cheveux noirs, raides et lustrés. Quant à leur peau, elle avait la même couleur que l'intérieur de l'écorce de cet arbre des marais si rare, qui ne poussait qu'aux endroits où l'étendue humide s'élevait vers la terre ferme.

Qu'ils étaient beaux, ces Mahondis… Griot préférait oublier Kira, laquelle appartenait peut-être au même peuple mais n'avait rien de leur grâce.

Sans quitter Dann des yeux un seul instant, Tamar tendit la main vers le chien des neiges, qui la renifla.

— Il s'appelle Rafale, dit Dann. Rafale, voici Tamar.

Le gros chien leva le museau et aboya deux fois, avec douceur.

— Et moi, je suis Dann, ton oncle.

Tamar s'approcha si près qu'elle touchait presque les genoux de Dann. Jamais deux êtres ne s'étaient fait face avec une timidité aussi passionnée, une telle urgence. Tous deux tremblaient. Tamar posa la main sur un genou de Dann pour ne pas tomber.

À en juger par l'expression de Dann, elle aurait pu aussi bien le frapper. Elle laissa retomber sa main, mais il la saisit et la serra dans la sienne.

— Vous connaissiez ma mère, lança Tamar. Moi, je ne l'ai pas connue.

Dann secoua la tête, comme pour dire qu'il ne pouvait pas parler.

Les autres voyaient qu'elle désirait qu'il lui dise qu'elle ressemblait à sa mère, car elle l'avait entendu dire si souvent, mais il était hors d'état de parler.

— Ce vêtement que tu portes… dit-il enfin.

Il tendit son autre main pour toucher l'étoffe…

— Ta mère et moi avions les mêmes, quand nous avons traversé l'Ifrik. Ils vous rendent comme invisible, si la lumière s'y prête.

— J'ai dit à Tamar qu'en s'habillant ainsi nous passerions inaperçus, déclara Shabis.

Il portait l'étrange vêtement comme une tunique sur son pantalon large à la mode toundra. Sur Tamar, cela donnait une robe lui arrivant à mi-jambe.

— Tu ressembles tellement à Mara, souffla enfin Dann malgré la souffrance que lui coûtaient ces mots.

Un instant plus tard, elle était dans ses bras et ils pleuraient ensemble. Cependant, comme elle se serrait ainsi contre lui, la manche de sa robe retomba en révélant une marque rouge vif sur son avant-bras.

Dann retint son souffle, mais Shabis lança sans lui laisser le temps de parler :

— C'est là le dernier des prétendus accidents, et c'est la raison de notre départ.

— On dirait la marque d'un coup de fouet, dit Dann.

— Il était censé viser l'esclave personnelle de Kira.

— Il y a des esclaves à la Ferme, maintenant ?

— Oui. Des esclaves qu'on achète et qu'on vend.

— Kira est donc parvenue à ses fins.

— Comment aurions-nous pu l'en empêcher ?

Dann hocha la tête.

— Évidemment.

— Pourquoi existe-t-il des gens méchants, Dann ? s'exclama Tamar. Pourquoi certains sont-ils bons et d'autres mauvais ?

Surpris, Dann éclata de rire.

— Voilà une vraie question, ma petite. Mais je ne crois pas que quelqu'un connaisse la réponse.

— Ça paraît si drôle, je veux dire si étrange, de voir à la Ferme à la fois des méchants et des gentils. Kira et Rhéa sont très méchantes et…

— Je crois que tu parles de ma fille, dit Dann.

Il n'avait pas lâché l'enfant et la hissa sur ses genoux. Le visage de Tamar était tout près de celui de Dann – deux visages tellement semblables.

— Kira dit que Rhéa est la fille de Shabis, déclara Tamar.

Shabis répliqua avec colère :

— Ce n'est pas possible. Je passe mon temps à te le répéter, Tamar. Ta mère et Kira sont tombées enceintes en même temps. Mara de toi, et Kira de Rhéa. Dann vivait encore à la Ferme à cette époque.

— Oui, confirma Dann. Rhéa est ma fille. Du moins, c'est ce que Kira m'a dit, et c'est vrai.

L'enfant se remit à pleurer. De soulagement, cette fois, en apprenant la vérité de la bouche de la seule personne qu'elle pouvait croire.

— Chut ! dit Dann. Et maintenant, raconte-moi. Ma fille Rhéa est-elle vraiment si méchante ?

— Oh, oui ! s'écrièrent Tamar et Shabis d'une seule voix.

Shabis ajouta :

— Elles font la paire, la mère et la fille.

— Dans notre pays, dit Ali, nous disons que certaines personnes sont les rejetons du diable.

— Il ne manquait plus que le diable ! s'exclama Dann. Tu serais surpris de voir combien il est souvent question de lui dans les bibliothèques des sables.

— Qui était le diable ? demanda Tamar.

— Voilà encore une excellente question, dit Dann.

— Je crois que tu vas découvrir que Tamar pose toujours de bonnes questions, dit Shabis. Mais cela ne signifie pas qu'il existe des réponses.

— Savez-vous pourquoi Kira me déteste à ce point ? demanda Tamar à Dann.

— Parce qu'elle détestait ta mère.

— Mais pourquoi ?

— Enfin une question facile ! lança Shabis. Parce que Mara valait mieux que Kira. Et elle était beaucoup plus belle.

— Je ne pense pas que ce soit une question facile, déclara Tamar.

— Mais le fait est que Kira déteste Tamar, reprit Shabis. Et nous ne devons pas imaginer que Tamar soit en sûreté sous prétexte qu'elle est ici. Il y a sans cesse des allées et venues dans le Centre, et nous n'y pouvons rien.

Dann hocha la tête.

— Et nous savons que Kira a le bras très long.

— Je veillerai sur l'enfant, déclara Ali.

— Merci, Ali, dit Dann. Mais ce n'est pas suffisant.

Il posa sa main longue et fine, qui tremblait encore un peu, sur la tête de Rafale. Se penchant vers l'animal, il lui dit :

— Rafale, nous voulons que tu veilles sur Tamar.

Il poussa doucement le museau du chien entre le bras et le buste de l'enfant, puis il les serra tous deux dans ses bras.

Rafale poussa un gémissement assourdi.

— Oui, Rafale, je te le demande.

La queue épaisse du chien des neiges retomba sur le sol et sa tête disparut sous le bras de Tamar.

— Rafale ? lança Dann avec douceur.

La tête de Rafale refit surface et il se coucha aux pieds de Tamar.

— Tu es un bon chien, dit Dann en le caressant.

Rafale poussa un nouveau gémissement.

— Avec Rafale et Ali, tu seras en sûreté, assura Dann.

— Je vais dire aux soldats de rester vigilants en permanence, intervint Griot pour la première fois.

— Oui, Griot, approuva Dann. C'est nécessaire. Tout le monde doit faire attention. Qu'au moins elle... qu'au moins *elle* reste en vie.

Tamar sembla frissonner. S'échappant des bras de Dann, elle s'assit sur un tabouret à côté de lui. Le chien des neiges la suivit. Elle se mit à caresser sa tête, mais sans jamais quitter des yeux les visages des adultes en train de parler.

— Et maintenant, tu dois tout nous raconter, dit Dann à Shabis.

La conversation dura ainsi pendant tout le repas du soir, jusqu'au moment où l'enfant glissa de son tabouret et se coucha, endormie, la tête sur le flanc de Rafale.

La situation était la suivante. Shabis avait reçu un nouveau message en provenance d'Agre. L'armée souhaitait son retour. Lui seul pouvait réaliser l'unité du pays. Il n'était pas possible d'emmener l'enfant dans ce voyage périlleux vers le sud. Cependant, si Shabis réussissait à unifier Agre, peut-être Tamar pourrait-elle venir le rejoindre.

— Mais n'oubliez pas que j'ai une épouse, dit Shabis. Elle ne verrait pas Tamar arriver d'un bon œil. D'ailleurs, n'avait-elle pas intrigué avec les Hennes pour faire enlever Mara ? Il se pourrait que Tamar se retrouve avec elle dans la même situation qu'avec Kira.

Quant aux autres habitants de la Ferme, Léta était en fait prisonnière de Kira, qui l'employait comme médecin pour son armée. Toutefois Léta entendait s'éclipser à la première occasion afin de venir au Centre. Daulis allait retourner à Bilma, mais il semblait dangereux pour lui de voyager avec Shabis. Lui aussi prendrait son temps, mais Kira ne s'opposerait pas à son départ comme à celui de Léta. Donna, l'ami de Léta, comptait elle aussi se rendre au Centre.

À ce moment, Griot intervint de nouveau :

— Elles feraient mieux de se dépêcher. Le Centre ne sera pas toujours là.

Dann expliqua à Shabis :

— Griot veut que nous envahissions Toundra.

Shabis se contenta de répliquer :

— Dans ce cas, c'est vous qui devriez vous dépêcher, avant que Kira ne prenne elle-même les armes.

— Nous avons un atout qu'elle n'a pas, observa Griot.

— Oui, je sais, dit Shabis. Tout le monde est au courant. Vous avez Dann. Le merveilleux général Dann. Et Kira aussi le sait. Sois donc prudent, Dann, sans quoi tu trouveras un scorpion dans ton lit ou du poison dans ta nourriture.

— Je goûterai tout ce que le général mangera, déclara Ali.

Il se faisait tard et Griot songea à faire dormir ses hôtes.

À contrecœur, comme le révélait sa voix tendue, il proposa :

— Je vais donner ma chambre à Tamar et à Shabis…

Shabis ne lui laissa pas le temps de continuer :

— Inutile de me loger. Je serai parti avant l'aube.

— Oui, c'est nettement plus sûr, approuva Dann.

— Kira a lancé ses assassins à mes trousses. Elle est le genre de personne qui préfère détruire ce qu'elle ne peut avoir. Et elle a voulu m'avoir pendant pas mal de temps... Je serai plus tranquille quand je serai définitivement hors de sa portée. Je me suis déjà attardé plus longtemps qu'elle ne s'y attendait. Il faut y aller, maintenant. Si nous mettions la petite au lit ?

Il souleva Tamar et se rendit dans la chambre voisine – celle de Griot, d'où il pouvait surveiller Dann. Tous le suivirent.

Shabis déposa Tamar sur le lit bas puis dit à Dann :

— Je pense que c'est la chambre qu'occupait Mara quand vous étiez ici tous les deux ?

— Oui, souffla Dann. C'était ici.

Griot n'avait jamais su que cette chambre avait été celle de Mara. À présent, il comprenait toutes les nuances qu'exprimait la voix de Dann.

— Je vais m'en aller avant que Tamar soit réveillée, dit Shabis.

— Non ! s'écrièrent Griot et Ali en même temps.

Griot poursuivit, d'un ton chargé d'émotion qui le surprit lui-même :

— Il vaudrait mieux que vous la réveilliez et la mettiez vous-même au courant. Vous ne comprenez pas ? Si elle découvre à son réveil que vous êtes parti... disparu... elle ne l'oubliera jamais.

Cependant Griot, lui, avait tout oublié de ce passé qui le faisait maintenant parler avec tant de passion. Il y avait eu un lieu, un moment, où l'enfant qu'il était s'était réveillé et avait découvert que quelqu'un – qui ? – avait disparu. Et il ne connaîtrait jamais la vérité...

— Griot a raison, dit Dann en posant sa main sur l'épaule de Griot.

Un tel geste, une telle approbation était si rare, de la part de Dann, que les yeux de Griot s'emplirent de larmes. Dann laissa retomber sa main et déclara :

— Griot comprend ce genre de chose.

Shabis hocha la tête et prit Tamar dans ses bras. Elle se réveilla non sans peine, en se frottant les yeux et en bâillant.

— Tamar, dit-il doucement. Je m'en vais. Je m'en vais maintenant.

Elle lui échappa et resta debout sur le lit, déjà éperdue, déjà abandonnée.

— Comment ça, tu t'en vas ? Où donc ? Non, non, non...

Elle se mit à gémir.

— Tamar, je dois m'en aller et tu ne peux pas venir avec moi.

— Et quand reviendras-tu ?

À présent, des larmes coulaient aussi sur le visage de Shabis.

— Je ne sais pas, Tamar.

— Tu t'en vas, tu me laisses...

— Nous sommes tous deux en vie, Tamar. Si je ne pars pas tout de suite, je ne crois pas que je vivrai bien longtemps. Et si tu m'accompagnes... non, Tamar, non, je suis désolé.

Elle sanglotait, immobile, à moitié endormie. Rafale monta sur le lit et posa sa grosse tête sur l'épaule de l'enfant. Sous le poids, elle tomba en arrière et resta allongée là, à sucer son pouce, le regard fixe. Rafale se coucha près d'elle, comme il le faisait avec Dann.

Ali s'exclama avec véhémence :

— Quelle épreuve pour ce chien ! C'est vraiment dur pour Rafale.

Il regarda Dann d'un air implorant.

— Mais qu'y pouvons-nous ? demanda Dann.

— Il vous aime ! lança Ali avec force.

Tous les yeux se tournèrent vers Ali, toujours si calme, si sage et – oui, toujours si présent.

L'amour… pensa Griot. Quand j'ai vu ma fille des sables, cet après-midi, c'était très agréable, et même plus que cela. *Et si je ne devais jamais la revoir ?*

Déchiré, Dann se détourna d'Ali.

Les yeux de Rafale ne quittaient pas le visage de Dann. Celui-ci s'assit sur le lit, posa la main sur la tête du chien.

— Il me faudrait des vivres pour la route, dit Shabis.

— Je m'en occupe, dit aussitôt Ali.

Il aspirait à sortir de cette chambre où régnaient tant d'émotions douloureuses.

Shabis s'agenouilla sur le lit à côté de son enfant.

— Tu ne dois pas croire que je te quitte de gaieté de cœur.

— Mais tu vas partir loin de moi, dit-elle de sa petite voix.

Elle passa ses bras autour de l'encolure de Rafale et se mit à sangloter.

— Oh, Tamar, dit Shabis. Il me semble qu'être avec toi a été pour moi un grand privilège. Être avec toi et, avant toi, avec ta mère. Mais j'imagine que je demandais trop en espérant que cela pouvait durer.

— À qui ? demanda Tamar. À qui le demandais-tu ?

— Ce n'est qu'une façon de parler, expliqua Dann. Et je le pense aussi, ou du moins j'essaie. Être avec Mara était une telle chance pour moi que je devrais être reconnaissant...

Sa voix se brisa et les deux hommes, Dann et Shabis, se regardèrent en pleurant, incapables de parler.

— Reconnaissant envers qui ? demanda Tamar. Je veux savoir. Pourquoi ne pas me le dire ?

Rafale léchait la joue de la petite fille. Elle avait les paupières lourdes. Fermant les yeux, elle se remit à sangloter dans son sommeil.

— C'est horrible ! s'exclama Dann. Horrible !

— Oui, dit Shabis.

Il se leva du lit en voyant Ali entrer avec un sac marron rempli de vivres.

— Marron, c'est parfait, il passera inaperçu, commenta-t-il. Cela me fait penser aux vêtements que nous avions en arrivant, Tamar et moi. Faites-en sorte d'en remettre à un Léta. Ils sont très pratiques pour s'enfuir.

S'immobilisant sur le seuil, redevenu déjà un fugitif, il s'arrêta et les regarda tous.

— Quand je vous reverrai... commença-t-il.

Il ne put poursuivre, jeta un dernier regard à Tamar, couchée entre les pattes du chien des neiges, et sortit.

— Je dormirai devant la porte, déclara Ali.

Et il leur montra sous sa tunique le fin poignard recourbé propre à son peuple.

— Je passerai par là pour entrer dans la chambre, dit Griot.

— Quand l'enfant s'éveillera... je vais me lever tôt, dit Dann.

Ali se tourna vers lui :

— Mon général, n'oubliez pas votre… ami.

— Tu as raison.

Il appela Rafale à voix basse et courut avec lui jusqu'à la route. Là il s'arrêta et serra contre lui le chien des neiges, qui se mit à gambader autour de lui en poussant des aboiements joyeux.

En les regardant, Griot et Ali échangèrent un sourire.

— Dans mon pays, j'avais deux chiens de chasse, dit Ali. C'étaient des amis pour moi.

Griot retourna dans la chambre qui avait été la sienne. Tamar dormait profondément. Il s'assit aussi doucement qu'il put au pied du lit. Sur le coussin près de la tête de la petite fille, il y avait une tache blanchâtre – Rafale perdait ses poils et avait besoin d'un bon bain. Et l'enfant aurait besoin de… Ali saurait de quoi, lui qui avait eu une famille. Griot commençait à soupçonner qu'il existait en lui un manque, un aspect jamais cultivé, comme en témoignait son ignorance quant aux enfants ou à la famille. Tamar était plus jeune qu'il ne l'avait été lors de cette nuit d'incendies et de combats. Peut-être oublierait-elle qu'elle avait eu un père ? Serait-il bon de lui épargner de souffrir ? *De souffrir consciemment*. Griot y réfléchit sérieusement. Mais si on commençait à avoir ce genre de pensées… Dans son esprit, des murs, des barrières, des écrans de toutes sortes étaient ébranlés, menaçaient de s'écrouler. Immobile, recroquevillé, il contemplait l'enfant en se raccrochant au peu de solidité qu'il sentait en lui… Sa compagne du camp n'avait jamais dit qu'elle avait envie d'avoir un enfant. Il croyait savoir qu'elle en avait eu un mais l'avait perdu au cours d'une razzia ou d'une bataille. Lui-même n'avait jamais pensé : J'aimerais avoir un enfant. Mais maintenant que ce sujet s'imposait à lui, avait-il envie d'un enfant ? Il se dit que non. Si jamais il en avait un avec sa compagne du camp, ce serait une source continuelle d'inquiétude. Il était si aisé de perdre un enfant. Pour la première fois, il songea : *J'ai toujours tenu pour acquis que mes parents avaient été tués cette nuit-là. Et s'ils étaient vivants quelque part, s'ils se demandaient ce que j'étais devenu ?* Cette pensée était si insupportable qu'il la rejeta. Trop, c'était trop. Non, il était heureux d'être seul, sans enfant, sans famille. Il suffisait de voir ce qui se passait maintenant. Seule une petite fille, et trois personnes se faisaient du souci pour elle : Dann, Ali et lui-même. Sans oublier le chien des neiges.

Des aboiements et la voix de Dann s'élevèrent. L'homme et le chien apparurent sur le seuil. Rafale était une boule de poils mouillés. Des gouttes minuscules constellaient son pelage. Il devait y avoir de la brume, dehors, ou de la bruine. À l'instant où Rafale allait s'ébrouer, Dann l'enveloppa avec une serviette et roula avec lui sur le sol. Dann riait, Rafale aboyait joyeusement.

Tamar se réveilla et cria :

— Où est mon père, où est mon Shabis chéri ?

Dann se releva aussitôt. Rafale bondit vers l'enfant et se coucha près d'elle.

— Ton père est en route vers le fleuve et les bateaux, dit Dann. Il fera une bonne partie du trajet en bateau, ce sera plus sûr.

— Mais n'est-ce pas dangereux d'être sur le fleuve ?

— Il y a la fièvre des marais et le mal des rivières. Mais heureusement, si l'on paie suffisamment les bateliers, ils vous protègent contre les bandits.

— Les bandits ? s'écria Mara. Il y aura des bandits ?

— Il sera plus en sécurité sur le fleuve, répéta Dann. Kira ne saura pas où le chercher. Cette bruine tombe bien, il sera plus difficile de le voir. Évidemment, le terrain sera glissant, mais Shabis sait comment se déplacer dans les marais. Peut-être aurait-il intérêt à se coucher quand il fera jour. Il ne manquera pas de buissons, de joncs et de roseaux pour se cacher.

— On dit qu'Agre est un pays de sable et de sécheresse, observa Ali. C'est là son véritable élément.

Il voulait dire que ce l'était autrefois.

— Nous semblons capables de jouer les lézards dans le sable puis de nous adapter à l'eau comme des oiseaux, répliqua Dann. Durant toutes nos premières années, nous avons été en proie à la sécheresse, Mara et moi. Après quoi l'eau est devenue notre univers.

Tamar s'était calmée. Dann s'approcha du lit et posa sa main sur la tête de Rafale. Le chien des neiges poussa un gémissement de protestation affligée en voyant Dann se diriger sans lui vers sa chambre.

Griot éteignit toutes les bougies sauf une et sortit en passant devant Ali, qui somnolait déjà, adossé au mur.

Malgré ses efforts, Griot ne parvenait pas à trouver le sommeil, à la pensée de cette enfant sans défense dormant sous la protection de Rafale. Était-ce suffisant ? Il y avait aussi Ali, mais le petit homme maigre s'était assoupi... Griot s'avança vers la porte de la chambre de l'enfant. Rafale leva la tête puis, l'ayant reconnu, la baissa de nouveau. Cependant les yeux du chien luisaient dans l'ombre : il était réveillé, aux aguets. Dann apparut sur le seuil de la chambre voisine, éclairé par-derrière par sa chandelle. Sur le lit, Rafale remua la queue faiblement. Dann aperçut Griot et leva la main pour le saluer. Cet instant était précieux pour Griot : lui et Dann immobiles, se saluant en silence. Puis Dann se détourna et s'éloigna. Sa chandelle s'éteignit.

Griot passa doucement devant Ali et traversa la grande salle en saluant de la tête les sentinelles. Il s'arrêta un moment sur la route en direction de l'ouest. Elle était déserte, maintenant, cette route périlleuse des marais qui était habituellement si fréquentée.

Une sentinelle quitta son poste et le rejoignit.

— Mon capitaine...

— Oui, soldat ?

— Des gens d'allure plus que suspecte sont passés, mais ils n'ont pas pris le même chemin que le général Shabis.

— S'ils reviennent, envoyez-les vers l'est.

— Oui, mon capitaine.

Griot rentra dans sa chambre, se tourna et se retourna, et fut heureux quand la lumière du jour s'insinua dans la pièce.

Devant la chambre de Tamar – qui avait été celle de Griot –, Ali était en train de se réveiller. Dann émergeait. Quant à l'enfant, elle commença à s'agiter puis s'assit en poussant un cri. Son visage était blême, baigné de larmes. Une manche retombée en arrière révélait la fine cicatrice rouge en haut de son bras.

Rafale lécha la cicatrice, et Tamar se mit à pleurer en serrant dans ses bras l'encolure du chien. Ses petits bras disparaissaient dans l'épaisse fourrure blanche. Il y avait une telle détresse dans cette scène qu'Ali se détourna pour cacher ses larmes.

— Oh, Tamar, implora Dann humblement, ne sois pas triste. Tu verras, nous allons veiller sur toi.

— Je ne reverrai peut-être jamais mon père, dit Tamar.

Toutefois elle s'efforça de se calmer.

Ali l'emmena faire sa toilette. Des soldats servirent un repas sur une table de la grande salle. Dann, Tamar, Ali et Griot s'attablèrent. Rafale s'assit entre Dann et la fillette, qui donna presque tout son petit déjeuner à l'animal.

Ensuite Dann déclara :

— Maintenant, Tamar, je vais t'envoyer avec Ali dans le Centre, et il te montrera le plus de choses possible dans le temps qui nous est imparti...

Ici il fit un signe de tête à Griot, comme pour confirmer qu'il tiendrait sa promesse.

— Rafale viendra avec nous ?

— Oui, il restera avec vous. Tu n'auras le temps que de voir une petite partie...

— Une partie de quoi ?

— Une partie minuscule du savoir que possédaient les gens du passé... voilà très, très longtemps... oui, je sais que *très longtemps* ne signifie pas grand-chose pour toi, Tamar, mais tu comprendras aussi bien que nous, et je t'expliquerai, nous t'expliquerons...

Sur ces mots, Dann se leva et poussa Rafale vers Tamar pour l'empêcher de le suivre.

— Vois-tu, Tamar, dans un certain endroit, que nous allons te montrer, il y a tout ce qui reste d'un savoir si merveilleux, si extraordinaire… même si ce n'en est qu'une part infime… des choses qui nous dépassent tellement… et quand nous partirons d'ici, tout cela sera fini.

— Et pourquoi faut-il que nous partions ?

— Griot te le dira. Il est au courant. Oui, Griot, je sais que nous devons nous dépêcher. Et je vais faire aussi vite que possible.

Les scribes et les érudits commençaient à affluer dans la salle pour prendre place à leurs tables de travail.

Dann sortit à grands pas, suivi du regard par les deux hommes conscients qu'il fuyait, ou tentait de fuir, les émotions que l'enfant éveillait en lui.

Dans la période qui suivit, on rencontrait partout Dann avec Tamar, en train de parler, d'expliquer. Il continuait durant les repas. Et, pendant tout ce temps, Griot regardait, attendait. Puis il ne réussit plus à se contenir, à sa propre surprise – mais non à celle de Dann, sembla-t-il.

— Dann, mon général, vous me devez quelque chose.

Apparemment, Griot n'avait pas besoin de s'expliquer ni de s'excuser, car en entendant ces mots chargés de reproches Dann lui jeta un coup d'œil, sourit et hocha la tête.

— Oui, je te dois quelque chose. De quoi ne te suis-je pas redevable, Griot ?

Son sourire était un baume pour le pauvre cœur de Griot, qui avait l'impression de le sentir se gonfler douloureusement dans sa poitrine à force d'inquiétude.

— Eh bien, Griot, que veux-tu exactement ?

Le lendemain même, la place se remplit de rangées de soldats. Griot avait ordonné de venir à tous ceux qui n'étaient pas « de service ». Combien étaient-ils ? Griot savait qu'il y avait bien plus de mille personnes dans le camp. Tous dépendaient de lui, ce qui expliquait qu'il fût sans cesse assailli par son ennemie, l'angoisse. Tous ces soldats, avec chacun une écharpe rouge à l'épaule. Dann sortit de sa chambre. Tamar l'accompagnait, suivie du chien des neiges. Dann tenait son écharpe rouge pliée dans ses bras, comme la dernière fois qu'il s'était présenté devant eux. Tamar avait un petit ruban rouge sur l'épaule, et elle avait noué un foulard rouge autour du cou de Rafale. On avait élevé pour elle une estrade au bout de la place. Dann se plaça à côté de cette estrade, sur laquelle elle monta avec le chien des neiges. L'attitude indolente de Dann n'avait rien de martial, mais il était vraiment d'une taille imposante. Griot les observait de derrière une porte. Dann lui avait demandé de se tenir à son côté, mais Griot s'en garda bien. Son général, le général Dann, devait apparaître seul avec l'enfant.

Dann sourit et prit son temps, en observant les rangées de soldats comme pour graver leurs visages dans sa mémoire. Chaque soldat souriait, à cause de la fillette. Combien d'entre eux pensaient à leurs enfants perdus, abandonnés ou capturés ? Presque tous, Griot le savait. Et ils avaient devant eux cette enfant si fraîche et ravissante qu'ils pouvaient la croire étrangère aux souffrances de la guerre, même s'ils avaient tous entendu parler de la cicatrice rouge sur son bras et savaient qui en était responsable.

Dann prit la parole, sans crier, presque sans élever la voix, sur le ton de la conversation, comme s'il s'adressait à chacun d'eux en particulier :

— Bienvenue à tous. Je voudrais vous présenter cette petite fille, ma nièce, la fille de ma sœur Mara et du général Shabis, lequel est en route pour Charad afin de prendre le commandement des Armées Agres. Levez la main, ceux qui ont entendu parler de Charad ou d'Agre ?

Quelques mains se levèrent.

— Au-delà de Bilma, au-delà de Shari, s'étendent le pays des Hennes et celui des Agres. Cela fait longtemps qu'ils sont en guerre. Le général Shabis commandera les Armées Agres. Et voici sa fille.

Tous regardèrent Tamar. Elle se raidit, consciente de ses responsabilités, et sourit avec courage, mais ceux qui étaient près d'elle virent qu'elle tremblait. Elle tendit la main pour la poser sur le dos de Rafale. À cet instant, des acclamations inattendues s'élevèrent. Griot se réjouit de n'avoir aucun voisin, car il était en larmes. C'était plus fort que lui. Dann était si beau, et cette fillette ravissante qui lui ressemblait tant, et ce chien resplendissant de toute sa fourrure épaisse et blanche où la petite main de Tamar avait disparu... En cet instant propice, un faible rayon de soleil s'échappa d'un nuage humide, et Dann, Tamar et le chien des neiges, puis la place tout entière, furent baignés d'une lumière d'or.

— Et je vous promets que vous entendrez bientôt la nouvelle dont je sais que vous l'attendez tous avec impatience, lança Dann.

Les acclamations retentirent de nouveau, avec une telle intensité que Griot s'inquiéta. Combien ils aspiraient à s'en aller ! Combien ils étaient fatigués d'être confinés dans cet espace étroit, et de ces rumeurs qui semblaient ne jamais se concrétiser : « Nous partons la semaine prochaine… bientôt… »

Tandis qu'ils criaient des vivats, la meute de chiens des neiges, qui avait pris sa place au milieu des soldats, commença à aboyer. Rafale aboya à son tour, comme s'ils le saluaient et qu'il leur répondait.

Dann tendit la main à Tamar pour qu'elle saute de l'estrade. Rafale descendit à sa suite. Dann adressa aux soldats un salut militaire, puis le général et la fillette s'en allèrent au milieu des acclamations des soldats et des aboiements des chiens des neiges.

Ali emmenait la fillette et Rafale dans le labyrinthe sans fin des salles, des galeries et des musées du Centre, en montrant à l'enfant ce qui lui paraissait – ou paraissait à Dann – le plus important.

Le soir, à la table du dîner, une nouvelle habitude s'était instaurée. Tout avait commencé quand Dann avait demandé d'un ton négligent :

— Et qu'as-tu vu, aujourd'hui ?

Tamar s'était lancée dans un bavardage allègre :

— Oh, tant de choses, n'est-ce pas, Ali ? Et certaines étaient tellement drôles.

— Choisis-en une dans ta tête, Tamar. Tu l'as déjà fait ?

— Oui.

Devant l'air sérieux de Dann, elle se calma.

— Maintenant, représente-toi ce qu'on t'a montré. Qu'est-ce que tu vois ?

Elle dit d'abord :

— C'était gros, noir, plein de parties coupantes.

C'est ainsi que le jeu avait commencé. Dann lui dit que Mara et lui y avaient joué.

À présent, Tamar choisissait tel ou tel objet en vue du jeu du soir.

— Qu'as-tu vu ?

— Le plus intéressant était un objet volant. Un tube muni d'ailes, dont l'une est cassée. On voit des traces rouges sur lui. Autrefois il était entièrement rouge. À l'intérieur, il y a vingt sièges. Mais il est trop petit même pour une ou deux personnes, de sorte qu'il doit s'agir d'un modèle réduit. Je pense que la plupart des objets des musées sont des maquettes. Je ne m'en étais pas rendu compte, au début. On voit beaucoup d'engins qui étaient destinés à voler. La plupart sont cassés.

— Jadis, ils parcouraient le monde. Tu sais ce que cela signifie, Tamar. Tu as vu les cartes à la Ferme.

— Comment savez-vous qu'ils volaient ?

— C'est un fait connu.

Cette formule était devenue une façon abrégée de dire : « Nous le savons car cette information se trouve dans les bibliothèques des sables. »

— Vous avez dit *jadis*, reprit Tamar. Que signifie ce mot ?

— Il y a longtemps.

— Mais cela peut être plus ou moins longtemps. Vous et Ali, vous dites *jadis*, mais je ne sais jamais de quelle époque d'il y a longtemps vous parlez.

— L'époque sans doute la plus longue a précédé l'invasion des glaces, déclara Ali. Dans mon pays, tous les enfants apprennent des légendes où il est question des gens d'avant les glaces et de leurs histoires sur ce qui était, pour eux, *il y a longtemps*.

Griot les rappela à l'ordre :
— Dann, Ali…
Les yeux de l'enfant s'emplissaient déjà de larmes.
— Oui, Griot, dit Dann. Tu as raison. Mais il faut qu'elle essaie de se rappeler tout ce qu'elle voit ici, car il viendra un moment où le Centre n'existera plus, et plus personne ne connaîtra ces choses.
— Je crois qu'il est temps que cette petite aille se coucher, dit Ali.
Griot le regarda prendre Tamar par la main. Elle posa son autre main sur le dos du chien des neiges et se dirigea vers sa chambre.
— Quand je dormirai, vous pourrez prendre Rafale avec vous, dit-elle à Dann. Mais je préférerais qu'il soit là demain à mon réveil, s'il vous plaît.
— Vous exigez beaucoup de cette enfant, observa Griot.
— Et j'exige aussi beaucoup de toi, répliqua Dann.
De tels témoignages de gratitude étaient nouveaux chez Dann, et Griot les trouvait presque effrayants. Il n'aimait pas voir chez son général cette tristesse, ce désespoir. Il pensa plus d'une fois au pavot – mais non, il ne croyait pas que ce fût ça.
Il préparait discrètement leur départ du Centre, sans le cacher mais sans non plus le dire à Dann. Il envoyait de petits groupes de cinq ou six soldats en éclaireurs, afin qu'ils s'installent dans les villes toundras, où le chaos et l'agitation étaient tels que quelques nouveaux arrivés ne pouvaient guère attirer l'attention. Ces groupes de reconnaissance étaient bien préparés. Griot passait toutes ses journées avec ses soldats, à dispenser instructions et explications, à entraîner les éclaireurs – les femmes

excellaient dans ce domaine et faisaient des allers-retours pour l'informer. Il y avait aussi des cours sur la géographie de Toundra. Si la région s'étendant au sud et immédiatement à l'est du Centre était vouée aux lacs, aux marais et à la boue, elle ne constituait qu'une petite part du pays, qui s'étendait vers l'est jusqu'au grand fleuve. Toundra était immense. Beaucoup de réfugiés en connaissaient des parties. Une salle du Centre était remplie de cartes en couleurs dessinées sur des peaux. Certaines étaient des peaux de chien des neiges, dont on faisait commerce sur les marchés de Toundra. Griot donna l'ordre que chaque section dispose de cartes, ce qui impliquait un énorme travail.

Parfois, il découvrait Tamar dans la salle où l'on fabriquait les cartes. Ali était avec elle et lui donnait des explications : « Regarde ici, toute cette région est sèche et élevée, et voici une chaîne de montagnes… » Quand Ali parlait, tous s'interrompaient pour l'écouter. Il avait été un homme important, un érudit et un conseiller. À présent, il était garde d'enfant, comme il s'intitulait lui-même avec ironie.

— Garde d'enfant ? s'exclama Dann. Vous êtes son éducateur. Que pourrait-il y avoir de plus important que d'instruire cette petite ? Un jour, elle régnera sur Toundra.

— Si jamais nous arrivons là-bas, plaisanta Griot.

— Nous y arriverons. Il me semble que certains des nôtres sont déjà sur place, pas vrai, Griot ? Mais, Griot, tu dois te rendre compte que je ne vais pas faire de vieux os.

Griot ne pouvait accepter ces mots – il ne les entendit pas.

Dann emmenait Tamar à l'abri secret. Il la soulevait à la hauteur des pages collées contre la paroi transparente et lui lisait les passages écrits dans des langues qu'il connaissait. Il lui apprit qu'elle avait sous les yeux des variantes anciennes des idiomes parlés à présent. Il n'était pas toujours évident de deviner le sens des vieux mots, tant leur forme était bizarre. S'il existait des langues qu'il ne connaissait pas – que personne ne connaissait –, les trois qu'il pratiquait lui permettaient d'en percer la signification. L'avait-elle remarqué ? Il était essentiel qu'elle apprenne à fond le mahondi, celui des adultes et non la version pour enfants dont elle se contentait actuellement. Et elle devrait apprendre le charad, ainsi que l'agre, qui était la langue de son père. Sans compter les idiomes parlés à Toundra. L'enfant aspirait plus que tout à lui plaire. Assise avec Ali dans la grande salle, dans la lumière changeante ou égale des cieux humides, elle suivait le doigt de son maître en répétant après lui des mots dans chaque langue. Ali, dont les enfants avaient été emportés par les tempêtes de la guerre, se penchait avec tendresse sur sa pupille, toujours patient, toujours prêt à répéter et à expliquer. La voyant un jour au bord des larmes, il la prit sur ses genoux et la serra contre lui.

— Ne pleure pas, ma petite, tu t'en tires à merveille.

— Dann sera fâché contre moi, hoqueta-t-elle. Il ne pourra pas m'aimer, car je suis si lente et si stupide.

— Mais non, tu es vive et intelligente. Et Dann ne sera évidemment pas fâché contre toi.

— Il est déçu par moi, je le sais.

Ali alla voir Dann.

— Mon général, vous imposez à cette enfant un effort excessif.

— Quelle absurdité ! Elle va très bien.

— Mon général, toutes les petites filles ne sont pas comme votre sœur, qui avait été mise à rude épreuve dès sa plus tendre enfance. Vous ne devez pas confronter Tamar à ce que vous avez vécu avec Mara.

— Est-ce ce que je fais, Ali ?

— Oui, je crois.

Il dit à Dann que l'enfant avait pleuré. Dann fut furieux – contre lui-même. Il trouva Tamar en train de sucer son pouce, allongée sur son lit avec Rafale. Il s'assit près d'elle pour s'excuser avec humilité.

— Tamar, suis-je vraiment si dur avec toi ?

Elle se jeta dans ses bras en pleurant.

Plus tard, Dann lui demanda s'il pouvait lui emprunter Rafale un moment, et il alla jouer dehors avec le chien. Quand ils eurent fini de jouer, Tamar réclama Rafale, qui repartit avec elle non sans se retourner pour regarder Dann.

Cependant les cours de la fillette s'espacèrent, et Dann dit à Griot :

— Je voulais simplement accélérer les choses.

— Mais Dann, mon général, il n'est quand même pas nécessaire pour notre départ que Tamar se bourre la tête de toutes ces vieilleries ?

— C'est important, Griot.

Et la tête de Tamar se remplit de jour en jour de ce qu'elle apprenait au Centre. Elle en sortait avec des centaines d'informations, que ce fût le mode d'emploi d'un engin, dans lequel elle croyait avoir reconnu une pompe à eau, ou une vieille légende qu'elle leur racontait.

— Une déesse... qu'est-ce qu'une déesse, Ali ? Elle se baignait avec ses suivantes, et un homme la vit nue. Elle fut si furieuse qu'elle le transforma en cerf... qu'est-ce qu'un cerf, Griot ? Ensuite ses chiens le déchiquetèrent. Je crois que c'était une femme cruelle, comme Kira. Elle ne me plaît pas. Et je suis sûre que Rafale ne déchiquetterait personne. N'est-ce pas, Rafale ?

« À une époque, il plut sans interruption pendant quarante jours et quarante nuits – cela devait se passer ici, dans les marais. Un homme appelé No construisit un bateau et le remplit de ses amis. Quand les eaux baissèrent, ils bâtirent des maisons sur les terres émergées. C'est comme nous qui voulons aller à Toundra, où les terres sont hautes et ne sont pas couvertes de marais. J'en ai tellement assez des marais, Griot ! On ne peut pas faire un pas sans se mouiller les pieds ou glisser dans la boue. Et Rafale sera si content de pouvoir courir à sa guise, alors qu'ici il est toujours arrêté par une flaque ou une mare quelconque.

Dann demanda à Griot s'il pensait que des gens venaient de la Ferme – des envoyés de Kira.

— Y a-t-il des espions ici, Griot ?

— C'est inévitable. Ils n'ont qu'à remplacer leur écharpe noire par une écharpe rouge. Il arrive que des gens fuient Kira pour se joindre à nous, et nous ne les refoulons pas. Ils n'aiment pas ce qui se passe là-bas.

— En me promenant avec Rafale, j'ai vu un homme sur la route, en provenance de l'Ouest. Il ne m'était pas inconnu, j'en suis sûr. Je suis en danger, Griot.

— Mais nous avons toujours des soldats qui montent la garde.

— Il y avait quelque chose chez cet homme...

— Mais, mon général, avez-vous pensé au nombre de gens que votre sœur et vous avez rencontrés durant votre périple à travers l'Ifrik ? Comment pourriez-vous vous les rappeler tous ?

— Comment pourrais-je oublier... certains d'entre eux ?

L'inquiétude de Dann était extrême. Il regardait par-dessus son épaule, se retournait brusquement pour voir s'il était suivi. Il dit à Tamar de ne pas l'accompagner lorsqu'il allait dehors faire courir le chien des neiges.

— Je suis en danger, Tamar.

Le chien sortait deux fois par jour, une fois avec Dann et l'autre avec Tamar.

Dann déclara à Griot :

— Sais-tu ce que cela me rappelle ? Je disais souvent à Mara que j'étais en danger, mais elle ne me croyait pas.

— Mais, mon général, nous savons que vous êtes en danger. Comme l'enfant. C'est pour cela que les gardes sont là.

— Mara ne me croyait pas, mais Kulik était toujours sur notre piste.

— Kulik est mort. Quand vous étiez dans la région de la mer du Gouffre, je me suis rendu au sommet de la montagne, car nous connaissons tous cette histoire, mon général. Il y a des ossements, là-haut. Même si les corbeaux ont bien fait leur travail, il restait les gros os et le crâne.

— Qui te dit que c'étaient les os de Kulik ? Cette montagne est pleine d'éboulements et de pentes abruptes. Tant de gens peuvent mourir là-haut – des fuyards, des réfugiés. Peut-être se croient-ils à l'abri dans la montagne, mais Mara et moi n'étions pas en sécurité, n'est-ce pas ?

Dann plissait le front, perdu dans ses pensées et ses souvenirs. Ses paroles n'étaient guère qu'un marmonnement presque incompréhensible.

— Dann, mon général, il faut vous ressaisir. En continuant comme ça, vous cherchez... oui, vous cherchez les ennuis.

Dann redevint lui-même et éclata de rire.

— Alors tu crois que je cherche les ennuis ?

Il tapa Griot sur les épaules puis le serra contre lui.

— Griot, dit-il, tu es une perle. Tu es magnifique. Je ne te mérite pas, Griot, et ne crois pas que je n'en aie pas conscience.

Sur ces mots, il se dirigea d'un pas traînant vers son refuge de prédilection, l'abri aux parois transparentes.

Plus tard, tous se retrouvèrent à leur table dans la grande salle pour le dîner – Dann, Griot, Tamar, Ali et Rafale. Ce dernier avait son écuelle par terre entre Dann et Tamar. Après avoir englouti son repas en trois bouchées, il resta assis tranquillement à les regarder manger. Les sentinelles leur firent dire qu'un homme venu de la Ferme désirait les voir.

Une silhouette arborant une écharpe noire à l'épaule émergea des ombres du seuil. À cette vue, Dann se leva à moitié et porta la main à son poignard. Il se rassit.

L'homme jeta son écharpe sur le dossier d'une chaise et les regarda avec un large sourire, en attendant d'être invité à s'asseoir.

Tamar lança d'une petite voix pleine de courage :
— C'est Joss, l'ami de Kira.
Joss n'avait cessé de sourire avec une froideur insolente. Ses yeux noirs et hardis enregistraient chaque détail de la scène.
— Asseyez-vous, dit Dann. Joignez-vous à nous.
Joss s'assit négligemment, avec assurance, sans se départir de son sourire. À la lueur des lampes, ses lèvres rouges se détachaient sur sa barbe noire. Ses dents blanches mordirent le pain comme s'il était affamé. On voyait sur une de ses pommettes la trace blanchâtre d'une vieille cicatrice au milieu des poils noirs. Dann la regardait à la dérobée, comme si cette vue lui faisait mal.
Rafale se mit à gronder tout bas.
Joss observa le chien des neiges et déclara :
— Ces animaux sont très utiles. Nous en avons tout un régiment. Nous savons que vous en avez aussi, mais les nôtres sont dressés à tuer.
Puis il s'adressa à Tamar :
— Je vois que tu es bien gardée.
Et il éclata d'un rire feutré, théâtral, en montrant ses dents blanches mais aussi sa bouche remplie de nourriture.
Tamar lança d'un ton sévère, d'une voix qui tremblait dans son effort pour se montrer brave :
— Il est impoli de parler la bouche pleine.
— C'est vrai, dit Dann.
Puis il demanda à Joss, en cherchant de la main la poignée de son poignard :
— Vous n'êtes jamais allé à Chélops ?
— Non, je n'y ai jamais mis les pieds. Je suis venu du Sud par la côte. Mais vous vous souvenez de moi, parce que j'ai demandé du travail à la Ferme et que vous avez refusé sous prétexte que

vous n'aviez pas besoin de main-d'œuvre. Enfin, c'était peut-être le cas à l'époque, mais Kira a fini par m'embaucher.

Et il éclata de nouveau de son rire silencieux et convulsif.

Dann secoua la tête. Il ne s'en souvenait plus. Cependant il ne pouvait s'empêcher de dévisager cet homme.

— Vous ressemblez beaucoup à quelqu'un qui se trouvait dans les Tours de Chélops.

— Nous connaissons tous cette histoire, dit Joss en se servant une nouvelle portion généreuse.

Il était vraiment déplaisant de le voir manger.

— C'est une histoire qui gagne à être racontée.

— D'où vient votre cicatrice ? demanda Dann.

— Je nageais dans la mer, et une vague m'a projeté contre un rocher. Non, ce n'était pas une bagarre. Je suis un homme paisible, si j'arrive à mes fins. Et j'y arrive toujours.

— Je crois que vous devriez accomplir votre mission, intervint Griot. Ensuite, si vous avez assez mangé, vous n'aurez plus qu'à partir.

Rafale grondait toujours, mais comme Tamar le retenait de la main ses grondements restaient assourdis.

Joss sortit de sa tunique un morceau de nourriture et le jeta au chien, qui l'attrapa au vol. Avant que Rafale ait pu l'avaler, Ali accourut et le lui arracha de la gueule.

Enveloppant le morceau dans un linge, il ordonna à un soldat de l'emporter.

— Brûlez-le, dit-il. Il est empoisonné. Faites attention.

Bien que Rafale n'ait fait que tenir le morceau entre ses dents, il frissonnait et semblait malade.

— Allez-vous-en ! lança Dann.

Joss se leva.

— Kira m'a chargé de dire au général Dann qu'elle viendra bientôt le voir.

— C'est tout ? demanda Griot.

— C'est assez, déclara Dann.

— Léta aussi vous envoie un message. Elle dit à Dann : « Merci pour ton invitation, mais une putain reste toujours une putain. » Elle dirige pour nous une maison de plaisir.

Ce message était suffisamment typique de Léta pour qu'ils comprennent qu'il avait été transmis avec exactitude.

Dann se leva.

— Vous la retenez prisonnière, dit-il.

— C'est une patronne de bordel des plus efficaces, ricana Joss. Sa maison est pleine d'Albaines et de Noires de la région du fleuve. Nous avons capturé encore quelques Albaines, histoire de lui tenir compagnie.

Tamar se mit à pleurer.

— Pauvre Léta, chuchota-t-elle. Pauvre Léta…

S'agenouillant près de Rafale, elle plongea son visage dans sa fourrure. Il geignait en frissonnant.

Dann fit un signe aux gardes, et plusieurs soldats entrèrent.

— Les hommes qui sont venus avec moi ont ordre de rapporter du bon pavot de l'Est. Kira aime le pavot, mais il lui faut le meilleur.

— Le pavot n'est pas autorisé dans notre armée, répliqua Dann.

— Vraiment ? Certains réfugiés de l'Est ont sucé du pavot avec le lait de leur mère.

Joss se tourna vers Ali.

— Je me trompe ?

— Non, c'est vrai, admit Ali. Mais seuls quelques imbéciles continuent d'en prendre.

— Et qui est cet esclave courageux qui m'insulte ? demanda Joss.

— Nous n'avons pas d'esclaves, dit Dann. C'est Ali, notre très cher ami.

Joss regarda Dann par-dessus la table, avec ce sourire insolent qu'il semblait croire affable, voire séduisant. Il déclara, montrant ainsi qu'il savait parfaitement qui était Ali :

— J'espère que vous avez un bon goûteur, général.

— Un excellent goûteur, merci.

— Alors prenez garde, général. Vous pourriez perdre votre goûteur, un de ces jours.

— Je ne crois pas que vous puissiez rien m'apprendre dans le domaine des poisons, dit Ali.

Joss le regarda en riant.

— Eh bien, au revoir. Au revoir, Tamar. Au revoir, Dann. Au revoir, capitaine Griot. À bientôt.

Il sortit, toujours riant, entouré de soldats ayant tiré leurs poignards.

Ali sortit de sa tunique des sachets de simples, dont il répandit le contenu sur la langue de Rafale.

— Ne t'inquiète pas, ma petite, dit-il à Tamar. Ton ami va se remettre très vite.

Dann les quitta abruptement pour regagner sa chambre. Griot le suivit. Il trouva Dann assis sur son lit.

— Griot, je crois que cet homme était dans les Tours. À Chélops.

— Mais, Dann, mon général, il serait du genre à se vanter du sale travail qu'il aurait fait là-bas, s'il y avait été.

— Griot, tu m'as soigné quand j'étais malade. Tu t'imagines que j'ai oublié, mais je m'en souviens et je sais que tu as vu mes cicatrices.

— C'est vrai.

— Il m'a suffi de voir cet homme pour sentir mes cicatrices me faire mal de nouveau.

Dann se mit à arpenter la chambre en tapant du poing sur les murs, puis lui-même, son ventre, sa poitrine, ses épaules.

— Des espions, marmonna-t-il. Des espions partout, et ils croient que je ne m'en aperçois pas.

— Bien sûr qu'il y a des espions partout.

Dann tourna le dos à Griot, dans un effort absurde pour ne pas être vu, et entreprit de fouiller dans un placard. Il en sortit un petit morceau d'une substance noire, qu'il renifla avec avidité. Griot le rejoignit et lui arracha le morceau.

— Permettez, mon général.

— Mais non, je ne permets pas, Griot. Que fais-tu là ?

— Vous n'allez pas recommencer, Dann, mon général.

Dann s'assit sur son lit et plongea sa tête dans ses mains.

— Tu as raison, Griot. Tu as toujours raison. Griot, je suis malade. Je ne suis plus moi-même.

Se redressant soudain, comme un serpent prêt à mordre, il attrapa Griot et regarda fixement son visage. Griot sentit son haleine fétide, vit ses pupilles dilatées.

— Qui me dit que tu n'es pas un espion, Griot ?

Griot alla à la porte du terrain de manœuvres, pour appeler les gardes de Dann. Puis il partit chercher Ali dans la grande salle. Ali observa Dann et déclara qu'il restait encore des remèdes apportés par Léta. Griot ne devait pas s'inquiéter, Dann allait se rétablir.

— Bien sûr qu'il devrait s'inquiéter ! s'écria Dann de son lit où il gisait, raide et immobile.

— Je veillerai à ce que Tamar n'entre pas, dit Griot.

— Je veux Rafale ! lança Dann. Je veux mon ami !

— Mon général, dit Ali, Rafale est avec Tamar.

Mais Dann ne réagit pas. Ali sortit et revint avec Rafale. Dann empoigna le chien, enfouit son visage dans l'épaisse fourrure et serra Rafale contre lui. Griot ferma sur eux la porte de la chambre, devant laquelle attendaient Tamar et Ali.

— Ne pleure pas, ma petite, dit Ali. Laisse Dann un moment seul avec son vieil ami.

— Je ne pleure pas, affirma Tamar.

Elle écoutait les aboiements de Rafale et la voix de Dann parlant au chien des neiges.

— Viens, nous allons apprendre des choses nouvelles pour faire une surprise à Dann quand il sera remis.

Griot regarda Ali emmener l'enfant dans l'un des vieux musées. Tamar n'avait encore jamais été dans cette salle. Ali y avait découvert des machines dont l'usage lui échappait, et il arrivait que Tamar eût des idées ingénieuses.

À l'intérieur de l'énorme édifice se dressaient une série de machines, dont beaucoup s'étaient écroulées ou renversées depuis longtemps.

Devant une machine évoquant une sauterelle géante, Ali s'immobilisa avec Tamar qui s'efforçait de retenir ses larmes. Il posa la main sur son épaule et demanda :

— À ton avis, Tamar, à quoi servait cet engin ?

Elle répondit d'une petite voix affligée, mais qui ne tremblait plus :

— Si c'est une maquette, elle a dû être aussi difficile à construire que son original en fer.

De grosses boules de bois pendillaient au bout de chaînes également en bois.

— Ces gens désiraient certainement nous faire connaître ce qu'ils avaient en leur temps, déclara Ali. Eh bien, imaginons cette machine en... en fer ? Oui, tu as raison. Elle devait être en fer.

— L'essentiel, c'étaient les énormes boules de fer. S'ils les avaient reproduites en fer, elles auraient rouillé depuis longtemps, avec toute cette humidité.

— Mais le climat n'a pas toujours été humide.

— Tout ce que heurtaient ces boules devait se fracasser. Peut-être s'en servaient-ils pour détruire des rochers ?

— Oui, c'est possible. Ç'aurait été très utile, évidemment.

— Ou un ennemi pouvait s'en servir pour abattre une maison.

— Oui, même une grande maison.

— C'est sûr...

La voix de l'enfant s'était remise à trembler.

— Tamar, aimerais-tu apprendre encore quelques mots de toundra ? Ou un peu de mahondi vraiment difficile ?

— Non, c'est très bien comme ça, Ali. Regardons d'autres machines, examinons-les jusqu'à ce que je m'en souvienne et que vous puissiez m'interroger à leur sujet.

Sa voix se brisa. Elle éclata en sanglots, puis s'arrêta et insista pour continuer la visite. Ils passèrent ainsi en revue six autres machines mystérieuses.

— À présent, elles sont dans ma tête à jamais. Même si les marais les engloutissent, elles seront toujours dans ma tête.

— Cela risque d'arriver bientôt. Regarde...

Au bout de la salle immense, deux machines émergeaient d'une mare d'eau.

— Je suis fatiguée, dit Tamar. Puis-je aller voir Dann ?

— Je crois qu'il vaudrait mieux que tu t'en abstiennes pour un petit moment, répliqua Ali.

Tamar se résigna, mais devant son expression Ali la serra de nouveau contre lui. Ils retournèrent à la grande salle où les scribes travaillaient à leurs tables. Ils avaient un coin à eux, près d'une colonne, avec des tapis et des coussins.

— Quand le soir tombera, Rafale aura besoin de faire sa promenade, dit Tamar. Pourrai-je l'emmener ?

— J'en suis sûr.

Quand Griot apparut, ils lui demandèrent et obtinrent sa permission.

— Qu'est-ce qui ne va pas chez Dann ? demanda Tamar.

Griot s'accroupit devant elle et lui fit un petit discours qu'il avait manifestement préparé :

— Tamar, il ne faut pas que tu sois trop inquiète. J'ai déjà vu Dann dans cet état. Il se remettra. Connais-tu la fièvre des marais, Tamar ? Elle se manifeste par intermittence. Eh bien, Dann a une sorte de fièvre de l'esprit, qui elle aussi est intermittente.

— C'est le pavot ? demanda-t-elle. Je connais le pavot.

— Je ne crois pas... pas vraiment. Il a pris du pavot, mais seulement pendant une brève période, et je le lui ai enlevé. Vois-tu, Dann est très triste. Quand quelqu'un est dans une telle tristesse, mieux vaut le laisser tranquille. J'irai chercher Rafale pour toi.

Bientôt Rafale sortit de la chambre de Dann, aperçut Tamar, la salua en aboyant et gambada autour d'elle. Les effets du poison s'étaient dissipés.

Tamar et le chien des neiges coururent et jouèrent entre les bâtiments du Centre, puis elle dut reconduire Rafale à la porte de Dann.

Elle le serra dans ses bras, le visage enfoui dans sa fourrure, et se mit à pleurer. Ali et Griot échangèrent un regard impuissant. Puis Tamar recula, et Griot ouvrit la porte de la chambre. Rafale entra, non sans avoir lancé un long regard à Tamar et poussé un petit aboiement d'adieu. Bondissant en avant, il fut accueilli par Dann, dont la voix se mêla à ses aboiements. On entendit des mots, des gémissements.

Tamar suçait son pouce, bien qu'elle eût passé depuis longtemps l'âge de s'accorder cette consolation. Elle laissa Ali la porter sur les coussins.

— Pauvre petite, dit-il.

Il ajouta à l'intention de Griot :

— Nous lui en demandons trop, c'est vraiment excessif.

— Oui, je suis d'accord. Et il y a pire. Tamar ne doit plus sortir du Centre. On a vu aujourd'hui sur la route des hommes de Joss. Les écharpes noires sont partout.

C'est ainsi que Tamar resta avec son chien des neiges au milieu des bâtiments pour courir et pour jouer, matin et soir, le lendemain et le surlendemain. Rafale sortait pour la retrouver, ils avaient une grande réunion puis il lui fallait rentrer. Et il avait envie de rentrer, car il aimait Dann, mais il aimait aussi Tamar et aurait voulu rester avec elle.

— Peut-être est-ce à Rafale que nous en demandons trop, dit Ali. Il paraît souffrant et il a perdu l'appétit.

— Dann sera bientôt sur pied, assura Griot. J'en suis certain.

Ali s'asseyait avec Tamar pour lui faire cours. Elle était l'élève dont rêvaient tous les professeurs, tant elle avait soif d'apprendre. Pareille à une petite flamme, elle dévorait tout ce qu'elle entendait. Les yeux fixés sur Ali, elle l'écoutait de tout son être.

« Dann sera content quand je lui dirai que je connais tout ça », disait-elle souvent. Elle finit par laisser échapper :

— Dann m'aimera de nouveau.

— Mais, Tamar, tu ne dois pas croire qu'il ne t'aime plus.

— Pourtant il ne veut plus me voir.

— Mais si. Simplement il ne veut pas que toi aussi tu sois malheureuse.

— Rafale a le droit d'être avec lui. Pas moi.

Elle se mit à pleurer. Assis près d'elle, Ali la prit dans ses bras et la berça. Épuisée par les larmes, elle s'endormit, et il en fit autant. Ils étaient serrés l'un contre l'autre, le petit homme au visage triste et la fillette. En passant devant eux, Griot sourit, ému par la confiance qu'elle lui vouait et par l'amour qu'il avait pour elle, cet homme qui avait perdu ses enfants. Plus tard, comme les ombres du soir s'obscurcissaient, Rafale apparut. Il s'approcha des deux dormeurs, les observa un instant, s'assit et attendit. Puis Dann sortit à son tour. Il rejoignit Rafale et se pencha pour contempler la fillette. On entendit comme un souffle dans l'air : *Mara*. Il répéta ce mot avec les lèvres, en silence : *Mara*.

Griot s'avança derrière Dann. Comme Dann ne bougeait pas, perdu dans sa contemplation, Griot osa poser une main sur son bras. Aussitôt, Dann se retourna, le poing levé pour frapper. En voyant Griot, il hésita, laissa retomber son bras. Sans un mot, il retourna dans sa chambre. Rafale resta avec les deux dormeurs et se coucha, le museau sur le bras de Tamar.

À leur réveil, Tamar s'exclama qu'il était temps que Rafale fasse sa promenade du soir. Ils partirent tous deux faire la course au milieu des vieux édifices et à travers les flaques des venelles et soudain... en débouchant d'un tournant Tamar vit surgir devant elle Joss, souriant, les bras tendus pour l'attraper... elle faillit courir droit vers lui mais fit volte-face et détala, suivie de Rafale. Des soldats à l'écharpe noire s'élancèrent des édifices pour les capturer tous deux, mais la fillette et le chien des neiges étaient trop rapides pour eux et réussirent à se mettre à l'abri dans la grande salle. En apprenant que Joss se trouvait dans le Centre, Griot ne se troubla pas outre mesure.

— Dans ce cas, Tamar, tu ne devras emmener courir le chien que sur le terrain de manœuvres.

— Mais Joss est ici, dans le Centre !

— Il n'est pas venu seul, à mon avis. Il a des hommes à lui cachés dans tous les recoins du Centre. Non, ne t'inquiète pas. C'est très bien comme ça. Nous leur donnons du pavot et tout ce qu'ils demandent. Bientôt, ils ne seront plus bons à rien.

Mais toi, Tamar, il faut que tu ouvres l'œil, à chaque instant. Et toi aussi, Rafale.

Griot s'était adressé au chien pour plaisanter, mais Rafale parut comprendre et aboya en remuant la queue.

— Quand allons-nous enfin partir ? se lamenta Tamar.

— Dans pas longtemps, crois-moi, assura Griot.

Il ordonna aux soldats d'organiser une double ligne de défense afin de protéger toute la partie du Centre occupée par les écharpes rouges. Le lendemain matin, Tamar et son chien des neiges jouaient et couraient sur le terrain de manœuvres. Les soldats observaient la fillette et son camarade de jeu, en pensant à leurs familles disparues. Dann les regardait par ses fenêtres. Griot lui avait dit que même s'il n'était pas complètement remis, dans quinze jours il devrait se préparer au départ. Ils partiraient à la nouvelle lune, à travers les marais. Entre-temps, Dann ne devrait pas franchir les lignes des soldats.

— Je ne partirai pas avant que nous ayons tiré tout ce que nous pouvons de l'abri secret.

Plus tard, une des sentinelles de la route envoya un soldat pour les avertir qu'un homme arborant l'écharpe noire prétendait être un ami de Dann. C'était Daulis. En pénétrant dans le Centre, Daulis tendit son écharpe noire à un garde en disant :

— Je suis sûr que ça pourra servir.

À l'instant où il entrait dans la chambre de Dann, Tamar accourut.

— Daulis ! Daulis ! s'exclama-t-elle.

Mais il disparut dans la chambre en compagnie du chien des neiges.

— Daulis ! cria Tamar. Daulis est aussi mon ami !

En grandissant, la petite fille sans mère avait eu quatre amis fidèles – son père, Daulis, Léta et Donna, qui s'interposaient entre elle et la méchanceté de Kira. Son père l'avait quittée, mais voilà que Daulis arrivait. Elle se jeta sur les coussins, prête à fondre en larmes, mais se releva d'un bond et sortit en courant. Un instant plus tard, elle revint vêtue de sa robe couleur d'ombre, que Daulis reconnaîtrait. Il serait content... Elle voltigea d'un bout à l'autre de la salle, au milieu des scribes laborieux, en chantonnant : « Daulis, mon Daulis... »

Dans la chambre, Daulis avait trouvé Dann endormi sur le ventre. Daulis se pencha pour poser la main sur son épaule mais recula d'un bond pour éviter Dann, qui avait bondi en brandissant un couteau.

— Oh, Daulis ! s'exclama Dann. Je me demandais quand tu viendrais nous rejoindre.

Il se laissa tomber sur le lit, à côté de Rafale.

— Qu'est-ce qui ne va pas, Dann ?

— Je suis un cas désespéré. Il y a deux hommes en moi, et l'un d'eux cherche à me détruire.

— Léta m'a dit que tu étais malade.

— Comment va-t-elle ? Joss nous a raconté qu'elle avait choisi de revenir à son ancienne activité.

— Elle n'a pas eu le choix. On l'a forcée. Ce qui ne veut pas dire qu'elle s'en tire mal...

Il éclata d'un rire déplaisant, et l'espace d'un instant un autre Daulis se montra dans son regard. Puis il redevint lui-même, à savoir le Daulis qui aurait détesté celui qui était apparu si fugitivement – s'il l'avait aperçu.

— Nous ne devons pas oublier qu'elle n'était qu'une enfant quand on l'a emmenée au bordel.

Il tendit un paquet à Dann.

— Elle t'envoie ceci. Elle m'a dit de te dire que ces simples sont très actifs. C'est un remède puissant. Il te guérira, si tu as envie de guérir. Ce sont ses mots exacts, Dann.

— C'est une femme très intelligente, observa Dann.

— D'après elle, Ali saura comment préparer le remède. Oui, nous connaissons l'existence d'Ali.

— Grâce à vos espions ?

— Vous-mêmes, vous connaissez tout de nous.

— Vous savez donc que Joss et plusieurs de ses hommes se trouvent déjà à la périphérie du Centre. Mais saviez-vous que chaque nuit ils se gorgent de pavot et d'alcool au point d'en perdre la tête ?

— Non, nous n'étions pas au courant pour le pavot.

— Enfin, maintenant tu peux venir avec nous à Toundra, n'est-ce pas ?

— Je vais retourner à Bilma.

— Eh bien, conseiller Daulis, les gens de Bilma seront-ils heureux de te revoir ?

— Certains le seront. Il y a une guerre civile, là-bas.

— Dis-moi donc où il n'y a pas une guerre civile, Daulis ?

— Parfois, je pense qu'il existe là-haut une étoile qui aime les guerres et les tueries. C'est ce que disent les devins des Villes des Rivières.

— Dans ce cas, nous ne sommes pas responsables. C'est la faute de l'étoile. Que pouvons-nous faire, face à une étoile affamée de meurtre ?

— Nous pouvons faire en sorte de gagner les guerres.

Daulis se leva.

— Et maintenant, je vais aller mendier quelques vivres. Il est temps que je parte.

— Au revoir, alors.

— Au revoir, Dann.

— Daulis, as-tu jamais songé à tous ces gens qui sont avec toi, à la vie à la mort, et un jour ils s'en vont et tu ne les revois jamais ?

— Je viendrai te rendre visite à Toundra.

— Et peut-être irai-je te voir à Bilma.

— Au revoir. Je n'oublierai jamais la façon dont tu m'as soigné, dans cette auberge où nous étions tous si malades. Je te dois la vie, Dann.

Daulis sortit.

En pénétrant dans la salle, il vit danser ou voltiger ou tournoyer entre les tables des scribes – quoi donc ? Un grand papillon ? Un oiseau ? Une silhouette indistincte, se métamorphosant à la lueur des hautes fenêtres en une créature blanche et noire, puis en un tourbillon de lumière immaculée – c'était Tamar qui dansait sa joie de le revoir. Elle s'élança vers lui. Il l'attrapa au vol et s'agenouilla pour la serrer contre lui.

— Tamar, je suis si heureux de te voir.

Elle tremblait d'excitation. Il sentait son petit cœur battre la chamade. Il la lâcha et l'accompagna au tas de coussins.

— Laisse-moi te regarder, Tamar. Tu ressembles tellement à ta mère. Et comme tu as grandi ! Tu ne nous as pourtant pas quittés depuis bien longtemps.

— Daulis, tu vas rester avec nous, maintenant ? Reste avec nous, je t'en prie. Savais-tu que mon père était parti, qu'il m'avait laissée ici ?

— Oui, je suis au courant. Mais tu n'as pas entendu la nouvelle ? Ton père a envoyé un message disant qu'il avait fait la moitié de son voyage et se portait bien.

— Pourquoi avez-vous reçu ce message, et pas nous ?

— Il arrive que les messagers se perdent ou... C'est pourquoi il a envoyé deux messages, l'un à la Ferme, l'autre ici.

— Mais mon père est en sûreté ?

— Oui, pour l'instant il est en sûreté.

Il ne pouvait se lasser de regarder la fillette ravissante agenouillée devant lui, dans sa robe magique aux couleurs changeantes, passant de l'ombre à la lumière, du noir à l'or, du jaune au brun.

— Ta robe me ramène dans le passé, Tamar. Je crois voir ta mère voltiger dans cette robe. Tu pourrais la voir aussi, maintenant, et elle n'est plus de ce monde. Mais toi, tu es là. Comme tu m'as manqué !

— Il ne reste donc plus personne à la Ferme. Seulement Léta. Et Donna ?

Manifestement, Kira et sa fille ne comptaient pas.

— Oui, seulement Léta, dit Daulis d'un ton grave.

Il croisa son regard plein d'une honte pudibonde.

— Je sais. Mais souviens-toi que ce n'est pas ce qu'elle a choisi.

— Peut-être viendra-t-elle vivre avec nous.

— Je suis sûr qu'elle en a envie.

— Et tu seras avec nous.

— Tamar, je dois rentrer dans mon pays. On a besoin de moi, là-bas.

— Mais moi aussi, j'ai besoin de toi, Daulis. Mon père est parti… et Dann… Dann est…

— Oui, je sais. Dann est malade. Mais je viens de le voir, et il est toujours le même.

Elle se leva d'un bond, les yeux mouillés, en chantant : « Daulis, Daulis, Daulis… » Elle ne cessait de tournoyer, de décrire des cercles, car elle pleurait et ne voulait pas qu'il voie ces larmes de petite fille. Elle continua de danser tandis qu'il la regardait, se détournait, s'en allait. Dans la chambre de Dann, Rafale se mit à aboyer. « Mon Rafale et mon Dann… », chanta-t-elle. Comme s'il ne lui avait jamais été interdit d'entrer chez Dann, elle se précipita vers la porte de sa chambre et l'ouvrit avant qu'Ali, qui était de garde, ait pu accourir pour l'en empêcher. Elle entra en dansant dans la chambre. Dann se leva de son lit, l'observa avec stupeur puis s'avança vers elle en brandissant un poignard.

— Va-t'en ! hurla-t-il. Laisse-moi tranquille ! Tu ne me donnes jamais de répit, tu…

À cet instant, ce fut Rafale qui poussa un hurlement. Cette fois, il ne bondit pas pour immobiliser le bras de Dann. Dressé sur ses pattes de derrière, il posa ses grosses pattes sur la poitrine de Dann. Dann s'effondra, en l'entraînant dans sa chute. Tamar se figea, muette d'horreur.

Ali s'avança, écarta Tamar et s'agenouilla près de Dann toujours écrasé sous Rafale.

— Tu es un bon chien, Rafale, dit Ali. Tout va bien.

Dann tentait de se libérer du poids de l'animal, mais Rafale ne bougeait pas. Le gros chien haleta un instant, puis geignit et s'éloigna enfin de Dann. Il se traîna jusqu'à un mur et s'affala près d'un garde qui était encore sous le choc, tant tout s'était passé vite. Rafale semblait souffrant. Il se mit à tousser, le souffle court.

Griot entra et regarda la scène avec stupeur.

Assis sur son lit, Dann avait la tête dans ses mains.

Tamar courut vers le chien des neiges ;

— Ali, Ali, Rafale est malade !

Griot ramassa le poignard gisant par terre, l'essuya et, ne sachant qu'en faire, le posa sur une étagère. Dann l'observa à travers ses doigts.

Ali s'allongea près de l'animal et approcha l'oreille de sa poitrine. Au bout d'un instant, il se redressa et resta accroupi près de Rafale, à le caresser.

— Tu es un bon chien, Rafale, tu es un bon chien.

Tamar, dans sa robe couleur d'ombre, pleurait assise à côté du chien.

— Le cœur de cet animal est fragile, déclara Ali. Il est très malade.

Il regarda Tamar et Dann d'un air sévère, et lança :

— Rafale doit appartenir à l'un d'entre vous, pas aux deux à la fois. Il doit être le chien de Tamar ou le chien de Dann. Vous exigez trop de lui, beaucoup trop. Laissez-le se reposer, maintenant. Je vais chercher des remèdes.

Il sortit en hâte.

Dann dit à Tamar, qui restait assise là, la main sur Rafale.

— Ne crains rien, Tamar, il est parti.

— Qui est parti ? Qui ? Daulis ? Je sais que Daulis a repris la route.

— Non, pas Daulis. L'Autre.

— Quel autre ?

Elle se mit à trembler, malgré ses efforts pour se calmer.

— L'Autre est un homme très méchant, répondit Dann. Griot le connaît.

Ali rentra en courant. Il fit ouvrir la bouche à Rafale et versa dedans une potion. Se relevant, il lança à Dann et Tamar d'une voix sévère :

— Je vous en prie, si vous aimez cet animal, faites preuve de gentillesse.

— Quand j'ai sorti Rafale du marais, dit Dann, il était presque mort. Ce n'était encore qu'un petit chiot. J'ai cru vraiment qu'il était mort. Peut-être son cœur a-t-il souffert à ce moment-là.

— Le cœur de cet animal a été brisé jour après jour par vous deux, déclara Ali, à force d'être tiraillé entre vous.

Rafale tremblait et enfonçait convulsivement ses griffes dans le sol de roseau. Il semblait avoir envie de vomir. Il eut un haut-le-cœur et se mit à hoqueter en gémissant, secoué de frissons.

— Pauvre Rafale chéri, chuchota Tamar.

— Je vais le prendre avec moi un moment, dit Ali. Je le garderai dans ma chambre et veillerai sur lui. Avec moi, il ne sera pas déchiré par l'amour ou l'inquiétude.

Ali échangea quelques mots avec Griot, qui sortit aussitôt. Puis il prit une des couvertures de Dann et en couvrit le chien des neiges.

Tamar demanda soudain à Dann :

— Si vous aimiez ma mère, pourquoi voulez-vous la tuer ?

Dann ferma les yeux et secoua la tête, incapable de répondre.

— Je ne comprends pas, dit Tamar.

Dann secoua de nouveau la tête.

Griot revint avec deux soldats et une planche. Ils hissèrent dessus le gros chien inanimé et l'emmenèrent. Tamar fit mine de les suivre, mais Ali lança :

— Non, non, il faut laisser tranquille cette pauvre bête pour le moment. Il pourra rester allongé dans l'obscurité et se reposer. Ne t'inquiète pas, je vais le remettre sur pied. Il s'en sortira, à condition de ne pas avoir à choisir entre deux personnes qu'il aime.

Il sortit. Griot resta.

Dann était tremblant, comme Rafale. Son visage semblait s'être creusé, ses yeux étaient sombres, éperdus. Tamar s'approcha de lui. Quand elle fut tout près, il tendit les bras et la serra contre lui. L'homme et la fillette agenouillée près de lui étaient réunis. Ils pleurèrent ensemble.

En les regardant, Griot se dit qu'il avait peut-être de la chance que son propre cœur fût glacé.

Dann s'écarta légèrement de Tamar et lança :

— Griot, tu veux à tout prix me mettre à la tête de ton armée pour envahir Toundra. Tu ne crains donc pas que l'Autre puisse prendre le dessus et réduire à néant tous tes beaux projets ?

Après un instant de réflexion, Griot répliqua :

— Non. Il n'est pas allé bien loin cette fois, pas vrai ?

— Et si je n'avais pas Rafale à côté de moi pour me tenir à l'œil ?

En entendant ces mots, Tamar s'écria :

— Non, non !

Elle était de nouveau au bord des larmes.
— Chut, Tamar, dit Dann.
Il se tourna vers Griot :
— Mais je t'aurai toujours, toi, n'est-ce pas ?
— Je l'espère, répondit Griot.
— Je l'espère aussi.
Il sembla à Griot que Dann avait prononcé ces mots sans aucune ironie.
Dann se leva avec circonspection.
— Griot, avant de quitter cet endroit, il ne nous reste plus qu'une chose à faire. Non, ne t'inquiète pas, ce ne sera pas long. Nous serons prêts pour la nouvelle lune, comme tu l'as décidé.
Griot continua de monter la garde, malgré les deux soldats déjà à leur poste. Il attendait, vigilant. Ce n'était plus pour Tamar qu'il avait peur mais pour Dann, si maigre et si malade.
Dann lui demanda d'aller voir si le chien des neiges se remettait. Ali cria de sa chambre que Rafale était endormi et en voie de guérison. Griot revint avec cette nouvelle et Tamar chuchota à Dann :
— Je pense qu'il faut que Rafale soit à vous. C'est votre chien. Vous l'avez sauvé de la mort dans le marais.
— Non, c'est toi qui l'auras. Je vais te le donner. Pauvre petite Tamar, ton père est parti, et voilà que ton oncle Dann s'est révélé si décevant...
Ils se serrèrent l'un contre l'autre en se réconfortant mutuellement et en pleurant, sous l'œil de Griot.
Quand ils sortirent enfin de la chambre de Dann, ils trouvèrent un message de Daulis leur disant qu'il les préviendrait de son arrivée à Bilma. De son côté, Ali envoya un messager les avertir qu'il restait

avec Rafale, auquel il avait administré un puissant somnifère. Il préférait être à son côté, ou veiller en tout cas à ce qu'il ne reste jamais seul.

Dann ordonna alors que les soldats se réunissent sur la place. Ils étaient moins nombreux que la dernière fois, car beaucoup étaient déjà partis.

Dann se présenta seul devant eux, cette fois, sans Tamar. Il déclara qu'ils devaient avoir entendu dire qu'il avait de nouveau été malade. C'était le pavot qui avait déclenché ce nouvel accès, pensait-il, mais il en avait pris très peu. Il espérait qu'ils avaient eu le bon sens de laisser le pavot aux écharpes noires – cette dernière remarque fut accueillie par des rires.

Griot les regardait d'une fenêtre. Il se dit qu'il ne comprendrait jamais. Tous ces gens assemblés aimaient Dann. Le général avait beau ressembler à un malheureux réfugié privé de nourriture depuis des jours, tant il était maigre et malade, il avait une sorte de rayonnement. Il semblait irradier la force, la beauté. Du fond de souvenirs lointains, qui n'étaient peut-être même pas les siens, ou du fond d'antiques légendes, un mot vint s'imposer à Griot : *noble*. Il y avait quelque chose de noble dans cette malheureuse créature malade. Qu'est-ce que cela voulait dire exactement ? Griot l'ignorait. Mais il sentait qu'il pourrait mourir pour Dann, envers et contre tout. Et dehors, sur la place, la foule l'acclamait. « Je ne comprends pas ce phénomène, mais je compte dessus », songea Griot. Il avait reçu des messages de ses éclaireurs. Les gens attendaient le général Dann : « Ils parlent de lui. Tout le monde le connaît. Ils pensent qu'il va rapporter toutes sortes de prodiges de l'abri secret. Et ils aiment aussi la fillette. »

Tout le long de la grande salle, les scribes devant leurs tables étaient prêts. Tous semblaient fébriles, excités. On allait fracturer la cage transparente. Entre la salle et l'entrée dérobée menant à la pièce secrète, des colonnes de soldats attendaient, afin de prendre les livres, les tablettes ou tout autre objet devenu accessible et de les porter en hâte aux érudits connaissant tant de langues.

Dann se rendit dans la cachette avec Tamar, Griot et Ali, qui avait laissé des gardes-malades auprès de Rafale. Griot tenait un gros marteau de pierre et Ali un morceau de rocher. Immobiles devant la paroi brillante, prêts à agir, ils regardaient les feuilles et les pages fixées contre elle, et une sorte de conduit, au centre, où des livres étaient empilés en plusieurs tas, jadis impeccables mais maintenant à moitié éboulés.

Griot abattit son marteau sur la paroi, qui émit un son métallique, retentissant et mélodieux, mais ne céda pas.

— Personne n'a encore osé faire une chose pareille, dit Dann.

Ali frappa à son tour la paroi avec son rocher. Une nouvelle note mélodieuse résonna.

La cage transparente était intacte. Elle n'avait même pas frémi ni vibré.

— Dommage que nous ne puissions utiliser cette grosse machine avec des poids, observa Tamar. Je veux dire, du temps où elle était en fer.

— Tu as raison, dit Ali. Mais elle n'entrerait jamais ici, elle est trop énorme.

— Il serait facile de détacher les grosses boules des chaînes et de les faire rouler contre le mur, répliqua la fillette.

Ali fut impressionné par Tamar – cela arrivait souvent.

Allez-y ensemble ! s'exclama Dann.

Griot et Ali frappèrent la paroi en même temps.

Le fracas métallique résonna dans la pièce avec une telle force qu'il semblait impossible que l'abri ne s'ouvrît pas.

Ils contemplèrent le cube lisse, leur adversaire. Son sommet disparaissait dans une sorte de crevasse obscure. Ali prit son élan et s'élança vers le haut du mur. Ses doigts effleurèrent la crevasse, puis il retomba.

— Le haut est encastré dans une matière dure, mais ce n'est pas de la roche, déclara-t-il.

— Cette chose est ici depuis si longtemps, dit Dann. Elle sait se défendre. Et sous le sol, qu'y a-t-il ?

— Vous le savez parfaitement, répondit Griot. De l'eau. Les murs sont partout couverts de moisissure.

— Cet abri est comme une cellule, une bulle qui serait carrée, dit Ali.

— Comment ont-ils pu la fabriquer ? s'exclama Dann avec désespoir. Comment ont-ils fait ? Nous ne savons pas. Nous ne savons rien.

Tamar avait collé son oreille contre la paroi transparente.

— Ça résonne encore, dit-elle.

— Griot, tu as des explosifs. Ceux que tu utilises pour construire des routes le long des falaises.

— Ils détruiront les livres avec l'abri.

— Il en restera quelques-uns. Nous n'avons pas le choix, Griot. Si nous partons sans rien faire, tout ceci va disparaître dans les marais. En ouvrant l'abri, nous pourrons peut-être sauver quelque chose.

Griot s'en alla et revint avec des bâtons d'explosif, qu'il plaça à intervalles réguliers en haut et en bas des murs et qu'il attacha à une longue mèche.

Ils sortirent avec l'extrémité de la mèche, que Griot alluma.

Il y eut d'abord une explosion violente puis un fracas métallique, comme la sonnerie d'une cloche.

Ils rentrèrent en courant. Les parois s'étaient cassées net à deux endroits et s'ouvraient comme des feuilles étincelantes d'eau congelée. L'air s'engouffrait dans l'abri en sifflant. De l'eau ruisselant des murs de la pièce s'infiltrait à l'intérieur.

— Vite ! hurla Dann.

Il se glissa dans cette cellule, ou cette bulle, et agrippa les livres fixés aux parois par des fermoirs en... en quoi ? Une sorte de métal badigeonné de colle forte. Griot, Tamar, Ali et lui entreprirent d'attraper les livres des murs et du conduit central, qu'ils passèrent aux soldats prêts à courir jusqu'à la salle, où ils les laissaient tomber sur les tables des scribes et des linguistes avant de repartir à toutes jambes en chercher d'autres.

Ils faisaient tous aussi vite que possible, mais de l'eau déferlait maintenant jusqu'au centre de l'abri fracassé. Dann se saisit des derniers livres encore secs et fit un bond en arrière pour éviter un jet d'eau jaillissant brusquement.

— C'est fini ! cria Griot. Sauvons-nous, mon général !

Dann posa sa dernière brassée de livres. Les scribes tentaient de classer les livres d'après les langues qu'ils connaissaient, mais les vieux volumes fragiles tombaient en pièces. Chaque fois qu'on en ouvrait un, il s'effritait. Atterré, désespéré, Dann s'emparait d'un livre, puis d'un autre, et le voyait se désagréger dans ses mains. Sous l'effet de l'air, des fragments de papier brunissaient puis noircissaient.

— Ainsi disparaît la sagesse de dizaines de civilisations, lança Dann. Regardez-la disparaître ! Elle s'en va, elle se meurt... elle est morte.

Il allait de table en table, dans l'espoir peut-être que des livres fussent encore intacts à l'une d'elles. Les ouvrant délicatement les uns après les autres, il les regardait mourir, tandis que quelques mots ou lignes de mots se détachaient avec netteté, comme sous les flammes du feu qui les consumait. Dès qu'un volume avait péri, il en saisissait un autre.

Il pleurait. Tous les érudits au travail dans la salle étaient éperdus, parfois en larmes, en tentant d'attraper des fragments de papier voltigeant en tous sens.

Dann s'immobilisa, avec Tamar derrière lui. Une sorte de fracas métallique s'éleva du côté de la pièce secrète, s'affaiblit puis se tut. L'abri transparent ne sortirait plus jamais du silence. Un filet d'eau s'en échappait.

— Il est temps que nous partions tous, dit Griot.

D'un bout à l'autre de la salle, les scribes recopiaient en hâte des phrases ou de simples mots, tandis que les livres tombaient en poussière dans leurs mains.

... vérités évidentes...

Un vieux faune en terre cuite[1]...

... être en Angleterre...

... Rose, tu es malade...

---

1. En français dans le texte.

... tous les océans...

... relevé d'entre les morts pour dire que le soleil brille...

... en un jour d'été...

... Hélène...

Vent d'ouest, quand...

Les Pléiades...

... et je repose ici, seul...

... et toutes les routes mènent à...

— Dann, mon général, il est possible de refaire ce qui a été fait, dit Griot.

— Encore et encore et encore... dit Dann.

Il s'assit à la table qu'il partageait avec Ali et regarda tous ces gens penchés fiévreusement sur les morceaux de papier en décomposition.

— C'est cet encore et encore, Griot. Je ne comprends pas que cela ne te frappe pas.

Griot s'assit à côté de Dann.

— Mon général, vous vous rendez la vie si difficile.

Tamar s'assit à son tour. Un morceau de papier effrité à la main, elle pleurait.

— Quand je serai à Toundra, dit-elle, je ne pleurerai plus. Plus jamais.

Un soldat apparut.

— Mon général, le chien des neiges arrive. Il ne voulait pas rester tranquille, mon général.

Le gros chien blanc se traîna vers eux en haletant, mais au lieu de poser la tête sur le genou de Tamar ou de Dann il passa devant eux pour rejoindre les coussins, sur lesquels il s'affala et ne bougea plus.

— Laissez-le, dit Ali. Laissez-le se reposer.

— Rafale, Rafale, chuchota Tamar.

Le chien des neiges remua faiblement la queue et resta couché, les yeux ouverts, le souffle court.

— Il a peur que nous partions sans lui, dit Dann. Pas vrai, Rafale ?

L'animal remua de nouveau la queue sans bouger.

— Griot, comment allons-nous faire pour l'emmener ?

— On est en train de lui fabriquer une petite voiture où il pourra s'installer. Nous la porterons pour traverser les marais, puis nous lui mettrons des roues. S'il y a quelque chose qu'on trouve en abondance dans le Centre, ce sont les vieilles roues.

— Ingénieux, Griot, approuva Dann. Je te reconnais bien là. À quoi bon les trésors du Centre ? Griot fera aussi bien qu'eux.

— Mais oui, répliqua Griot d'un ton sérieux. C'est aussi ce que je pense.

À cet instant, on frappa violemment à la porte principale. Une sentinelle entra dans la salle, suivie de Kira et d'une grosse fillette renfrognée.

— Laissez-moi passer ! lança une voix aiguë, impérieuse.

— Tout va bien, dit Dann à la sentinelle.

Il était bouleversé. Cette voix... Cette voix douce, séduisante, insinuante... Elle lui faisait peur.

Une femme imposante s'immobilisa sur le seuil. Elle avait une abondante chevelure noire, des yeux noirs flamboyants, des bijoux qui étincelaient et tintaient à ses bras dodus et à ses chevilles. La petite Rhéa était aussi voyante que sa mère, avec ses boucles d'oreilles, ses cheveux noirs retenus par un bandeau doré et une multitude de bagues à ses doigts boudinés.

Kira avait les yeux fixés sur Dann.

— Eh bien, décréta-t-elle, tu n'as pas l'air en grande forme, Dann.

Derrière elle, un groupe de femmes soldats s'avança. Leurs écharpes noires drapées sur leurs épaules étaient attachées avec des broches faites de pinces de crabe. Elle leur fit signe de se déployer autour d'elle, mais Griot lança :

— Un instant ! Vous devez envoyer vos soldats à la porte de l'Ouest. Vous savez où elle se trouve.

Il parlait pour Dann, qu'il voyait incapable d'articuler un mot, le souffle court, les poings serrés, l'air terrifié. Puis le visage de Dann s'éclaircit. Il respira profondément et se sentit d'un coup délivré. Cette voix d'une douceur mélodieuse avait une dureté en elle, comme un accord discordant. Et elle avait quelque chose de geignard. Dann était libre : Kira n'était plus en mesure de le dominer.

— Comment oses-tu ? commença-t-elle. Griot, comment oses…

— Kira, fais ce qu'il te dit, ordonna Dann.

Sa voix calme et posée la prit de court.

— Tu peux entrer avec l'enfant, mais tes gardes doivent aller avec Joss et ses troupes.

Avec une moue mécontente, elle renvoya ses gardes d'un geste qui se voulait plein d'autorité – mais sa main tremblait.

— Assieds-toi, dit Dann. Toi aussi, Rhéa.

Elles s'assirent toutes deux, en mettant de l'ordre à leurs vêtements et à l'édifice de leurs cheveux. Pour Kira au moins, il s'agissait manifestement de gagner du temps.

Rhéa lança d'une voix flûtée :

— Ne vous imaginez pas que vous êtes mon père, car ce n'est pas vrai.

Kira lui lança un regard mécontent, qu'il était malaisé d'interpréter. Il était maintenant évident qu'elle était malade, à moins que... Ses yeux étaient trop brillants, vitreux, avec des pupilles dilatées. Son regard était mouillé, incertain.

— Elle a pris du pavot, souffla Tamar qui se serrait aussi étroitement que possible contre Dann.

Et Rhéa ? Elle aussi avait pris du pavot, et certes pas à faible dose.

— Ne crois pas que je sois heureuse de te voir, Tamar, dit Rhéa avec effort.

Cette phrase, comme la précédente, semblait préparée à l'avance. Sa mère et elle devaient les avoir répétées, mais apparemment elle les avait débitées à contretemps. Tel était le sens du regard de Kira : c'était un reproche.

Kira étala ostensiblement sa robe, qui était longue, jaune, avec de larges rayures noires. Une robe sahar.

— Tu as vu ce que je porte ? demanda-t-elle à Dann.

— Bien sûr. C'était ce que tu voulais, non ?

— Je crois que cette robe sahar me va mieux qu'à Mara, tu ne trouves pas ?

Elle leva le bras pour mettre en valeur le motif rayé.

— Mara était molle et maigre, déclara-t-elle de sa voix douce et haineuse. Je suis plus jolie que Mara. Je l'ai toujours été.

Dann garda le silence. Il était trop en colère pour parler.

— Vois-tu ces rangées de soldats, Kira ? intervint Griot. Ils ne sont pas là sans raison.

— Je les vois, dit-elle en clignant des yeux.

Le soleil avait émergé des lourds nuages sombres, et une lumière basse, dorée et violente éblouissait Kira.

Le chien des neiges changea de position et poussa un grognement. Il guettait Kira et sa fille, prêt à attaquer si nécessaire – et s'il en était capable.

Ali se leva et se posta derrière la chaise de Tamar, son poignard à la main.

— Quelle pagaille ici ! s'exclama Kira en regardant les feuilles de papier effrité amoncelées sur le sol.

— Voilà tout ce qui reste des bibliothèques des sables léguées par les millénaires, déclara Dann. Elles ont été préservées pour nous, et maintenant elles ont disparu.

— Bon débarras, dit Kira. Qu'est-ce que ça peut nous faire ? Je suis venue te dire ceci, Dann. Joss, Rhéa et moi allons nous installer dans le Centre. Nous prendrons tout ce qui peut servir avant de marcher sur Toundra.

— Ne vous gênez pas, dit Dann.

Kira parut prête à exploser. Ses boucles luisantes, ses bijoux, ses ongles brillants, ses lèvres roses et gonflées semblaient irradier de rage.

— Et je peux te dire que nous ferons un meilleur emploi du Centre que vous !

Le chien des neiges leva la tête et gronda en réponse à la fureur de Kira.

— Que fait ici cet animal crasseux ? Nos chiens des neiges sont entraînés à combattre.

— Il n'est pas crasseux, dit Tamar.

Ali posa la main sur l'épaule de la fillette.

— J'ai un chiot des neiges, déclara Rhéa. Mais ce sont mes esclaves qui s'en occupent.

— C'est vrai, dit Dann, j'ai appris que vous aviez des esclaves, maintenant. J'espère que vous les traitez aussi bien que nous l'étions, au temps où nous étions esclaves.

— Comment oses-tu ? s'écria Kira. Quel tissu de mensonges !

— Quel tissu de mensonges ! répéta Rhéa comme un écho.

Ses yeux devenaient vitreux.

Tous la regardèrent, cette grosse petite fille à l'air orgueilleux, qui était le vivant portrait de sa mère. Elle n'avait presque rien de Dann, son père. Peut-être les yeux, un peu, et les mains allongées – mais elles étaient trop grasses. C'était Tamar, la fille de Dann. Kira lui lança d'un ton venimeux :

— Je suppose que tu sais que ton père est mort ?

— Non ! cria Tamar.

Dann passa son bras autour des épaules de la fillette.

— Tu mens, Kira, dit-il. Un messager est arrivé ce matin. Shabis se trouvait non loin de Charad quand il a envoyé son message.

Suivirent force mèches rejetées en arrière, moues boudeuses, regards flamboyants. Cependant toute cette démonstration semblait discordante, comme une série de fausses notes. Kira et sa fille avaient l'air de poupées qu'on avait remontées mais qui commençaient à s'affaisser.

— Kira, dit Dann, je te conseille d'aller te coucher. Va retrouver Joss et couche-toi. Tu sembles souffrante.

— J'ai fait un long voyage, répliqua-t-elle d'un ton lugubre.

— Tu devrais dormir pour te remettre, assura Dann en se levant.

Kira tenta de se lever à son tour, puis se rassit. Dann tapa dans ses mains, et un soldat apparut.

— Escortez ces dames jusqu'à la porte de l'Ouest, commanda-t-il.

Kira se hissa péniblement sur ses pieds.

— Je vais par là, annonça-t-elle en faisant mine d'avancer vers les rangées de soldats.

— C'est hors de question, dit Dann. Ils ont ordre de tuer toute écharpe noire tentant de franchir leurs lignes. Tu vas devoir faire le tour.

La mère et la fille se dirigèrent alors d'un pas incertain vers la porte principale. Elles se déplaçaient avec cette circonspection excessive des gens qui ont trop bu – mais elles n'étaient pas ivres.

La porte se referma brutalement.

— Et maintenant, déclara Griot, il est temps que nous partions.

— Oui, j'ai compris, Griot. C'est bien, je suis prêt.

— Nous partirons dans deux jours.

— Quel besoin avons-nous de faire des bagages, Griot ? Ce que je possède a toujours tenu dans un baluchon.

— Ai-je aussi un baluchon ? demanda Tamar.

— Je te montrerai comment en faire un avec une moitié d'écharpe, dit Dann.

— Quand nous serons à Toundra, aurai-je une chambre comme à présent ?

— Oui, j'en suis sûr.

— Et je serai près de vous ?

— Tamar, ne crains rien, nous serons tous là.

— Et Rafale ? Sera-t-il dans votre chambre ou dans la mienne ?

— Vous devriez le laisser choisir, intervint Ali.

Ce soir-là, alors que le ciel s'assombrissait, Griot s'en alla dans la partie ouest du Centre, escorté par quatre soldats. Tous arboraient des écharpes rouges. Deux chiens des neiges les accompagnaient. C'étaient des animaux sympathiques, mais Griot ne retrouvait pas dans leur regard cette intelligence pleine d'amour à laquelle Rafale l'avait habitué.

Griot et ses gardes traversèrent les deux rangées de soldats, en leur disant d'être vigilants.

Ils avaient tous l'habitude de voir le Centre la nuit, sans lumière, avec ses tours, ses toits, ses tourelles et ses parapets se détachant sur les ciels changeant au gré des lunes, mais, tandis qu'ils avançaient maintenant à travers les cours et les venelles, ils voyaient des flammes danser dans un coin ou même dans les hauteurs, à l'angle d'un toit ou à une fenêtre délabrée. Griot ne cherchait pas à ne pas être vu. Il n'aurait pas aimé tomber sur Kira, mais cela lui paraissait improbable. Elle s'était trouvé un énorme fauteuil dans lequel elle trônait, dans l'un des musées en train de se vider. Elle y tenait sa cour et festoyait avec Joss. Griot voulait montrer clairement que, jusqu'à ce qu'il décide de partir, le Centre appartenait à Dann et que Kira n'y était que tolérée. En outre, il voulait vérifier ce qu'il en était de ses rapports avec l'armée de Kira.

Arrivé à l'extrémité ouest du Centre, il vit une troupe de soldats couchés ou accroupis autour de leurs feux. Il leva la main avec autorité, car ils semblaient hésiter entre attaquer ou s'enfuir, et leur demanda comment ils allaient. Il s'attarda, décontracté, afin qu'ils puissent bien le regarder. La plupart devaient le reconnaître, ne serait-ce que parce qu'il était si différent d'eux, cet homme trapu, vigoureux, au visage large respirant la santé. Ses yeux attiraient l'attention par leur couleur grise ou verte. Presque tous ces gens étaient venus de l'Est et s'étaient vu refuser l'asile au Centre, quand ils s'étaient présentés. Toutefois ils avaient eu droit à des vivres à emporter. Griot était là, pendant des heures parfois, désolé de devoir les refouler même s'il reconnaissait le bien-fondé des ordres de Dann interdisant à l'armée d'accueillir davantage de réfugiés. Il avait contrôlé lui-même les opérations, en veillant à ce que chacun soit traité avec équité. Dans le souvenir de ces gens, il restait associé à l'aide qu'ils avaient reçue. Il voulait à présent qu'ils sachent que c'était lui, ce capitaine Griot dont Kira avait dû leur parler avec mépris.

Nombreux furent ceux qui montrèrent qu'ils le reconnaissaient, tandis qu'il se tenait devant eux. En traversant leur groupe, il les entendit demander les uns après les autres : « Quand nous serons à Toundra, me donnerez-vous l'écharpe rouge ? » À mesure qu'il traversait les cours obscures, au milieu des feux de cuisine, il était accompagné par ces mots : *L'écharpe rouge, l'écharpe rouge...*

À la fin de cette tournée d'inspection, il savait qu'en arrivant à Toundra la moitié de l'armée de Kira déserterait pour le rejoindre. Avait-il envie de les enrôler ? Il observait avec attention l'effet que l'alcool et le pavot avaient déjà eu sur ces gens. Kira avait encouragé ces excès : elle jugeait plus facile de contrôler des soldats hébétés.

Griot n'avait pas envie de ce que Kira avait gâté, mais il y avait là beaucoup d'hommes et de femmes indemnes. Cependant ils n'étaient pas encore à Toundra. Griot était certain que Kira ne serait pas pressée de quitter le Centre. Elle aurait les poissons de la mer du Gouffre, qui lui parviendraient par les routes qu'il avait fait construire. Elle aurait les entrepôts de vivres, et les fermes où la culture et l'élevage prospéraient. Les réfugiés affluant de l'Est apportaient avec eux leurs provisions de pavot et de toutes sortes de produits inconnus à la Ferme ou au Centre. Oui, l'armée de Dann aurait tout son temps pour prendre le contrôle de Toundra avant que Kira se décide à remuer sa graisse. Griot savait que tout ne serait pas réglé pour autant. Kira et Joss n'étaient pas une menace : elle était trop molle et trop soucieuse de ses aises, et lui trop grossier et inexpérimenté – pas très intelligent, semblait-il à Griot. Mais il y avait Rhéa, qui se souviendrait qu'elle était la fille de Dann, après tout, quand il serait devenu le maître de Toundra. Dans un avenir plus ou moins lointain, cette créature impérieuse arriverait à Toundra pour revendiquer ses droits. Enfin, ce n'était pas pour demain. Et il n'y avait rien à faire, pour l'instant. Rhéa était trop bien gardée pour qu'un coup de couteau puisse l'atteindre – encore que Griot n'eût eu aucun scrupule à donner un ordre en ce sens, s'il pensait que cela avait pu réussir.

Il parvint à l'extrémité ouest du Centre, où la muraille était encore imposante malgré son délabrement. Il repartit en faisant le tour par la muraille du Sud. Apercevant des lumières dans un bâtiment, il frappa à la porte. Léta apparut. En voyant Griot, elle éclata en sanglots et se jeta dans ses bras.

Elle ne se serait pas comportée ainsi, lors de son précédent séjour. Cette femme avait été tellement maltraitée – par Kira, par Joss – qu'elle n'était plus qu'une suppliante.

Par-dessus la tête de Léta, Griot aperçut les pensionnaires de Léta. Certaines étaient des Albaines, de pâles créatures aux chevelures resplendissant à la lueur des chandelles. Il y avait aussi les filles des Villes des Rivières, d'un noir luisant, qui souriaient à Griot.

— Oh, Griot ! gémit Léta. J'espérais que tu n'apprendrais jamais que j'étais ici.

— Ne pleurez pas, ordonna-t-il.

Elle s'efforça de se contenir.

— Dann sera blessé que vous ne l'ayez pas informé de votre présence.

— J'ai tellement honte, souffla-t-elle.

Avant qu'elle ne puisse se remettre à pleurer, il lança :

— Arrêtez, Léta. Je vous en prie. Je vais dire à Dann que vous êtes là. Il m'en voudrait, si je ne le faisais pas. Il parle souvent de vous, il a tant d'affection pour vous. N'étiez-vous pas avec lui, pendant son incroyable voyage ?

— Pas d'un bout à l'autre. Et tout est différent, maintenant. Tu peux toi-même le constater.

— Êtes-vous prisonnière ?

— Oui. Nous le sommes toutes.

— Notre armée part pour Toundra dans deux jours. Nous y allons tous. On nous attend, là-bas. Si vous pouvez vous préparer au départ, j'enverrai des soldats vous chercher. Kira ne pourra rien contre eux.

— Et les filles ? Mes pauvres filles ?

Griot ne pouvait s'empêcher de lancer des regards fascinés à ces créatures si exotiques, les blanches Albaines et les noires filles des Rivières, assises là à moitié nues, l'air ennuyé.

— Si vous ne pouvez être prêtes quand nous partirons, arrangez-vous pour rejoindre Toundra. Nous verrons ce que vous voudrez faire, vous et les filles.

Il s'en alla en leur adressant un salut militaire – il lui sembla que cela leur plairait.

Même s'il ne l'aurait peut-être pas dû, il se disait qu'il ne serait pas mauvais d'avoir à Toundra Léta et les commodités qu'elle et ses filles pouvaient offrir. Il ne voyait pas en quoi c'était mal. Il n'arrivait pas à comprendre pourquoi elle se comportait comme si elle avait commis un crime. Manifestement, quelque chose le dépassait là-dedans – de quelque point de vue qu'il envisageât les choses, il parvenait toujours à cette conclusion. Pourtant il y avait cette femme qu'il fréquentait... Qu'éprouverait-il si elle faisait partie des pensionnaires de Léta ? Oui, il sentait qu'il n'aimerait pas ça. Cependant il savait qu'elle allait avec d'autres hommes. Il était toujours tellement occupé, elle finissait par se sentir seule – il ne la blâmait pas. Arrivé à ce point, il constatait une nouvelle fois un manque en lui. Quand quelqu'un en vient à s'accuser ainsi d'un manque intérieur, c'est comme s'il découvrait à la fin d'un voyage qu'il a oublié quelque chose d'important, que ce soit des adresses utiles ou des tenues de circonstance, quelque chose qu'on s'accorde en général à juger indispensable. « Mais je m'en tire plutôt bien, non ? Je ne dois quand même pas être si mal... »

De toute façon, il savait que Dann ne donnerait jamais son accord, s'il lui suggérait d'installer Léta et ses pensionnaires dans quelque maison commode. Encore un problème à remettre à plus tard.

Griot trouva Dann assis avec Tamar devant la porte de la chambre où l'on pouvait apercevoir Rafale endormi, sur lequel veillait Ali.

— Il est temps que vous alliez vous coucher, vous deux, dit Griot à voix basse pour ne pas déranger le chien des neiges.

Ali sourit et leva la main, comme pour dire : *Merci de faire partir Dann et Tamar, qui ne devraient pas être ici.*

Griot les emmena se coucher, vérifia que les gardes étaient à leur poste puis gagna son propre lit.

Le lendemain soir, il fit un tour à travers les cours intérieures – il découvrait toujours des endroits qu'il ne connaissait pas, tant le Centre était immense. À présent, il s'arrêtait d'un air détendu, sans prendre de précautions, pour parler aux soldats de Kira. Partout, les écharpes noires gisaient en désordre dans les coins ou par terre, à côté des soldats se réchauffant autour des feux. Au contraire, dans l'armée de Dann – ou de Griot –, les soldats traitaient leurs écharpes avec respect et veillaient sur elles, en les gardant propres et en les raccommodant si elles se déchiraient.

Cette nuit-là, Griot fit courir un bruit dans les troupes de Kira : « Il y aura des écharpes rouges pour tout soldat honnête qui en demandera une, à Toundra. »

Quand arriva la nuit de la nouvelle lune, l'heure du départ sonna pour de bon.

Quatre soldats apportèrent pour Rafale une caisse munie de longs bras, dans laquelle on hissa l'animal. Dann, Griot, Tamar et Ali, tous allèrent chercher leur baluchon. Avec Rafale dans sa caisse, ils quittèrent le Centre pour toujours.

Dann s'arrêta sur la route est-ouest pour regarder en arrière. À travers les hautes portes, il distinguait l'entrée de l'abri secret, de laquelle de l'eau s'échappait et recouvrait cette partie de la cour.

Les guides prévus pour la traversée des marais les attendaient, alignés le long du chemin. Eux-mêmes avaient pour guide une femme qui avait été l'un des meilleurs agents de Griot, faisant souvent des allers-retours à travers le labyrinthe marécageux. Elle connaissait les mares et les étangs, les vases, les bourbiers et les sables mouvants. Elle marchait en tête, suivie de Griot, du chien des neiges dans sa litière, puis de Dann, Tamar et Ali. Ils apparaissaient les uns aux autres comme des silhouettes noires sur un sol noir et détrempé. La lune, quand elle se montrait, n'était qu'une mince lueur blanche, intermittente, qui éclairait les bords des nuages sombres se hâtant dans le ciel mais n'atteignait pas la nuit des marais.

Juste avant qu'ils ne quittent le chemin pour s'engager dans les marais, une silhouette au visage caché par une écharpe noire rejoignit furtivement Tamar et lui tendit un paquet. Il contenait une hideuse figurine en bois volée dans un musée et dont le cœur était percé de longues aiguilles. On leur avait demandé de se taire, mais lorsque le petit groupe s'arrêta aux abords d'un massif de joncs, devant lequel leur guide hésita, Tamar chuchota à Dann :

— La haine est une chose très bizarre. Pourquoi Kira et Rhéa me haïssent-elles à ce point ? Quand elles me regardent, leurs yeux sont comme des poignards. Je n'ai pas de haine pour elles, mais elles me font tellement peur.

Son petit visage terrifié était presque invisible dans l'ombre. Dann prit la figurine qu'elle lui montrait et la jeta dans une mare.

— Je crois qu'on pourrait dire que l'amour est tout aussi bizarre, répliqua-t-il à voix basse.

Derrière eux, Ali poussa une exclamation réprobatrice.

Tamar glissa sa main dans celle de Dann. D'une voix aiguë, effrayée, elle lança :

— Dann, Dann…

— Oui, je sais, dit Dann. Mais il ne faut pas m'écouter. Je ne pense pas ce que je dis.

— Je crois que vous le pensez, au contraire, chuchota-t-elle.

— Nous repartons, les avertit Ali.

Ce fut une longue nuit, si sombre, pleine des rumeurs des oiseaux et des autres animaux du marais. Grenouilles et poissons faisaient des bonds pour s'enfuir à leur approche. On voyait bouger des lumières, qui ne pouvaient provenir des soldats, puisqu'on leur avait défendu de s'éclairer. Chacun devait marcher exactement au même endroit que la personne le précédant. Par moments, le clapotement de l'eau était tout proche autour d'eux et ils pataugeaient dans la boue. Un cri soudain leur apprit qu'un soldat avait glissé. Ils entendirent des éclaboussements, des éclats de voix, tandis qu'on le hissait sur le sol. Ce bref tapage au cœur des ténèbres les emplit d'appréhension à l'idée de tous ces gens alentour, avançant en silence – et s'il y avait des ennemis parmi eux ?

L'aube les surprit au milieu des marais. Des centaines de soldats semblaient marcher ou rester immobiles sur l'eau. Leurs silhouettes gris-brun se détachaient sur l'eau gris-vert – les écharpes rouges étaient cachées dans les baluchons. Ils avaient mis toute la nuit pour faire un tiers du trajet. Dans la lumière du matin, qui faisait jouer sur l'eau des reflets rosés, ils regardèrent derrière eux le Centre se dressant encore à l'horizon. On distinguait le rougeoiement d'un feu, une fumée grisâtre.

— Ça ne m'étonne pas, dit Griot. Avec tous ces feux qu'ils font la nuit... Enfin, il y a tellement d'eau partout que l'incendie n'ira pas bien loin.

— Maintenant que nous sommes partis, dit Dann, Kira et Joss vont occuper nos appartements. Ils seront à l'abri de l'humidité pour quelque temps.

— Le temps, le temps, dit Tamar. Chaque fois que vous employez ce mot, il prend un sens différent.

— Quelle que soit la façon dont on le mesure, le temps finira par engloutir le Centre, sous l'action de l'eau ou du feu ou des deux à la fois.

— Cela fera drôle de ne plus avoir le Centre, observa Tamar. Toute ma vie, j'ai entendu répéter : le Centre, le Centre...

— Nous pouvons en refaire un, déclara Griot.

— Mais il a fallu des centaines, non, des milliers d'années pour constituer le Centre, objecta Dann.

— Nous pouvons toujours commencer, répliqua Griot.

— Un Centre sans librairies des sables, sans archives, sans histoire.

— Mais nous avons avec nous tous les scribes et ce qu'ils ont recopié, dit Griot. Cela fait une masse énorme.

— Ce n'est qu'une portion infime de ce qu'il y avait.

Ils continuèrent à cheminer à travers la brume flottant au-dessus des eaux froides, d'un pas aussi circonspect que pendant la nuit. Ali chuchota à Tamar qu'elle ferait mieux de se faire porter, mais elle se contenta de répondre qu'elle n'était pas fatiguée. Ce n'était pas vrai, mais elle se rappelait ce qu'on racontait de sa mère, qui avait été si courageuse.

Vers midi, ils atteignirent un îlot un peu plus élevé que les marais. Des groupes successifs de voyageurs allèrent s'y reposer quelques minutes – il n'y avait de place que pour quelques-uns à la fois. Le chien des neiges était resté muet pendant toute la nuit. Tamar lui rendit visite. Il remua faiblement la queue en signe de bienvenue, mais resta allongé sur le côté, les yeux clos. Il paraissait souffrant.

La foule des soldats passa ainsi la journée à marcher à travers les marais. Tout en avançant, Tamar regardait les cités englouties, au fond de l'eau. Elle en avait entendu parler, mais ni elle ni Ali ne les avaient encore vues.

Elle tira Dann par le bras.

— Les habitants de ces villes, ils se sont noyés ?

— Non, ils ont eu tout le temps de partir pendant que les édifices s'enfonçaient.

— Où sont-ils allés ?

— Ils ne pouvaient pas partir vers le Nord, à cause des glaces, donc ils ont dû aller dans le Sud.

— Certains sont partis vers l'Est, dans mon pays, dit Ali. C'est ce qu'affirment de vieilles légendes.

— De vieilles légendes… Cela se passait voilà si longtemps.

— Oui, dit Dann, les villes ont dû s'enfoncer lentement. Elles n'ont pas disparu sous l'eau du jour au lendemain.

— Comme le Centre maintenant ? demanda Tamar. Avec l'eau submergeant les abords et l'humidité envahissant tout ?

— Exactement. Il y a tellement longtemps.

Le visage de la fillette trahissait sa terreur devant ces immensités. Dann dit à Ali :

— Peut-être vaut-il mieux que les horreurs du passé soient transmises par de vieilles légendes. Ce n'est pas si mal, quand il s'agit simplement d'une histoire commençant par : « Nos chroniqueurs nous disent... »

— C'est aussi mon avis, déclara Ali. Les enfants devraient s'initier au passé sous forme de contes.

— Oui, dit Dann. Comme ceci : « Nos conteurs rapportent qu'autrefois, voilà très longtemps, l'Eurrop entière était prospère, remplie de villes, de parcs, de forêts et de jardins, et le bonheur y régnait. Puis les glaces apparurent, et bientôt elles engloutirent toutes les villes. »

Ali poursuivit :

— « Et tous les habitants allèrent dans le Sud et dans l'Est, où ils trouvèrent de nouveaux foyers. »

Le visage de Tamar était morne, sévère et épuisé. Ali posa la main sur son épaule et lui dit :

— Ma petite Tamar, oublie ce passé si lointain. Nous sommes dans le présent, et c'est l'essentiel. Nous allons prendre un nouveau départ.

À la tombée du jour, le terrain commença enfin à s'élever. Lorsque la clarté du ciel ne fut plus qu'un miroitement à la surface de l'eau, les troupes étaient toutes massées à la lisière des marais. Dans ces immensités d'eau luisante et de roseaux, les sentiers qu'ils avaient empruntés étaient invisibles, même s'ils se prolongeaient jusqu'aux brumes dont les soldats savaient qu'elles marquaient l'emplacement de la Moyenne-Mer et de ses énormes falaises que la route longeait d'est en ouest.

Il était encore interdit d'allumer les lampes. Les soldats sortirent leurs écharpes rouges et les drapèrent sur leurs épaules, puis ils s'allongèrent sur le sol sec, dans la tiédeur des herbes aromatiques et des buissons où résonnaient des chants d'insectes. Au-dessus de leurs têtes, un mince éclat de lune brillait dans la nuit profonde et étoilée.

On posa avec précaution la caisse de Rafale et on l'ouvrit, afin qu'il puisse se traîner dehors et humer un peu l'air. Tamar s'agenouilla non loin de lui, de façon qu'il ne vînt à elle que s'il le désirait. Il s'avança doucement vers elle et renifla ses mains, mais en apercevant Dann il aboya tout bas. Il sembla heureux de retourner dans sa caisse.

L'armée entière était épuisée, après un jour et une nuit sans sommeil, et les écharpes rouges disparurent bientôt dans l'obscurité.

Couchée entre Dann et Ali, Tamar s'endormit sur-le-champ. Se réveillant dans la nuit, elle aperçut Dann agenouillé près de la caisse de Rafale. Quand il revint, elle vit l'expression de son visage. Aussitôt, elle glissa sa main dans la sienne.

— Rafale a peur de moi, dit-il.

— Moi, je n'ai pas peur de vous, répliqua-t-elle.

— Tu devrais avoir peur de… Lui. Il me terrifie.

— Savez-vous qui est cet homme, Dann ?

— Non, Tamar. Parfois, en me réveillant le matin, je ne sais pas qui je suis. Dann ou bien… l'Autre.

La fillette lança d'une voix effrayée :
— Mais Griot sait comment s'occuper de vous.
— Oui, je l'espère.
Après un long silence, Dann reprit :
— Peut-être ne reviendra-t-Il pas. Il me semble que le Centre Le rendait encore plus dangereux.
Il ajouta à voix basse :
— Je crois que le Centre est un lieu maléfique. Enfin, pour moi, en tout cas.
Le jour se leva. De tous côtés, des centaines de soldats s'éveillaient, se levaient, mangeaient du pain, restaient immobiles à se chauffer au soleil.
Les marais n'étaient plus qu'une lueur terne vers laquelle la terre couverte d'herbes et de buissons s'inclinait doucement. Par endroits, l'herbe commençait à être inondée, mais l'eau ne pouvait monter bien loin car le terrain s'élevait rapidement en une succession de plateaux et de collines rocheuses.
Quand ils firent halte pour le repas de midi, les marais étaient hors de vue. Des gens affluèrent vers eux de partout : les habitants de cette partie de Toundra, dont certains étaient des éclaireurs de Griot, se réjouissaient de leur venue. Et tous voulaient voir Dann.
Dann s'offrit à leurs regards, avec sa grande taille, son corps maigre et voûté, ses longs cheveux noirs flottant sur ses épaules, son écharpe rouge qu'il serrait dans ses bras.
Griot se dit : *Tout va bien. Je savais que tout irait bien. J'ignore pourquoi ils l'aiment, mais c'est un fait. Comme c'est étrange...* Il les voyait s'avancer pour le toucher. Certains le caressaient, ou effleuraient son écharpe : « Voilà longtemps que nous vous attendions, général Dann. » Un ou deux

dirent : « Prince, nous vous attendions. » Dann leur dit : « Non, ce passé est révolu, il n'y a plus de princes. Et voici Griot, mon capitaine, qui s'occupe de tout. »

Toutefois, même s'ils avaient entendu parler de Griot – comment aurait-il pu en être autrement ? –, c'était Dann qu'ils voulaient, Dann qu'ils avaient besoin de toucher en souriant et en répétant à travers leurs larmes : « Dann, Dann, vous êtes ici… »

Griot était satisfait. Tout tournait comme il convenait – comme il l'avait prévu. Son général était à sa juste place, au centre de tout.

La première ville n'était qu'à quelques heures de marche. L'armée put se déployer à son aise sur le vaste versant d'une colline. Les soldats se regroupèrent en sections ayant chacune son officier. Dann marchait en tête avec Tamar, Griot et Ali, suivis de Rafale qui avait troqué sa caisse fermée pour une civière fabriquée avec des branches et portée par des soldats. Les arbres ne manquaient pas dans les parages. Des régions entières de Toundra étaient couvertes de bois et de forêts. Les roseaux avaient disparu. C'en était fini des mousses, des joncs et des bourbiers du pays humide.

L'armée s'avança entre deux rangées d'habitants de la ville, qui restèrent d'abord silencieux. Puis ils regardèrent Dann accompagné de cette fillette ravissante, et Griot et Ali, et l'énorme chien blanc allongé sur sa civière et les observant – des acclamations s'élevèrent alors, et ne cessèrent plus.

Il en alla ainsi pendant toutes les semaines qu'ils passèrent à parcourir Toundra.

Les quatre voyageurs s'attablèrent un soir pour dîner, dans une auberge décorée en l'honneur de leur arrivée dans une ville de l'est de Toundra. Dann se tourna vers Griot :

— Eh bien, capitaine Griot, es-tu satisfait à présent ?

— C'est une région merveilleuse, Dann... mon général. On m'a dit aujourd'hui que la montagne voisine regorgeait de fer. Les gens du cru l'ignoraient, mais certains de nos soldats étaient au courant. Le talent et le savoir qu'il y a dans notre armée sont vraiment une merveille. Nous pourrons faire de Toundra tout entière une merveille, mon général.

— Cette région est merveilleuse, Griot. Mais nous, le sommes-nous ? Y as-tu pensé ?

— Attendez un peu, et vous verrez.

— Eh bien, tout est parfait, alors. Si tu es satisfait, Griot, il faut que je le sois aussi.

Le temps avait passé, comme l'attestait cette grande fille marchant dans ce jardin, la main posée sur la tête d'un chien blanc qui n'était pas Rafale. Elle avait pleuré si longtemps la mort de Rafale qu'on lui avait trouvé un chiot des neiges, qui était devenu son compagnon.

Griot la regardait de la fenêtre de sa chambre, où il était occupé à calculer les réserves de vivres de ses entrepôts. Toundra était prospère et la nourriture abondante. Non loin de là, des soldats manœuvraient sur une place. Mais l'armée avait beau paraître identique à celle qui avait marché sur Toundra, la plupart de ses soldats étaient nouveaux. Les guerres en Orient avaient cessé, au moins en partie, et beaucoup de réfugiés étaient rentrés chez eux. Toutefois un nombre croissant de gens fuyant la sécheresse du Sud se rendaient dans les pays du Nord. Ils trouvaient refuge à Toundra, où ils étaient trop heureux de devenir soldats pour manger à leur faim et vivre dans le confort. Toundra n'était pas une nation belliqueuse. Dann plaisantait sur son titre de général et cette armée qui ne faisait pas la guerre. « Qu'en penses-tu, capitaine Griot ? » demandait-il.

Griot aurait pu répondre : « Qu'est-ce qu'un mot ? » – car tel était son sentiment.

Au fond de lui, il craignait seulement qu'Ali décide de rentrer chez lui. Son pays était en paix et le nouveau souverain avait envoyé à Ali des messages le priant de revenir.

Ali était le précepteur de Tamar, le médecin de Dann et le conseiller de Griot. Griot ne pouvait envisager de se passer de lui. Jamais il ne lui avait demandé conseil en vain.

Dann avait conscience de son inquiétude – il semblait toujours deviner les pensées d'autrui. Il déclara à Griot que, si Ali partait, il existait d'excellents médecins, et Tamar était assez intelligente pour être son propre professeur et n'avait pas vraiment besoin d'Ali. Quant à Griot, quel besoin avait-il d'être conseillé ? Il se sous-estimait.

— Du reste, il est inutile de s'inquiéter, Griot. Ali ne me quittera jamais. Il prétend qu'il était mon frère dans une autre vie.

— C'est facile à dire.

— Il assure qu'il le sait, qu'il s'en souvient.

— C'est évidemment un argument incontestable.

— Tu es toujours plein de bon sens, Griot. Mais tu sais, j'aime jouer avec cette idée.

— Vous m'étonnez, Dann. Vous qui détestez penser que tout se répète encore et encore.

— Mais il y aurait des variations, n'est-ce pas ? Imagine que je me réincarne en Kulik, dont l'idée fixe était de persécuter Mara et Dann ?

— Vous plaisantez, Dann !

— Comment peux-tu croire une chose pareille, Griot ?

Léta était arrivée à Toundra, en se confondant en excuses. On lui avait attribué un bâtiment, qui avait reçu le nom d'École de Médecine et où elle et ses compagnes enseignaient l'art des guérisseuses. Il s'avéra que les Villes des Rivières possédaient une tradition médicale de premier ordre. À mesure qu'elles s'enfonçaient dans le sable sous l'effet de la sécheresse, leurs médecins étaient trop heureux de se rendre à Toundra, laquelle était maintenant fameuse dans les pays du Nord et au-delà pour les talents qui y florissaient.

Les scribes et les érudits qui avaient étudié les textes de l'abri secret, à leurs tables alignées dans la grande salle, disposaient à présent d'un bâtiment où l'on conservait et enseignait ce qu'ils avaient sauvé. Dann y passait une bonne partie de son temps – c'était son refuge préféré. Tamar faisait de même. Elle deviendrait la directrice de ce Centre d'Apprentissage dès qu'elle serait adulte, c'est-à-dire très bientôt.

Toute personne pénétrant en ces lieux se retrouvait face à un immense mur blanc, presque nu, au sommet duquel était écrit :

« Cette vaste étendue blanche représente le savoir de l'Ancien Monde. Le petit carré noir dans le coin en bas à droite correspond à nos propres connaissances. Tous les visiteurs sont invités à réfléchir un instant, en se demandant s'ils n'ont pas des informations ou des connaissances peu répandues qu'il serait possible d'ajouter à notre fonds commun. Il existait jadis, voilà bien longtemps, une culture partagée à l'échelle du monde entier. Rappelez-vous que nous n'en avons plus que des fragments. »

Cette ville avait été choisie comme capitale de Toundra car elle s'étendait sur une vaste colline couverte d'arbres à profusion et d'édifices d'aspect agréable, construits en briques d'un jaune velouté qui était la couleur du sol de la région.

Les gens affluaient dans cette ville, où se trouvaient toutes sortes d'endroits pour les accueillir, car ils voulaient apercevoir Dann et la jeune fille qui lui succéderait un jour.

Parfois Dann disait : « Oui, Griot, je te dois bien ça » – c'était devenu une vieille plaisanterie. Dann, Griot, la jeune fille et Ali partaient alors ensemble visiter une autre ville.

Dans ces occasions, Dann était toujours prêt à se montrer et à faire ce que Griot désirait. Il se promenait dans les lieux publics, s'arrêtait pour parler et écouter. Il n'était plus malade et avait retrouvé sa vigueur d'antan. Il ne semblait guère différent de celui qu'il était à l'époque où il s'était lancé dans son périple de la mer du Gouffre. Cependant, si on le rcgardait attentivement, il y avait des reflets gris dans sa chevelure noire et ses yeux étaient plus enfoncés qu'autrefois.

Il était toujours courtois, patient, souriant. Il pouvait rester assis pendant des heures à écouter toute personne ayant besoin d'un auditeur. Il écoutait, hochait la tête, souriait, consolait et... en fait, il ne faisait guère qu'écouter. Il était célèbre pour cela : chacun savait qu'il ne repoussait jamais quelqu'un souhaitant être entendu.

Un homme souriant, grand mais voûté... Griot ne pouvait se lasser de regarder son sourire, et de s'en émerveiller. Ironique, oui, toujours. Tendre, bienveillant... Mais il y avait autre chose, une ombre de... Était-ce de la cruauté ? Non, c'était une impatience soigneusement cachée et réprimée. Toutefois ce Dann toujours patient entrait parfois en fureur, le plus souvent en s'emportant contre Griot qui le harcelait – Griot savait qu'il donnait cette impression à Dann. Quand cela se produisait, Griot s'effrayait et Dann lui faisait des excuses, non sans une pointe de reproche : « Ne t'inquiète pas, Griot, il n'y a rien à craindre. *Il* est sous contrôle, maintenant, je te le promets. » Puis il ajoutait : « Mais il arrive que je l'entende hurler au bout de sa chaîne – tu ne l'entends pas ? Non, non, je plaisante, Griot. »

Quand Dann en avait fini pour la journée avec le Centre d'Apprentissage, il descendait au jardin où se trouvait un monument singulier. Au centre d'une estrade en blocs de pierre jaunâtre se dressait la masse haute et irrégulière d'un morceau de roche blanche, qui ressemblait à de la glace mais qui était en fait un cristal rapporté des confins de Toundra. Dann avait exigé un roc évoquant la glace.

C'était là que Rafale était enterré. Dann restait assis au bord de l'estrade, parfois jusqu'à la tombée du jour. Griot venait le rejoindre.

— Vois-tu, Griot, il m'aimait. Il m'aimait vraiment, Griot, tu sais... C'était mon ami.

— Oui, Dann, mon général, je sais. C'était votre ami.

Autrefois, Griot serait allé retrouver sa fille des sables, qui était maintenant une femme, mais elle avait décidé de vivre avec un artisan du grand fleuve fabriquant des objets en roseau. Griot s'était imposé de penser plus ou moins : *une de perdue...* mais il n'avait rencontré personne qui lui plût autant. Il n'avait jamais trouvé le mot capable de rendre son sentiment qu'elle était unique et irremplaçable. Dans sa solitude, il s'était mis à fréquenter Léta et ses pensionnaires. Il y avait là une jeune Noire des Villes des Rivières. Elle s'appelait Nubis, était pleine d'entrain, chantait et racontait des histoires. Un jour, elle dit :

— Griot, venez chanter avec moi. Pourquoi ne chantez-vous pas ?

Il fut pris de court, car il n'avait jamais pensé avoir la moindre disposition pour la musique ou le chant.

— J'en suis incapable, répondit-il.

— Allons, Griot. Vous avez une si belle voix...

Il apprit ainsi les chansons de sa rivière, puis elle déclara :

— Griot, il faut que vous inventiez vous-même les histoires que vous chantez.

Ne trouvant rien dans sa propre vie qui fût digne d'être chanté, Griot imagina des chansons évoquant les aventures de Dann et de Mara. Un soir, assis avec Dann près du tombeau de Rafale, il lança :

— Écoutez-moi, Dann...

Et il chanta sa version de Dann, Mara et les dragons du fleuve.

Au début, Dann parut décontenancé, mais il se mit bientôt à sourire.

— Tu m'étonneras toujours, Griot, dit-il. Mais pourquoi parler de moi ? Tu oublies que Mara et moi étions mêlés à une multitude de gens. Qui les célèbre, eux ? Qui les chante ? Le plus étrange, c'est qu'à l'époque où j'étais l'un d'entre eux, où je fuyais comme eux la sécheresse, je ne les voyais pas du tout ainsi. Aujourd'hui, c'est différent, je pcnse beaucoup à eux.

— Mais Dann, ils sont nécessairement inclus dans une chanson où il est question de vous. Les auditeurs imagineront aussi ceux qui vous accompagnaient, non ?

— Vraiment ? J'espère que oui. Les gens ne laissent pas de traces, Griot. Ils disparaissent comme… des brins de paille dans une tempête.

Le coucher du soleil – l'heure où Dann aimait s'asseoir auprès de son bien-aimé Rafale, son défunt chien des neiges. C'était aussi l'heure où Griot était libéré de ses nombreuses tâches. Le coucher du soleil, le bruit des oiseaux, l'approche de l'ombre, le dîner… Ensuite, au lieu d'aller se coucher comme autrefois – quand tout le monde s'endormait dès la fin du repas –, tous les vieux amis s'asseyaient ensemble, en compagnie des pensionnaires de Léta, et ils chantaient leurs légendes et échangeaient des nouvelles de toutes les régions de Toundra. Griot était toujours invité à chanter, et ses chansons faisaient avant tout l'éloge de Dann.

— Mais je remarque que tu n'évoques jamais l'Autre, déclara Dann. Pas un mot du Méchant Dann.

— Cela ne me plairait pas, Dann.

— Quel dommage ! Il a des choses intéressantes à dire, mais je suis le seul à les entendre.

Griot ne pouvait s'empêcher de penser que sa voix, si célébrée par Nubis, n'était pas aussi belle qu'elle le prétendait. Cette fille charmante, orpheline comme tant d'autres à la suite de la sécheresse, espérait devenir la favorite de Griot. Ce serait certes un triomphe, pour elle. *Au moins, ma fille des sables ne m'a jamais flatté,* songea Griot. Et il prit conscience d'une triste vérité : *Je ne pourrai sans doute jamais plus me fier à personne, à cause des flatteries.*

Griot prit l'habitude de se rendre dans les collines couvertes de landes, en veillant à ce que seuls les renards et les faucons puissent l'entendre. En chantant dans cette solitude, il espérait se rendre compte lui-même de ce que valait sa voix, mais il comprit bientôt qu'on n'entend jamais sa propre voix comme les autres. Il chantait pour le plaisir. Il s'imaginait que les renards et les oiseaux s'approchaient pour l'écouter – cette pensée le troublait. Elle ne convenait certes pas à un réaliste comme lui ! Lorsqu'il chantait en évoquant Dann, Mara et parfois aussi Tamar, aucune pensée troublante ne surgissait en lui. Mais s'il lui arrivait de donner libre cours à sa voix, de chanter sans paroles ni pensées, cette voix hésitante, qui semblait vouloir apprendre quelque chose, s'élevait souvent en une sorte de cri, d'appel discordant. Ce phénomène le troublait vraiment, pour le coup. Un tel hurlement aurait été bon pour Rafale.

Il y avait un oiseau qu'il aimait entendre, une petite créature grise qui sautillait non loin de lui dans la bruyère. Son chant semblait répéter : « Recom-mencer, recom-mencer, recom-mencer ». Au lieu de l'oiseau, Griot croyait entendre la voix de Dann. Il finit par avoir peur d'aller dans les landes, et n'y retourna pas pendant longtemps. Puis il s'y rendit de nouveau, comme si une force l'attirait là-bas. Tant qu'il s'en tenait à ses chansons sur Dann, rien ne venait le troubler, mais dès qu'il succombait à la tentation de chanter sans paroles, sa voix devenait un cri rauque, puis un hurlement. Il incriminait l'endroit, le ciel – ce ciel souriant, ensoleillé, trompeur, qui pas si loin de là, dans le Nord-Ouest, se muait en l'horizon bas, gris et maussade des marais.

Il fut tenté de parler de cette expérience à Léta, mais dès qu'il était chez lui, loin de la lande, de la bruyère et du ciel à la joie perfide, ce qu'il avait ressenti là-bas lui apparaissait comme fantaisiste, indigne de lui.

Avec le calme convenant à un homme sérieux et réaliste, il réfléchit au fait que Dann lui avait dit qu'il gardait sous clé une part de lui-même qui désirait le détruire. Et s'il en allait de même pour Griot ? *Pour tout le monde* ? Il ne confia ces pensées à personne, pas même à Dann. Cela lui aurait semblé dangereux, comme l'aveu d'une faiblesse.

Une conversation entre Dann et Tamar. Ils observaient Griot qui s'avançait vers eux, robuste, solide, plein de santé.

— Il est encore jeune, et moi, je suis vieux, dit Dann. Pourtant, je ne suis pas tellement plus âgé que lui. Le plus drôle, c'est que, quand il s'est enrôlé tout jeune dans l'Armée Agre sous mes ordres, j'étais son capitaine – avec trois ans de plus que lui.

Tamar serra sa main sans rien dire.

— Savais-tu que les anciens vivaient jusqu'à quatre-vingts ou quatre-vingt-dix ans ?

Tamar fut horrifiée.

— Comment pouvaient-ils ? C'est horrible !

— Il leur arrivait même de vivre cent cycles solaires.

— Je détesterais ça ! lança-t-elle.

— Et nous, nous atteignons dans le meilleur des cas quarante ou cinquante ans.
— Pourquoi, Dann ?
— On ne sait pas pourquoi.

Ali dit à Griot, de son ton passionné et réprobateur :
— Pauvre Tamar, elle travaille tellement. À son âge, elle ne devrait pas être toujours si sérieuse.
Griot dit à Dann qu'Ali trouvait que Tamar avait besoin de s'amuser : « Elle travaille tout le temps. »
Dann dit à Tamar que tout le monde lui reprochait de la faire travailler trop dur. Elle avait besoin de distractions.
— Quelque chose de ce genre, Tamar.
— Des distractions ?
Ils se promenaient dans le jardin – pas du côté du tombeau de Rafale, où elle n'allait jamais car cela la rendait trop triste.
— Je suppose qu'ils parlent de danser, non ? Je sais que les jeunes filles dansent et vont à des fêtes. Ce genre de chose, Mara…
— Je ne suis pas Mara, je suis Tamar, dit-elle en glissant sa main dans la sienne. Mon cher Dann, il faudra bien un jour que vous me laissiez être Tamar. Et que vous laissiez partir ma mère.
— Oui, je sais, dit Dann.
Il ajouta après un silence :
— Mara n'a jamais dansé de sa vie. Elle était trop occupée à survivre. Pauvre Mara. Elle ne s'est pas beaucoup amusée, n'est-ce pas ?
— Je suis allée danser avec les autres filles, déclara Tamar. Mais je ne suis pas douée pour ça. Je suis trop… raide.

— Tu vas devoir imaginer quelque chose pour qu'Ali et Griot soient contents de moi à l'avenir.

— Les filles ont composé une chanson à mon sujet. Voulez-vous savoir comment elle se termine ?

Elle reste là, la tête baissée.
Qui ne danse pas doit mourir, à notre avis.

— C'est bien ce qui est arrivé, dit Dann. Mara... elle est morte.

— Dann, lança Tamar. Je vous en prie.

Dann s'immobilisa, posa ses mains sur les épaules de Tamar et plongea son regard dans le sien. Il le faisait souvent, et pas seulement avec Tamar. Il semblait croire qu'en regardant assez longtemps quelqu'un il verrait la vérité de cette personne.

— Pauvre Dann, dit Tamar. Et je suis toujours Tamar.

— Oui, oui, tu as raison.

— Ali n'est pas infaillible. C'est lui qui m'a dit de me joindre aux autres filles. J'aurais mieux fait de m'abstenir. Voici un autre couplet de leur chanson :

Elle reste là, la tête baissée.
Qui ne danse pas est stupide, à notre avis.

— Elles ne t'aiment donc pas, ces jeunes filles ?

— C'est vous qu'elles aiment, Dann. Elles vous adorent, comme tout le monde. Mais moi, elles ne m'apprécient guère.

Voyant que Dann était peiné, elle ajouta en hâte :

— Non, ce n'est pas grave. Il est exclu qu'elles puissent m'aimer. Elles veulent m'admirer, elles veulent que je sois parfaite. Il faudrait que je chante magnifiquement, que je danse mieux qu'elles, que je joue d'au moins une douzaine d'instruments de musique – mieux qu'elles, évidemment. Vous comprenez, Dann ?

Elle voulait le dérider, et il se mit enfin à rire.

— En somme, elles ne t'aimeront pas tant que tu ne seras pas parfaite ?

— Oh, elles ne m'aimeront jamais. Elles vous aiment, vous, parce que vous êtes Dann.

— Parce que je suis tellement... tellement...

— Tellement quoi ?

— Inadapté. Je ne m'adapte nulle part. Je m'attends toujours à être jeté dehors. À ce que les gens disent : « Que voulez-vous faire de ce... ce malheureux ? »

— Ils vous aiment parce que vous êtes comme eux, et que cela fait passer toutes leurs propres fautes.

— Ils me connaissent mal. Oh, Tamar, si tu savais comme j'ai envie de partir... quelque part, n'importe où, pour le simple plaisir de marcher, tu comprends ?

— Où iriez-vous ?

— Peut-être pourrais-je accompagner Ali dans son pays. Pour se rendre là-bas, il faut marcher pendant tout un cycle solaire.

— Et une fois que vous serez là-bas ?

— Je continuerai de marcher... n'importe où.

— Mais vous devez rester ici, Dann. Comme moi.

— Nous devons jouer notre rôle c'est vrai.

— Oui, jusqu'à ce que l'histoire soit terminée.

— Quand cela arrivera-t-il ? À ma mort ? À ta mort ?

— Pourquoi parler de mourir, Dann ?

— Savais-tu qu'il y a longtemps, très, très longtemps, on avait coutume de dire : « Et ils vécurent heureux à jamais. »

— Voilà qui me plaît, Dann !

— Quel genre de gens étaient-ils, pour parler ainsi ? Mais peut-être essayaient-ils simplement de se donner du courage, comme nous.

— Non, non, Dann.

Cette fois, Tamar était vraiment bouleversée.

— Pourquoi riez-vous ? Ma vie, telle que je la vois...

— Ta longue vie...

— Elle me semble déjà longue... et je l'ai passée à quitter un lieu sinistre et funeste pour un autre plus favorable, en partant de la Ferme pour arriver au Centre, et ensuite dans un endroit agréable. Car cet endroit est agréable, Dann, vous ne trouvez pas ? Il me semble qu'il est question ici de vivre heureux à jamais.

— Oui, c'est un endroit agréable, bien sûr.

— Dans ce cas, ne riez pas quand je le dis. Pourquoi riez-vous ?

— Je suis désolé. Tu as raison.

Dans le Centre, Kira était malade, vieillie bien avant l'heure. Assise sur le fauteuil lui servant de trône, abrutie par le pavot, elle donnait des ordres à tout le monde. Joss était mort d'un coup de couteau dans une rixe. Kira l'avait remplacé par une série de favoris, qui ne duraient guère car ils n'obtenaient pas grand-chose d'elle. La plupart de ses soldats avaient rejoint Griot. Kira n'avait plus qu'une armée de débris hébétés par l'alcool et le pavot, dont il n'y avait rien à craindre.

Rhéa s'était souvenue qu'elle était la fille du général Dann, le maître de Toundra, et se vantait de prendre sa place un jour ou l'autre. Il lui envoya un message la conviant à s'installer à Toundra, avec sa propre maisonnée, à condition qu'elle obéisse aux lois du pays. Elle répondit que lorsqu'elle viendrait, ce serait à la tête d'une armée. Elle était complètement ivre, rapporta le messager.

Griot ne la considérait pas comme une menace. Où qu'il regardât, il ne voyait venir aucun danger.

Le bruit courait qu'un des royaumes riverains du grand fleuve, vers le sud, dans la région des lacs, projetait d'envahir Toundra. La sécheresse sévissait là-bas.

Griot dit à Dann :

— Voyez-vous, mon général, je ne puis croire qu'ils fassent une telle sottise. Toundra est très prospère. Nous sommes un facteur de stabilité pour tous les pays du Nord, et aussi pour ceux du Sud et de l'Est. Nous produisons une telle quantité de denrées alimentaires qu'il nous reste toujours des surplus à vendre. Nous sommes un exemple pour tout le monde. Il n'y aurait donc aucun intérêt à nous attaquer. Il me semble que ce serait tellement stupide qu'il est inutile de se faire du souci pour ça.

— C'est vrai, Griot, ce serait assurément stupide. Sur ce point, je suis d'accord avec toi.

10670

Composition
FACOMPO

Achevé d'imprimer en Espagne (Barcelone)
par BLACK PRINT CPI
le 5 février 2014.

Dépôt légal : février 2014.
EAN 9782290077030
L21EPLN001494N001

ÉDITIONS J'AI LU
87, quai Panhard-et-Levassor, 75013 Paris

Diffusion France et étranger : Flammarion